许地山◎著

许地山精品文集

Xudishan jingpin wenji

团结出版社

UNITY PRESS

图书在版编目（CIP）数据

许地山精品文集／许地山著. —北京：团结出版社，2018.1（2024.5 重印）

ISBN 978-7-5126-5494-5

Ⅰ. ①许… Ⅱ. ①许… Ⅲ. ①中国文学—现代文学—作品综合集 Ⅳ. ①I216.2

中国版本图书馆 CIP 数据核字（2017）第 198901 号

出　版：团结出版社

（北京市东城区东皇城根南街84号　邮编：100006）

电　话：（010）65228880　65244790（出版社）

网　址：http://www.tjpress.com

E-mail：zb65244790@vip.163.com

经　销：全国新华书店

印　装：三河市金兆印刷装订有限公司

开　本：640mm×915mm　16开

印　张：12.5

字　数：200千字

版　次：2018年1月　第1版

印　次：2024年5月　第3次印刷

书　号：978-7-5126-5494-5

定　价：68.00元

前言 / QIANYAN

　　中国现代文学的时间跨度大致从 1919 年五四运动始，到 1949 年中华人民共和国建立止。

　　从五四新文化运动到 1937 年抗战爆发为其前半期，从抗战爆发到新中国建立为后半期。

　　进入 20 世纪，世界列强把中国变成了半封建半殖民地的国家，民族危机感对 20 世纪中国民族的文化心理产生了不可估量的影响，以"天下之中"自诩的中国当政者再也撑不下去了。现代与传统，新思潮与旧意识的斗争愈演愈烈。

　　先是"白话文运动"，接着就是陈独秀和胡适极力倡导的文学现代化。从此，就如打开了闸门的洪水，现代文学以汹涌澎湃之势，义无反顾地冲决一切阻力，不可遏止地成就了一片汪洋。从而，一种崭新的文学形态在深重的危机感和中国古典文学厚重的土壤上诞生了。

　　进入 20 世纪 20 年代，现代文学的影响和实践范围进一步拓展，由泛泛的思想和宣传转化为具体而专门的文学实践。

　　全国各大城市风起云涌般地出现了种种刊物，报纸也纷纷办起了副刊，有意无意地发表了许多散文、小说、小品等白话文学作品，一时竟蔚然成风，为现代文学开辟了阵地。全国各地也涌现出了许多青年文学社团，造就了一大批卓有建树的现代文学作家。一时间，写散文、写小说、写诗歌、写小品、写剧本，翻译欧、美、日文学作品，出专集、出结集、出选集……蔚为大观。

　　现代文学的作者们在自己的作品中生动地抒写了自己的禀性、气质、情思、嗜好、习惯、修养、人生经历和人生哲学，生动地表现了自己的思想感情和人格，无情地撕破了道貌岸然的面具，彻底地反对封建主义桎梏，彻底摒弃了为圣人解经、为圣人立言的旧思想、旧传统，字里行间充满了民族觉醒和自我解放，这反映了作者们由封闭型思维体系向开放型思维体系的转化，即由自我完善、自我调节、自我延续向面对世界、面对新潮、面对社会人生转化。

当然，各作者的经历不同，其间中西、新旧、激进与保守思想的差异也必然存在。但无论如何，中国现代作家自觉地将文学的内容和形式与时代联系起来，共同地给予现代文学规定了明确的目的：即文学的创作是这样一种时代的工作，它本身是历史向未来过渡的一个重要部分。而未来，必然是比当时美好的，有希望的。

中国现代文学史上重要的作家还有许地山。

许地山（1893—1941），笔名落花生。生于台湾，长在福建。青年时在缅甸生活过，也去过马来半岛。1917年考入燕京大学，后又去英国牛津大学学宗教考古学，精通梵文。

许地山是文学研究会作家中最奇特的一位，其创作有他人无法复制和替代的文学价值。他的作品有鲜明的宗教色彩，他是个宗教学者，所以他关注"人间问题"往往从宗教中寻找答案，带有浓厚的宗教哲学的思辨色彩，构成了许地山作品重要的精神特质。

许地山的作品文字清新，从而掩盖了作品应有的悲剧色彩。他的主导倾向是以出世的精神入世，以弱者的外表蕴含强者的内核，构成了许地山特有的东方文化哲学精神。

本书选编了许地山作品的大部分，从中可以领略这位文学大师笔下的迷人风采。

目 录 / MULU

>>> 散文

>>> 小说

散文

我像蜘蛛，
命运就是我的网。
我把网结好，
还住在中央。
……

蜜蜂和农人

雨刚晴，蝶儿没有蓑衣，不敢造次出来，可是瓜棚的四围，已满唱了蜜蜂的工夫诗：

> 彷彷，徨徨！徨徨，彷彷！
> 生就是这样，徨徨，彷彷！
> 趁机会把蜜酿，
> 大家帮帮忙，
> 别误了好时光。
> 彷彷，徨徨！徨徨，彷彷！

蜂虽然这样唱，那底下坐着三四个农夫却各人担着烟管在那里闲谈。

人的寿命比蜜蜂长，不必像它们那么忙么？未必如此。不过农夫们不懂它们的歌就是了。但农夫们工作时，也会唱的。他们唱的是：

> 村中鸡一鸣，
> 阳光便上升，
> 太阳上升好插秧。
> 禾秧要水养，
> 各人还为踏车忙。

东家莫截西家水，
西家不借东家粮。
各人只为各人忙——
"各人自扫门前雪，
不管他人瓦上霜。"

爱的痛苦

　　在绿荫月影底下，朗日和风之中，或急雨飘雪的时候，牛先生必要说他的真言，"啊，拉夫斯偏"！他在三百六十日中，少有不说这话的时候。

　　暮雨要来，带着愁容的云片，急急飞避；不识不知的蜻蜓还在庭园间遨游着。爱诵真言的牛先生闷坐在屋里，从西窗望见隔院的女友田和正抱着小弟弟玩。

　　姊姊把孩子的手臂咬得吃紧；擘他的两颊；摇他的身体；又掌他的小腿。孩子急得哭了。姊姊才忙忙地拥抱住他，堆着笑说："乖乖，乖乖，好孩子，好弟弟，不要哭。我疼爱你，我疼爱你！不要哭。"不一会儿孩子的哭声果然停了。可是弟弟刚现出笑容，姊姊又该咬他，擘他，摇他，掌他咧。

　　檐前的雨好像珠帘，把牛先生眼中的对象隔住。但方才那种印象，却萦回在他眼中。他把窗户关上，自己一人在屋里踱来踱去。最后，他点点头，笑了一声，"哈，哈！这也是拉夫斯偏！"

　　他走近书桌子，坐下，提起笔来，像要写什么似的。想了半天，才写上一句七言诗。他念了几遍，就摇头，自己说："不好，不好。我不会做诗，还是随便记些起来好。"

　　牛先生将那句诗涂掉以后，就把他的日记拿出来写。那天他要记的事情格外多。日记里应用的空格，他在午饭后，早已填满了。他裁了一张纸，写着：

　　黄昏，大雨。田在西院弄她的弟弟，动起我一个感想，就是：人都喜欢见他们所爱者的愁苦；要想方法教所爱者难受。所爱者越难受，爱者越喜欢，越加爱。

　　一切被爱的男子，在他们的女人当中，直如小弟弟在田的膝上一样。他们也是被爱者玩弄的。

　　女人的爱最难给，最容易收回去。当她把爱收回去的时候，未必不是一种游戏的冲动；可是苦了别人哪。

　　唉，爱玩弄人的女人，你何苦来这一下！愚男子，你的苦恼，又活该呢！

　　牛先生写完，复看一遍，又把后面那几句涂去，说："写得太过了，太过了！"他把那张纸付贴在日记上，正要起身，老妈子把哭着的孩子抱出来，一面说："姊姊不好，爱欺负人。不要哭，咱们找牛先生去。"

　　"姊姊打我！"这是孩子对牛先生说的话。

　　牛先生装作可怜的声音，忧郁的容貌，回答说："是么？姊姊打你么？来，我看看打到哪步田地？"

　　孩子受他的抚慰，也就忘了痛苦，安静过来了。现在吵闹的，只剩下窗外急雨的声音。

难解决的问题

　　我叫同伴到钓鱼矶去赏荷，他们都不愿意去，剩我自己走着。我走到清佳堂附近，就坐在山前一块石头上歇息。在瞻顾之间，小山后面一阵唧咕的声音夹着蝉声送到我耳边。

　　谁愿意在优游的天日中故意要找出人家的秘密呢？然而宇宙间的秘密都从无意中得来。所以在那时候，我不离开那里，也不把两耳掩住，任凭那些声浪在耳边荡来荡去。

　　辟头一听，我便听得："这实在是一个难解决的问题……"

　　既说是难解决，自然要把怎样难的理由说出来。这理由无论是局内、局外人都爱听的。以前的话能否钻入我耳里，且不用说，单是这一句，使我不能不注意。

　　山后的人接下去说："在这三位中，你说要哪一位才合适？……梅说要等我十年；白说要等到我和别人结婚那一天；区说非嫁我不可，——她要终身等我。"

　　"那么，你就要区吧。"

　　"但是梅的景况，我很了解。她的苦衷，我应当原谅。她能为了我牺牲十年的光阴，从她的境遇来看，无论如何，是很可敬的。设使梅居区的地位，她也能说，要终身等我。"

　　"那么，梅、区都不要，要白如何？"

　　"白么？也不过是她的环境使她这样达观。设使她处着梅的景况，她也只能等我十年。"

　　谈话到这里就停了。我的注意只能移到池上，静观那被轻风摇摆的芰荷。呀，叶上的那对小鸳鸯正在那里歇午哪！不晓得它们从前也曾解决过方才的问题没有？不上一分钟，后面的声音又来了。

　　"那么，三个都要如何？"

　　"笑话，就是没有理性的兽类也不这样办。"又停了许久。

　　"不经过那些无用的礼节，各人快活地同过这一辈子不成吗？"

　　"唔……唔……唔……这是后来的话，且不必提，我们先解决目前的困难吧。我实在不肯故意辜负了三位中的一位。我想用拈阄儿的方法瞎挑一个就得了。"

　　"这不更是笑话么？人间哪有这么新奇的事！她们三人中谁愿意遵你的命令，这样办呢？"他们大笑起来。

　　"我们私下先拈一拈，如何？你权当做白，我自己权当做梅，剩下是区的份儿。"

　　他们由严肃的密语化为滑稽的谈笑了。我怕他们要闹下坡来，不敢逗留在那里，只得先走。钓鱼矶也没去成。

鬼赞

　　你们曾否在凄凉的月夜听过鬼赞？有一次，我独自在空山里走，除远处寒潭的鱼跃出水声略可听见以外，其余种种，都被月下的冷露幽闭住。我的衣服极其润湿，我两腿也走乏了。正要转回家中，不晓得怎样就经过一区死人的聚落。我因疲极，才坐在一个祭坛上少息。在那里，看见一群幽魂高矮不齐，从各坟墓里出来。他们仿佛没有看见我，都向着我所坐的地方走来。

　　他们从这墓走过那墓，一排排地走着，前头唱一句，后面应一句，和举行什么巡礼一样。我也不觉得害怕，但静静地坐在一旁，听他们的唱和。

　　第一排唱："最有福的是谁？"

　　往下各排挨着次序应。

　　"是那曾用过视官、而今不能辨明暗的。"

　　"是那曾用过听官、而今不能辨声音的。"

　　"是那曾用过嗅官、而今不能辨香味的。"

　　"是那曾用过味官、而今不能辨苦甘的。"

　　"是那曾用过触官、而今不能辨粗细、冷暖的。"

　　各排应完，全体都唱："那弃绝一切感官的有福了！我们的髑髅有福了！"

　　第一排的幽魂又唱："我们的髑髅是该赞美的。我们要赞美我们的髑髅。"

　　领首的唱完，还是挨着次序一排排地应下去。

　　"我们赞美你，因为你哭的时候，再不流眼泪。"

　　"我们赞美你，因为你发怒的时候，再不发出紧急的气息。"

"我们赞美你，因为你悲哀的时候再不皱眉。"

"我们赞美你，因为你微笑的时候，再没有嘴唇遮住你的牙齿。"

"我们赞美你，因为你听见赞美的时候，再没有血液在你的脉里颤动。"

"我们赞美你，因为你不肯受时间的拨弄。"

全体又唱："那弃绝一切感官的有福了！我们的髑髅有福了！"

他们把手举起来一同唱：

"人哪，你在当生、来生的时候，有泪就得尽量流；有声就得尽量唱；有苦就得尽量尝；有情就得尽量施；有欲就得尽量取；有事就得尽量成就。等到你疲劳、等到你歇息的时候，你就有福了！"

他们诵完这段，就各自分散。一时，山中睡不熟的云直往下压，远地的丘陵都给埋没了。我险些儿也迷了路途，幸而有断断续续的鱼跃出水声从寒潭那边传来，使我稍微认得归路。

万物之母

　　这经过离乱的村里，荒屋破篱之间，每日只有几缕零零落落的炊烟冒上来，那人口的稀少可想而知。你一进到无论哪个村里，最喜欢遇见的，是不是村童在阡陌间或园圃中跳来跳去；或走在你的前头，或随着你步后模仿你的行动？村里若没有孩子们，就不成村落了。在这经过离乱的村里，不但没有孩子，而且有人向你要求孩子！

　　这里住着一个不满三十岁的寡妇，一见人来，便要求说："善心善行的人，求你对那位总爷说，把我的儿子给回。那穿虎纹衣服、戴虎儿帽的便是我的儿子。"

　　她的儿子被乱兵杀死已经多年了。她从不会忘记：总爷把无情的剑拔出来的时候，那穿虎纹衣服的可怜儿还用双手招着，要她搂抱。她要跑去接的时候，她的精神已和黄昏的霞光一同麻痹而熟睡了。唉，最惨的事岂不是人把寡妇怀里的独生子夺过去，而且在她面前害死吗？要她在醒后把这事完全藏在她记忆的多宝箱里，可以说，比剖芥子来藏须弥还难。

　　她的屋里排列了许多零碎的东西，当时她儿子玩过的小团也在其中。在黄昏时候，她每把各样东西抱在怀里说："我的儿，母亲岂有不救你，不保护你的？你现在在我怀里咧。不要作声，看一会人来又把你夺去。"可是一过了黄昏，她就立刻醒悟过来，知道那所抱的不是她的儿子。

　　那天，她又出来找她的"命"。月的光明蒙着她，使她在不知不觉间进入村后的山里。那座山，就是白天也少有人敢进去，何况在盛夏的夜间，杂草把樵夫的小径封得那么严！她一点也不害怕，攀着小树，缘着茑萝，慢慢地上去。

她坐在一块大石上歇息，无意中给她听见了一两声的儿啼。她不及判别，便说："我的儿，你藏在这里么？我来了，不要哭啦。"

她从大石上下来，随着声音的来处，爬入石下一个洞里。但是里面一点东西也没有。她很疲乏，不能再爬出来，就在洞里睡了一夜。

第二天早晨，她醒时，心神还是非常恍惚。她坐在石上，耳边还留着昨晚上的儿啼声，这当然更要动她的心，所以那方从霭云被里攒出来的朝阳无力把她脸上和鼻端的珠露晒干了。她在瞻顾中，才看出对面山岩上坐着一个穿着虎纹衣服的孩子。可是她看错了！那边坐着的，是一只虎子；它的声音从那边送来很像儿啼。她立即离开所坐的地方，不管当中所隔的谷有多么深，尽管攀援着，向那边去。不幸早露未干，所依附的都很湿滑，一失手，就把她溜到谷底。

她昏了许久才醒回来。小伤总免不了，却还能够走动。她爬着，看见身边暴露了一付小髑髅。

"我的儿，你方才不是还在山上哭着么？怎么你母亲来得迟一点，你就变成这样？"她把髑髅抱住，说，"呀，我的苦命儿，我怎能把你医治呢？"悲苦尽管悲苦，然而，自她丢了孩子以后，不能不算这是她第一次的安慰。

从早晨直到黄昏，她就坐在那里，不但不觉得饿，连水也没喝过。零星几点，已悬在天空，那天就在她的安慰中过去了。

她忽然想起幼年时代，人家告诉她的神话，就立起来说："我的儿，我抱你上山顶，先为你摘两颗星星下来，嵌入你的眼眶，教你看得见；然后给你找香象的皮肉来补你的身体。可是你不要再哭，恐怕给人听见，又把你夺过去。"

"敬姑，敬姑。"找她的人们在满山中这样叫了好几声，也没有一点回响。

"也许她被那只老虎吃了。"

"不，不对。前晚那只老虎是跑下来捕云哥圈里的牛犊被打死的。如果那东西把敬姑吃了，决不再下山来赴死。我们再进深一点找吧。"

唉，他们的工夫白费了！纵然找着她，若是她还没有把星星抓在手里，她心里怎能平安，怎肯随着他们回来？

春的林野

春光在万山环抱里，更是泄漏得迟。那里的桃花还是开着，漫游的薄云从这峰飞过那峰，有时稍停一会儿，为的是挡住太阳，教地面的花草在它的荫下避避光焰的威吓。

岩下的荫处和山谷的旁边长满了薇蕨和其他凤尾草。红、黄、蓝、紫的小草花点缀在绿茵上头。

天中的云雀，林中的金莺，都鼓起它们的舌簧。轻风把它们的声音挤成一片，分送给山中各样有耳无耳的生物。桃花听得入神，禁不住落了几点粉泪，一片一片凝在地上。小草花听得大醉，也和着声音的节拍一会儿倒，一会儿起，没有镇定的时候。

林下一班孩子正在那里捡桃花的落瓣哪。他们捡着，清儿忽嚷起来，道："嘎，邕邕来了！"众孩子住了手，都向桃林的尽头盼望。果然邕邕也在那里摘草花。

清儿道："我们今天可要试试阿桐的本领了。若是他能办得到，我们都把花瓣穿成一串璎珞围在他身上，封他为大哥如何？"

众人都答应了。

阿桐走到邕邕面前，道："我们正等着你来呢。"

阿桐的左手盘在邕邕的脖上，一面走一面说："今天他们要替你办嫁妆，教你做我的妻子。你能做我的妻子么？"

邕邕狠视了阿桐一下，回头用手推开他，不许他的手再搭在自己脖上。

孩子们都笑得支持不住了。

众孩子嚷道："我们见过邕邕用手推人了！阿桐赢了！"

邕邕从来不会拒绝人，阿桐怎能知道一说那话，就能使她动手呢？是春光的荡漾，把他这种心思泛出来呢？或者，天地之心就是这样呢？

你且看：漫游的薄云还是从这峰飞过那峰。

你且听：云雀和金莺的歌声还布满了空中和林中。在这万山环抱的桃林中，除那班爱闹的孩子以外，万物把春光领略得心眼都迷蒙了。

花香雾气中的梦

　　在覆茅涂泥的山居里，那阻不住的花香和雾气从疏帘窜进来，直扑到一对梦人身上。妻子把丈夫摇醒，说："快起吧，我们的被褥快湿透了。怪不得我总觉得冷，原来太阳被囚在浓雾的监狱里不能出来。"

　　那梦中的男子，心里自有他的温暖，身外的冷与不冷他毫不介意。他没有睁开眼睛便说："嗳呀，好香！许是你桌上的素馨露洒了吧？"

　　"哪里？你还在梦中哪。你且睁眼看帘外的光景。"

　　他果然揉了眼睛，拥着被坐起来，对妻子说："怪不得我净梦见一群女子在微雨中游戏。若是你不叫醒我，我还要往下梦哪。"

　　妻子也拥着她的绒被坐起来说："我也有梦。"

　　"快说给我听。"

　　"我梦见把你丢了。我自己一人在这山中遍处找寻你，怎么也找不着。我越过山后，只见一个美丽的女郎挽着一篮珠子向各树的花叶上头乱撒。我上前去向她问你的下落，她笑着问我：'他是谁，找他干什么？'我当然回答，他是我的丈夫，——"

　　"原来你在梦中也记得他！"他笑着说这话，那双眼睛还显出很滑稽的样子。

　　妻子不喜欢了。她转过脸背着丈夫说："你说什么话！你老是要挑剔人家的话语，我不往下说了。"她推开绒被，随即呼唤丫头预备脸水。

　　丈夫速把她揪住，央求说："好人，我再不敢了。你往下说吧。以后若再饶舌，情愿挨罚。"

"谁稀罕罚你？"妻子把这次的和平画押了。她往下说，"那女人对我说，你在山前柚花林里藏着。我那时又像把你忘了……"

"哦，你又……不，我应许过不再说什么的，不然，我就要挨罚了。你到底找着我没有？"

"我没有向前走，只站在一边看她撒珠子。说来也很奇怪：那些珠子粘在各花叶上都变成五彩的零露，连我的身体也沾满了。我忍不住，就问那女郎。女郎说：'东西还是一样，没有变化，因为你的心思前后不同，所以觉得变了。你认为珠子，是在我撒手之前，因为你想我这篮子绝不能盛得露水。你认为露珠是在我撒手之后，因为你想那些花叶不能留住珠子。我告诉你：你所认的不在东西，乃在使用东西的人和时间；你所爱的不在体质，乃在体质所表的情。你怎样爱月呢？是爱那悬在空中已经老死的暗球么？你怎样爱雪呢？是爱它那种砭人肌骨的凛冽么？'"

"她一说到雪，我打了一个寒噤，便醒了。"

丈夫说："到底没有找着我。"

妻子一把抓住他的头发，笑说："这不是找着了吗？……我说，这梦怎样？"

"凡你所梦都是好的。那女郎的话也是不错。我们最愉快的时候岂不是在接吻后，彼此的凝视吗？"他向妻子痴笑，妻子把绒被拿起来，盖在他头上，说："恶鬼！这会可不让你有第二次的凝视了。"

荼蘼

我常得着男子送给我的东西，总没有当它们做宝贝看。我的朋友师松却不如此，因为她从不曾受过男子的赠与。

自鸣钟敲过四下以后，山上礼拜寺的聚会就完了。男男女女像出圈的羊，争着要下到山坡觅食一般。那边有一个男学生跟着我们走，他的真名字我忘记了。我只记得人家都叫他做"宗之"。他手里拿着一枝荼蘼，且行且嗅。荼蘼本不是香花，他嗅着，不过是一种无聊举动罢了。

"松姑娘，这枝荼蘼送给你。"他在我们后面嚷着。松姑娘回头看见他满脸堆着笑容递着那花，就速速伸手去接。她接着说："多谢，多谢。"宗之只笑着点点头，随即从西边的山径转回家去。

"他给我这个，是什么意思？"

"你想他有什么意思，他就有什么意思。"我这样回答她。走不多远，我们也分途各自家去了。

她自下午到晚上摆弄那枝荼蘼。那花像有极大的魔力，不让她撒手一样。她要放下时，总觉得花儿对她说："为什么离开我？我不是从宗之手里递给你，交你照管的吗？"

呀，宗之的眼、鼻、口、齿、手、足、动作，没有一件不在花心跳跃着，没有一件不在她眼前的花枝显现出来！她心里说："你这美男子，为甚缘故送给我这花儿？"她又想起那天经坛上的讲章，就自己回答说："因为他顾念他使女的卑微，从今而后，万代要称我为有福。"

这是她爱荼蘼花，还是宗之爱她呢？我也说不清，只记得有一天我和宗之正坐在榕树根谈话的时候，他家的人跑来对他说："松姑娘吃了一朵什么花，说是你给她的。现在病了。她家的人要找你去问话咧。"

他吓了一跳，也摸不着头脑，只说："我哪时节给她东西吃？这真是……!"

我说："你细想一想。"他怎么也想不起来。我才提醒他说："你前个月在斜道上不是给了她一朵荼蘼吗？"

"对呀，可不是给了她一朵荼蘼！可是我哪里教她吃了呢？"

"为什么你单给她，不给别人？"我这样问他。

他很直截地说："我并没有什么意思，不过随手摘下，随手送给别人就是了。我平素送了许多东西给人，也没有什么事；怎么一朵小小的荼蘼就可使她着了魔？"

他还坐在那里沉吟，我便催促他说："你还能在这里坐着么？不管她是误会，你是有意，你既然给了她，现在就得去看一看她才是。"

"我哪有什么意思？"

我说："你且去看看吧。蚌蛤何尝立志要生珠子呢？也不过是外间的沙粒偶然渗入它的壳里，它就不得不用尽工夫分泌些黏液把那小沙裹起来罢了。你虽无心，可是你的花一到她手里，管保她不因花而爱起你来吗？你敢保她不把那花当做你所赐给爱的标识，就纳入她的怀中，用心里无限的情思把它围绕得非常严密吗？也许她本无心，但因你那美意的沙无意中掉在她爱的贝壳里，使她不得不如此。不用踌躇了，且去看看吧。"

宗之这才站起来，皱一皱他那双冷竣的眉头，跟着来人从林菁的深处走出去了。

银翎的使命

　　黄先生约我到狮子山麓阴湿的地方去找捕蝇草。那时刚过梅雨之期，远地青山还被烟霞蒸着，惟有几朵山花在我们眼前淡定地看那在溪涧里逆行的鱼儿喋着它们的残瓣。

　　我们沿着溪涧走。正在寻找的时候，就看见一朵大白花从上游顺流而下。我说："这时候，哪有偌大的白荷花流着呢？"

　　我的朋友说："你这近视鬼！你准看出那是白荷花么？我看那是……"

　　说时迟，来时快，那白的东西已经流到我们跟前。黄先生急忙把采集网拦住水面，那时，我才看出是一只鸽子。他从网里把那死的飞禽取出来，诧异说："是谁那么不仔细，把人家的传书鸽打死了！"他说时，从鸽翼下取出一封长的小信来。那信已被水浸透了，我们慢慢把它展开，披在一块石上。

　　"我们先看看这是从哪里来的，要寄到哪里去的，然后给它寄去，如何？"我一面说，一面看着，但那上头不但地址没有，甚至上下的款识也没有。

　　黄先生说："我们先看看里头写的是什么，不必讲私德了。"

　　我笑着说："是，没有名字的信就是公的，所以我们也可以披阅一遍。"

　　于是我们一同念着：

　　你教崑儿带银翎、翠翼来，吩咐我，若是它们空着回去，就是我还平安的意思。我恐怕他知道，把这两只小宝贝寄在霞妹那里，谁知道前天她开笼搁饲料的时候，不提防把翠翼放走了！

嗳，爱者，你看翠翼没有带信回去，定然很安心，以为还平安无事。我也很盼望你常想着我的精神和去年一样。不过，现在不能不对你说的，就是过几天人就要把我接去了！我不得不叫你速速来和他计较。你一来，什么事都好办了。因为他怕的是你和他讲理。

嗳，爱者，你见信以后，必得前来，不然，就见我不着，以后只能在累累荒冢中读我的名字了，这不是我不等你，时间不让我等你哟！

我盼望银翎平平安安地带着它的使命回去。

我们念完，黄先生说："这是怎么一回事？"

"谁能猜呢？反正是不幸的事罢了。现在要紧的，就是怎样处置这封信。我想把它贴在树上，也许有知道这事的人经过这里，可以把它带去。"我摇着头，且轻轻地把信揭起。

黄先生说："不如拿到村里去打听一下，或者容易找到一点线索。"

我们商量之下，就另抄一张起来，仍把原信系在鸽翼底下。黄先生用采掘锹子在溪边挖了一个小坑，把鸽子葬在里头，回头为它立了一座小碑，且从水中淘出几块美丽的小石压在墓上。那墓就在山花盛开的地方，我一翻身，就把些花瓣摇下来，也落在这使者的墓上。

美的牢狱

嬥求正在镜台边理她的晨妆，见她的丈夫从远地回来，就把头拢住，问道："我所需要的你都给带回来了没有？"

"对不起！我虽是一个建筑师或泥水匠，能为你自己建筑一座'美的牢狱'，我却不是一个转运者，不能为你搬运等等材料。"

"你念书不是念得越糊涂，便是越高深了！怎么你的话，我一点也听不懂？"

丈夫含笑说："不懂么？我知道你开口爱美，闭口爱美，多方地要求我给你带某某装饰回来；我想那些东西都围绕在你的体外，合起来，岂不是成为一座监禁你的牢狱吗？"

她静默了许久，也不做声。她的丈夫往下说："妻呀，我想你还不明白我的意思。我想所有美丽的东西，只能让它们散布在各处，我们只能在它们的出处爱它们；若是把它们聚拢起来，搁在一处，或在身上，那就不美了。……"

她睁着那双柔媚的眼，摇着头说："你说得不对，你说得不对。若不剖蚌，怎能得着珠玑呢？若不开山，怎能得着金刚、玉石、玛瑙等等宝物呢？而且那些东西，本来不美，必得人把它们琢磨出来，加以装饰，才能显得美丽咧。若说我要装饰，就是建筑一所美的牢狱，且把自己监在里头，且问谁不被监在这种牢狱里头呢？如果世间真有美的牢狱，像你所说，那么，我们不过是造成那牢狱的一沙一石罢了。"

"我的意思就是听其自然，连这一沙一石也毋须留存。孔雀何为自己修饰羽毛呢？芰荷何尝把它的花染红了呢？"

"所以说它们没有美感！我告诉你，你自己也早已把你的牢狱建筑好了。"

"胡说！我何曾？"

"你心中不是有许多好的想象；不是要照你的好理想去行事么？你所有的，是不是从古人曾经建筑过的牢狱里捡出其中的残片？或是在自己的世界取出来的材料呢？自然要加上一点人为才能有意思。若是我的形状和荒古时候的人一样，你还爱我吗？我敢说，你若不好好地住在你的牢狱里头，且不时时把牢狱的墙垣垒得高高的，我也不能爱你。"

刚愎的男子，你何尝佩服女子的话？你不过会说："就是你会说话！等我想想一会儿，再与你决战。"

补破衣的老妇人

　　她坐在檐前，微微的雨丝飘摇下来，多半聚在她脸庞的皱纹上头。她一点也不理会，尽管收拾她的筐子。

　　在她的筐子里有很美丽的零剪绸缎；也有很粗陋的麻头、布尾。她从没有理会雨丝在她头、面、身体之上乱扑，只提防着筐里那些好看的材料沾湿了。

　　那边来了两个小弟兄，也许他们是学校回来。小弟弟管叫她做"衣服的外科医生"，现在见她坐在檐前，就叫了一声。

　　她抬起头来，望着这两个孩子笑了一笑。那脸上的皱纹虽皱得更厉害，然而生的痛苦可以从那里挤出许多，更能表明她是一个享乐天年的老婆子。

　　小弟弟说："医生，你只用筐里的材料在别人的衣服上，怎么自己的衣服却不管了？你看你肩膀补的那一块又该掉下来了。"

　　老婆子摩一摩自己的肩膀，果然随手取下一块小方布来。她笑着对小弟弟说："你的眼睛实在精明！我这块原没有用线缝住，因为早晨忙着要出来，只用浆子暂时糊着，盼望晚上回去弥补，不提防雨丝替我揭起来了！……这揭得也不错。我，既如你所说，是一个衣服的外科医生，那么，我是不怕自己的衣服害病的。"

　　她仍整理筐里的零剪绸缎，没理会雨丝零落在她身上。

　　哥哥说："我看爸爸的手册里夹着许多的零剪文件，他也是像你一样，不时地翻来翻去。他……"

弟弟插嘴说:"他也是另一样的外科医生。"

老婆子把眼光射在他们身上,说:"哥儿们,你们说得对了。你们的爸爸爱惜小册里的零碎文件,也和我爱惜筐里的零剪绸缎一般。他凑合多少地方的好意思,等用得着时,就把他们编连起来,成为一种新的理解。所不同的,就是他用的头脑;我用的只是指头便了。你们叫他做……"

说到这里,父亲从里面出来,问起事由,便点头说:"老婆子,你的话很中肯。我们所为,原就和你一样,东搜西罗,无非是些绸头、布尾,只配用来补补破衲袄罢了。"

父亲说完,就下了石阶,要在微雨中到葡萄园里,看看他的葡萄长芽了没有。这里孩子们还和老婆子争论着要号他们的爸爸做什么样医生。

光的死

  光离开他的母亲去到无量无边，一切生命的世界上。因为他走的时候脸上常带着很忧郁的容貌，所以一切能思维、能造作的灵体也和他表同情，一见他，都低着头容他走过去，甚至带着泪眼避开他。

  光因此更烦闷了。他走得越远，力量越不足，最后，他躺下了。他躺下的地方，正在这块大地。在他旁边有几位聪明的天文家互相议论说："太阳的光，快要无所附丽了，因为他冷死的时期一天近似一天了。"

  光垂着头，低声诉说："唉，诸大智者，你们为何净在我母亲和我身上担忧？你们岂不明白我是为饶益你们而来么？你们从没有在我面前做过我曾为你们做的事。你们没有接纳我，也没有……"

  他母亲在很远的地方，见他躺在那里叹息，就叫他回去说："我的命儿，我所爱的，你回来吧。我一天一天任你自由地离开我，原是为众生的益处，他们既不承受，你何妨回来？"

  光回答说："母亲，我不能回去了。因为我走遍了一切世界，遇见一切能思维、能造作的灵体，到现在还没有一句话能够对你回报的。不但如此，这里还有人正咒诅我们哪！我哪有面目回去呢？我就安息在这里吧。"

  他的母亲听见这话，一种幽沉的颜色早已现在脸上。他从地上慢慢走到海边，带着自己的身体、威力，一分一厘地浸入水里。母亲也跟着晕过去了。

再会

　　靠窗棂坐着那位老人家是一位航海者，刚从海外归来的。他和萧老太太是少年时代的朋友，彼此虽别离了那么些年，然而他们会面时，直像忘了当中经过的日子。现在他们正谈起少年时代的旧话。

　　"蔚明哥，你不是二十岁的时候出海的么？"她屈着自己的指头，数了一数，才用那双被阅历染浊了的眼睛看着她的朋友说，"呀，四十五年就像我现在数着指头一样地过去了！"

　　老人家把手捋一捋胡子，很得意地说："可不是！……记得我到你家辞行那一天，你正在园里饲你那只小鹿，我站在你身边一棵正开着花的枇杷树下，花香和你头上的油香杂窜入我的鼻中。当时，我的别绪也不晓得要从哪里说起，但你只低头抚着小鹿。我想你那时也不能多说什么，你竟然先问一句'要等到什么时候我们再能相见呢？'我就慢答道'毋须多少时候'。那时，你……"

　　老太太接着说："那时候的光景我也记得很清楚。当你说这句的时候，我不是说'要等再相见时，除非是黑墨有洗得白的时节'。哈哈！你去时，那缕漆黑的头发现在岂不是已被海水洗白了么？"

　　老人家摩摩自己的头顶，说："对啦！这也算应验哪！可惜我见不着芳哥，他过去多少年了？"

　　"唉，久了！你看我已经抱过四个孙儿了。"她说时，看着窗外几个孩子在瓜棚下玩，就指着那最高的孩子说，"你看鼎儿已经十二岁了，他公公就在他弥月后去世的。"

他们谈话时，丫头端了一盘牡蛎煎饼来。老太太举手让着蔚明哥说："我定知道你的嗜好还没有改变，所以特地为你做这东西。"

"你记得我们少时，你母亲有一天做这样的饼给我们吃。你拿一块，吃完了才嫌饼里的牡蛎少，助料也不及我的多，闹着要把我的饼抢去。当时，你母亲说了一句话，教我常常忆起，就是'好孩子，算了罢。助料都是搁在一起渗匀的。做的时候，谁有工夫把分量细细去分配呢？这自然是免不了有些多，有些少的，只要饼的气味好就够了。你所吃的原不定就是为你做的，可是你已经吃过，就不能再要了'。蔚明哥，你说末了这话多么感动我呢！拿这个来比我们的境遇罢：境遇虽然一个一个排列在面前，容我们有机会选择，有人选得好，有人选得歹，可是选定以后，就不能再选了。"

老人家拿起饼来吃，慢慢地说："对啦！你看我这一生净在海面生活，生活极其简单，不像你这么繁复，然而我还是像当时吃那饼一样——也就饱了。"

"我想我老是多得便宜。我的'境遇的饼'虽然多一些助料，也许好吃一些，但是我的饱足是和你一样的。"

谈旧事是多么开心的事！看这光景，他们像要把少年时代的事迹——回溯一遍似地。但外面的孩子们不晓得因什么事闹起来，老太太先出去做判官；这里留着一位矍铄的航海者静静地坐着吃他的饼。

桥边

我们住的地方就在桃溪溪畔。夹岸遍是桃林，桃实、桃叶映入水中，更显出溪边的静谧。真想不出仓皇出走的人还能享受这明媚的景色！我们日日在林下游玩。有时踱过溪桥，到朋友的蔗园里找新生的甘蔗吃。

这一天，我们又要到蔗园去，刚踱过桥，便见阿芳——蔗园的小主人——很忧郁地坐在桥下。

"阿芳哥，起来领我们到你园里去。"他举起头来，望了我们一眼，也没有说什么。

我哥哥说："阿芳，你不是说你一到水边就把一切的烦闷都洗掉了吗？你不是说你是水边的蜻蜓么？你看歇在水荭花上那只蜻蜓比你怎样？"

"不错。然而今天就是我第一次的忧闷。"

我们都下到岸边，围绕住他，要打听这回事。他说："方才红儿掉在水里了！"红儿是他的腹婚妻，天天都和他在一块儿玩的。我们听了他这话，都惊讶得很。哥哥说："那么，你还能在这里闷坐着吗？还不赶紧去叫人来？"

"我一回去，我妈心里的忧郁怕也要一颗一颗地结出来，像桃实一样了。我宁可独自在此忧伤，不忍使我妈妈知道。"

我的哥哥不等说完，一股气就跑到红儿家里。这里阿芳还在皱着眉头，我也眼巴巴地望着他，一声也不响。

"谁掉在水里啦？"

我一听，是红儿的声音，速回头一望，果然哥哥携着红儿来了！她笑眯睐地走到芳哥跟前，芳哥很惊讶地望着她。很久，他才出声说："你的话不灵了么？方才我贪着要到水边看看我的影儿，把它搁在树桠上，不留神轻风一摇，把它摇落水里。它随着流水往下流去；我回头要抱它，它已不在了。"

红儿才知道掉在水里的是她所赠与的小团。她曾对阿芳说那小团也叫红儿，若是把它丢了，便是丢了她。所以芳哥这么谨慎看护着。

芳哥实在以红儿所说的话是千真万确的，看今天的光景，可就教他怀疑了。他说："哦，你的话也是不准的！我这时才知道丢了你的东西不算丢了你，真把你丢了才算。"

我哥对红儿说："无意的话倒能教人深信：芳哥对你的信念，头一次就在无意中给你打破了。"

红儿也不着急，只优游地说："信念算什么？要真相知才有用哪。……也好，我借着这个就知道他了。我们还是到蔗园去吧。"

我们一同到蔗园去，芳哥方才的忧郁也和糖汁一同吞下去了。

疲倦的母亲

　　那边一个孩子靠近车窗坐着，远山，近水，一幅一幅，次第嵌入窗户，射到他的眼中。他手画着，口中还咿咿哑哑地唱些没字曲。

　　在他身边坐着一个中年妇人，低着头瞌睡。孩子转过脸来，摇了她几下，说："妈妈，你看看，外面那座山很像我家门前的呢。"

　　母亲举起头来，把眼略睁一睁，没有出声，又支着颔睡去。

　　过一会，孩子又摇她，说："妈妈，不要睡吧，看睡出病来了。你且睁一睁眼看看外面八哥和牛打架呢。"

　　母亲把眼略略睁开，轻轻打了孩子一下，没有做声，支着头又睡去。

　　孩子鼓着腮，很不高兴。但过一会，他又唱起来了。

　　"妈妈，听我唱歌吧。"孩子对着她说，又摇她几下。

　　母亲带着不喜欢的样子说："你闹什么？我都见过，都听过，都知道了。你不知道我很疲乏，不容我歇一下么？"

　　孩子说："我们是一起出来的，怎么我还顶精神，你就疲乏起来？难道大人不如孩子么？"

　　车还在深林平畴之间穿行着。车中的人，除那孩子和一二个旅客以外，少有不像他母亲那么酣睡的。

处女的恐怖

    深沉院落，静到极地。虽然我的脚步走在细草之上，还能惊动那伏在绿丛里的蜻蜓。我每次来到庭前，不是听见投壶的音响，便是闻得四弦的颤动；今天，连窗上铁马的轻撞声也没有了！

    我心里想着这时候小坡必定在里头和人下围棋，于是轻轻走着，也不声张，就进入屋里。出乎主人的意想，跑去站在他后头，等他蓦然发觉，岂不是很有趣？但我轻揭帘子进去时，并不见小坡，只见他的妹子伏在书案上假寐。我更不好声张，还从原处蹑出来。

    走不远，方才被惊的蜻蜓就用那碧玉琢成的一千只眼瞧着我。一见我来，它又鼓起云母的翅膀飞得飒飒作响。可是破沉寂的，还是屋里大踏大步的声音。我心知道小坡的妹子醒了，看见院里有客，紧紧要回避，所以不敢回头观望，让她安然走入内衙。

    "四爷，四爷，我们太爷请你进来坐。"我听得是玉笙的声音，回头便说："我已经进去了，太爷不在屋里。"

    "太爷随即出来，请到屋里一候。"她揭开帘子让我进去。果然她的妹子不在了！丫头刚走到衙内院子的光景，便有一股柔和而带笑的声音送到我耳边说："外面伺候的人一个也没有，好在是西衙的四爷，若是生客，教人怎样进退？"

    "来的无论生熟，都是朋友，又怕什么？"我认得这是玉笙回答她小姐的话语。

"女子怎能不怕男人，敢独自一人和他们应酬么？"

"我又何尝不是女子？你不怕，也就没有什么。"

我才知道她并不曾睡去，不过回避不及，装成那样的。我走近案边，看见一把画未成的纨扇搁在上头。正要坐下，小坡便进来了。

"老四，失迎了。金妹跑进去，才知道你来。"

"岂敢，岂敢。请原谅我的莽撞。"我拿起纨扇问道，"这是令妹写的？"

"是。她方才就在这里写画。笔法有什么缺点，还求指教。"

"指教倒不敢，总之，这把扇是我捡得的，是没有主的，我要带它回去。"我摇着扇子这样说。

"这不是我的东西，不干我事。我叫她出来与你当面交涉。"小坡笑着向帘子那边叫，"九妹，老四要把你的扇子拿去了！"

他妹子从里面出来：我忙趋着几步——陪笑，行礼。我说："请饶恕我方才的唐突。"她没做声，尽管笑着。我接着说："令兄应许把这扇送给我了。"

小坡抢着说："不！我只说你们可以直接交涉。"

她还是笑着，没有做声。

我说："请九姑娘就案一挥，把这画完成了，我好立刻带走。"

但她仍不做声。她哥哥不耐烦，促她说："到底是允许人家是不允许，尽管说，害什么怕？"妹妹扫了他一眼，说："人家就是这么害怕。"她对我说："这是不成东西的，若是要，我改天再奉上。"

我速速说："够了，我不要更好的了。你既然应许，就将这一把赐给我罢。"于是她仍旧坐在案边，用丹青来染那纨扇。我们都在一边看她运笔。小坡笑着对妹子说："现在可怕人了。"

"当然。"她含笑对着哥哥。自这声音发出以后，屋里、庭外都非常沉寂；窗前也没有铁马的轻撞声。所能听见的只有画笔在笔洗里拨水的微声，和颜色在扇上的运行声。

我想

我想什么？

我心里本有一条达到极乐园地的路，从前被那女人走过的。现在那人不在了，这条路不但是荒芜，而且被野草、闲花、棘枝、绕藤占据得找不出来了！

我许久就想着这条路，不单是开给她走的，她不在，我岂不能独自来往？

但是野草、闲花这样美丽、香甜，我怎舍得把它们去掉呢？棘枝、绕藤又那样横逆、蔓延，我手里又没有器械，怎敢惹它们呢？我想独自在那路上徘徊，总没有实行的日子。

日子一久，我连那条路的方向也忘了。我只能日日跑到路口那个小池的岸边静坐，在那里怅望和沉思那草掩藤封的道途。

狂风一吹，野花乱坠，池中锦鱼道是好饵来了，争着上来喋喋。我所想的，也浮在水面被鱼喋入口里，复幻成泡沫吐出来，仍旧浮回空中。

鱼还是活活泼泼地游；路又不肯自己开了；我更不能把所想的撇在一边。呀！

我定睛望着上下游泳的锦鱼，我的回想也随着上下游荡。

呀，女人！你现在成为我"记忆的池"中的锦鱼了。你有时浮上来，使我得以看见你；有时沉下去，使我费神猜想你是在某片落叶下，或某块沙石之间。

但是那条路的方向我早忘了，我只能每日坐在池边，盼望你能从水中浮上来。

公理战胜

那晚上要举行战胜纪念第一次的典礼，不曾尝过战苦的人们争着要尝一尝战后的甘味。式场前头的人，未到七点钟，早就挤满了。

那边一个声音说："你也来了！你可是为庆贺公理战胜来的？"这边随着回答道："我只来瞧热闹，管他公理战胜不战胜。"

在我耳边恍惚有一个说话带乡下土腔的说："一个洋皇上生日倒比什么都热闹！"

我的朋友笑了。

我郑重地对他说："你听这愚拙的话，倒很入理。"

"我也信——若说战神是洋皇帝的话。"

人声、乐声、枪声和等等杂响混在一处，几乎把我们的耳鼓震裂了。我的朋友说："你看，那边预备放烟花了，我们过去看看吧。"

我们远远站着，看那红、黄、蓝、白诸色火花次第地冒上来。"这真好，这真好！"许多人都是这样颂扬。但这是不是颂扬公理战胜？

旁边有一个人说："你这灿烂的烟花，何尝不是地狱的火焰？若是真有个地狱，我想其中的火焰也是这般好看。"

我的朋友低声对我说："对呀，这烟花岂不是从纪念战死的人而来的？战死的苦我们没有尝到，由战死而显出来的地狱火焰我们倒看见了。"

我说："所以我们今晚的来，不是要趁热闹，乃是要凭吊那班愚昧可怜的牺牲者。"

谈论尽管谈论，烟花还是一样地放。我们的声音常是沦没在沸腾的人海里。

落花生

　　我们屋后有半亩隙地。母亲说:"让它荒芜着怪可惜,既然你们那么爱吃花生,就辟来做花生园吧。"我们几姊弟和几个小丫头都很喜欢——买种的买种,动土的动土,灌园的灌园。过不了几个月,居然收获了!

　　妈妈说:"今晚我们可以做一个收获节,也请你们爹爹来尝尝我们的新花生,如何?"我们都答应了。母亲把花生做成好几样的食品,还吩咐这节期要在园里的茅亭举行。

　　那晚上的天色不大好,可是爹爹也到来,实在很难得!爹爹说:"你们爱吃花生么?"

　　我们都争着答应:"爱!"

　　"谁能把花生的好处说出来?"

　　姊姊说:"花生的气味很美。"

　　哥哥说:"花生可以制油。"

　　我说:"无论何等人都可以用贱价买它来吃,都喜欢吃它。这就是它的好处。"

　　爹爹说:"花生的用处固然很多,但有一样是很可贵的。这小小的豆不像那好看的苹果、桃子、石榴,把它们的果实悬在枝上,鲜红嫩绿的颜色,令人一望而发生羡慕的心。它只把果子埋在地底,等到成熟,才容人把它挖出来。你们偶然看见一棵花生瑟缩地长在地上,不能立刻辨出它有没有果实,非得等到你接触它才能知道。"

我们都说："是的。"母亲也点点头。爹爹接下去说："所以你们要像花生，因为它是有用的，不是伟大、好看的东西。"我说："那么，人要做有用的人，不要做伟大、体面的人了。"爹爹说："这是我对于你们的希望。"

我们谈到夜阑才散，所有花生食品虽然没有了，然而父亲的话现在还印在我心版上。

别话

　　素辉病得很重，离她停息的时候不过十二个时辰了。她丈夫坐在一边，一手支颐，一手把着病人的手臂，宁静而恳挚的眼光都注在他妻子的面上。

　　黄昏的微光一分一分地消失，幸而房里都是白的东西，眼睛不至于失了它们的辨别力。屋里的静默，早已布满了死的气色，看护妇又不进来，她的脚步声只在门外轻轻地跳过去，好像告诉屋里的人说："生命的步履不望这里来，离这里渐次远了。"

　　强烈的电光忽然从玻璃泡里的金丝发出来。光的浪把那病人的眼睑冲开。丈夫见她这样，就回复他的希望，恳挚地说："你——你醒过来了！"

　　素辉好像没有听见这话，眼望着他，只说别的。她说："嗳，珠儿的父亲，在这时候，你为什么不带她来见见我？"

　　"明天带她来。"

　　屋里又沉默了许久。

　　"珠儿的父亲哪，因为我身体软弱、多病的缘故，教你牺牲许多光阴来看顾我，还阻碍你许多比服侍我更要紧的事。我实在对你不起。我的身体实不容我……"

　　"不要紧的，服侍你也是我应当做的事。"

　　她笑，但白的被窝中所显出来的笑容并不是欢乐的标识。她说："我很对不住你，因为我不曾为我们生下一个男儿。"

　　"哪里的话！女孩子更好。我爱女的。"

凄凉中的喜悦把素辉身中预备要走的魂拥回来。她的精神似乎比前强些，一听丈夫那么说，就接着道："女的本不足爱：你看许多人——连你——为女人惹下多少烦恼！……不过是——人要懂得怎样爱女人，才能懂得怎样爱智慧。不会爱或拒绝爱女人的，纵然他没有烦恼，他是万灵中最愚蠢的人。珠儿的父亲，珠儿的父亲哪，你佩服这话么？"

这时，就是我们——旁边的人——也不能为珠儿的父亲想出一句答辞。

"我离开你以后，切不要因为我就一辈子过那鳏夫的生活。你不要为我的缘故，依我方才的话爱别的女人。"她说到这里把那只几乎动不得的右手举起来，向枕边摸索。

"你要什么？我替你找。"

"戒指。"

丈夫把她的手扶下来，轻轻在她枕边摸出一支玉戒指来递给她。

"珠儿的父亲，这戒指虽不是我们订婚用的，却是你给我的。你可以存起来，以后再给珠儿的母亲，表明我和她的连属。除此以外，不要把我的东西给她，恐怕你要当她是我；不要把我们的旧话说给她听，恐怕她要因你的话就生出差别心，说你爱死的妇人甚于爱生的妻子。"她把戒指轻轻地套在丈夫左手的无名指上。丈夫随着扶她的手与他的唇边略一接触。妻子对于这番厚意，只用微微睁开的眼睛看着他。除掉这样的回报，她实在不能表现什么。

丈夫说："我应当为你做的事，都对你说过了。我再说一句，无论如何，我永久爱你。"

"咦，再过几时，你就要把我的尸体扔在荒野中了！虽然我不常住在我的身体内，可是人一离开，再等到什么时候，在什么地方才能互通我们恋爱的消息呢？若说我们将要住在天堂的话，我想我也永无再遇见你的日子，因为我们的天堂不一样。你所要住的，必不是我现在要去的。何况我还不配住在天堂？我虽不信你的神，我可信你所信的真理。纵然真理有能力，也不为我们这小小的缘故就永远把我们结在一块。珍重罢，不要爱我于离别之后。"

丈夫既不能说什么话，屋里只可让死的静寂占有了。楼底下恍惚敲了七下自鸣钟。他为尊重医院的规则，就立起来，握着素辉的手说："我的命，再见罢，七点钟了。"

"你不要走，我还和你谈话。"

"明天我早一点来，你累了，歇歇罢。"

"你总不听我的话。"她把眼睛闭了，显出很不愿意的样子。丈夫无奈，又停住片时，但她实在累了，只管躺着，也没有什么话说。

丈夫轻轻蹑出去。一到楼口，那脚步又退后走，不肯下去。他又蹑回来，悄悄到素辉床边，见她显着昏睡的形态。枯涩的泪点滴不下来，只挂在眼睑之间。

爱流汐涨

月儿的步履已踏过嵇家的东墙了。孩子在院里已等了许久，一看见上半弧的光刚射过墙头，便忙忙跑到屋里叫道："爹爹，月儿上来了，出来给我燃香罢。"

屋里坐着一个中年的男子，他的心负了无量的愁闷。外面的月亮虽然还像去年那么圆满，那么光明，可是他对于月亮的情绪就大不如去年了。当孩子进来叫他的时候，他就起来，勉强回答说："宝璜，今晚上不必拜月，我们到院里对着月光吃些果品，回头再出去看看别人的热闹。"

孩子一听见要出去看热闹，更喜得了不得。他说："为什么今晚上不拈香呢？记得从前是妈妈点给我的。"

父亲没有回答他。但孩子的话很多，问得父亲越发伤心了。他对着孩子不甚说话，只有向月不歇地叹息。

"爸爸今晚上不舒服么？为何气喘得那么厉害？"

父亲说："是，我今晚上病了。你不是要出去看热闹么？可以教素云姐带你去，我不能去了。"

素云是一个年长的丫头。主人的心思、性地，她本十分明白，所以家里无论大小事几乎是她一人主持。她带宝璜出门，到河边看看船上和岸上各样的灯色，便中就告诉孩子说："你爹爹今晚不舒服了，我们得早一点回去才是。"

孩子说："爹爹白天还好好地，为何晚上就害起病来？"

"唉，你记不得后天是妈妈的百日吗？"

"什么是妈妈的百日？"

"妈妈死掉，到后天是一百天的工夫。"

孩子实在不能理会那"一百日"的深层意思。素云只得说："夜深了，咱们回家去罢。"

素云和孩子回来的时候，父亲已经躺在床上，见他们回来，就说："你们回来了。"她跑到床前回答说："二爷，我们回来了，晚上大哥儿可以和我同睡，我招呼他，好不好？"

父亲说："不必。你还是睡你的罢。你把他安置好，就可以去歇息，这里没有什么事。"

这个七岁的孩子就睡在离父亲不远的一张小床上。外头的鼓乐声，和树梢的月影，把孩子嬲得不能睡觉。在睡眠的时候，父亲本有命令，不许说话，所以孩子只得默听着，不敢发出什么声音。

乐声远了，在近处的杂响中，最刺激孩子的，就是从父亲那里发出来的啜泣声。在孩子的思想里，大人是不会哭的，所以他很诧异地问："爹爹，你怕黑么？大猫要来咬你么？你哭什么？"他说着就要起来，因为他也怕大猫。

父亲阻止他，说："爹爹今晚上不舒服，没有别的事。不许起来。"

"咦，爹爹明明哭了！我每哭的时候，爹爹说我的声音像河里水声潺潺地响，现在爹爹的声音也和那个一样。呀，爹爹，别哭了，爹爹一哭，教宝瑛怎能睡觉呢？"

孩子越说越多，弄得父亲的心绪更乱。他不能用什么话来对付孩子，只说："瑛儿，我不是说过，在睡觉时不许说话么？你再说时，爹爹就不疼你了。好好地睡罢。"

孩子只复说了一句："爹爹要哭，教人怎样睡得着呢？"以后他就静默了。

这晚上的催眠歌，就是父亲的抽噎声。不久，孩子也因着这声就发出微细的鼾息，屋里只有些杂响伴着父亲发出哀音。

上景山

　　无论哪一季，登景山最合宜的时间是在清早或下午三点以后。晴天，眼界可以望朦胧处；雨天，可以赏雨脚的长度和电光的迅射；雪天，可以令人咀嚼着无色界的滋味。

　　在万春亭上坐着，定神看北上门后的马路（从前路在门前，如今路在门后）尽是行人和车马，路边的梓树都已掉了叶子。不错，已经立冬了。今年天气可有点怪，到现在还没有冻冰。多谢芰荷的业主把残茎都去掉，教我们能看见紫禁城外护城河的水光还在闪烁着。

　　神武门上是关闭得严严地。最讨厌的是楼前那枝很长的旗竿，侮辱了全个建筑的庄严。门楼两旁树它一对，不成吗？禁城上时时有人在走着，恐怕都是外国的旅人。

　　皇宫一所一所排列着非常整齐。怎么一个那么不讲纪律的民族，会建筑这么严整的宫廷？我对着一片黄瓦这样想着。不，说不讲纪律未免有点过火，我们可以说这民族是把旧的纪律忘掉，正在找一个新的咧。新的找不着，终究还要回来的。北京房子，皇宫也算在里头，主要的建筑都是向南的，谁也没有这样强迫过建筑者，说非这样修不可。但纪律因为利益所在，在不言中被遵守了夏天受着解愠的薰风，冬天接着可爱的暖日，只要守着盖房子的法则，这利益是不用争而自来的。所以我们要问在我们的政治社会里有这样的薰风和暖日吗？

　　最初在崖壁上写大字铭功的是强盗的老师，我眼睛看着神武门上的几个大字，心里想着李斯。皇帝也是强盗的一种，是个白痴强盗。他抢了天下把自己监禁在宫中，把一切宝物聚在身边，以为他是富有天下。这样一代过一代，到头来还是被他的糊涂奴仆，或贪婪臣宰，讨、瞒、偷、换，到连性命也不定保得住。这岂不是个白痴强盗？在白痴强盗底下才会产出大盗和小偷来。一个小偷，多少总要有一点跳女墙钻狗洞的本领，有他的禁忌，有他的信仰和道德。大盗只会利用他的奴性去请托攀缘，自赞赞他，禁忌固然没有，道德更不必提。谁也不能不承认盗贼是寄生人类的一种，但最可杀的是那班为大盗之一的斯文贼。他们不像小偷为延命去营鼠雀的生活；也不像一般的大盗，凭着自己的勇敢去抢天下。所以明火打劫的强盗最恨的是斯文贼。这里我又联想到张献忠。有一次他开科取士檄，檄诸州举贡生员，后至者妻女充院，本犯剥皮，有司教官斩，连坐十家。诸生到时，他要他们在一丈见方的大黄旗上写个帅字，字画要像斗的粗大，还要一笔写成。一个生员王志道缚草为笔，用大缸贮墨汁将草笔泡在缸里，三天，再取出来写，果然一笔写成了。他以为可以讨献忠的喜欢，谁知献忠说："他日图我必定是你。"立即把他杀来祭旗。献忠对待念书人是多么痛快。他知道他们是寄生的寄生，他的使命是来杀他们。

东城西城的天空中，时见一群一群旋飞的鸽子。除去打麻雀，逛窑子，上酒楼以外；这也是一种古典的娱乐。这种娱乐也来得群众化一点。它能在空中发出和悦的响声，翩翩地飞绕着，教人觉得在一个灰白色的冷天，满天乱飞乱叫的老鸹的讨厌。然而在刮大风的时候，若是你有勇气上景山的最高处，看看天安门楼屋脊上的鸦群，噪叫的声音是听不见，它们随风飞扬，直像从什么大树飘下来的败叶，凌乱得有意思。

万春亭周围被挖得东一沟，西一窟，据说是管宫的当局挖来试看煤山是不是个大煤堆，像历来的传说所传的，我心里暗笑信这说的人们。是不是因为北宋亡国的时候，都人在城被围时，拆毁艮岳的建筑木材去充柴火，所以计划建筑北京的人预先堆起一大堆煤，万一都城被围时，人民可以不拆宫殿。这是笨想头。若是我来计划，最好来一个米山。米在万急的时候，也可以生吃，煤可无论如何吃不得。又有人说景山是太行的最终一峰。这也是瞎说。从西山往东几十里平原，可怎么不偏不颇在北京城当中出了一座景山？若说北京的建设就是对着景山的子午，为什么不对北海的琼岛？我想景山明是开紫金城外的护河所积的土，琼岛也是垒积从北海挖出来的土而成的。

从亭后的树缝里远远看见鼓楼。地安门前后的大街，人马默默地走，城市的喧嚣声，一点也听不见。鼓楼是不让正阳门那样雄壮地挺着。它的名字，改了又改，一会是明耻楼，一会又是齐政楼，现在大概又是明耻楼吧。明耻不难，雪耻得努力。只怕市民能明白那耻的还不多，想来是多么可怜。记得前几年"三民主义"、"帝国主义"这套名词随着北伐军到北平的时候，市民看些篆字标语，好像都明白各人蒙着无上的耻辱，而这耻辱是由于帝国主义的压迫。所以大家也随声附和唱着打倒和推翻。

从山上下来，崇祯殉国的地方依然是那么半死的槐树。据说树上原有一条链子锁着，庚子联军入京以后就不见了，现在那枯槁的部分，还有一个大洞，当时的链痕还隐约可以看见。义和团运动的结果，从解放这棵树发展到解放这民族。这是一件多么可以发人深思的对象呢？山后的柏树发出幽恬的香气，好像是对于这地方的永远供物。

寿皇殿锁闭得严严地，因为谁也不愿意努尔哈赤的种类再做白痴的梦。每年的祭祀不举行了，庄严的神乐再也不能听见，只有从乡间进城来唱秧歌的孩子们，在墙外打的锣鼓，有时还可以送到殿前。

到景山门，回头仰望顶上方才所坐的地方，人都下来了。树上几只很面熟却不认得的鸟在叫着。亭里残破的古佛还坐在结那没人能懂的手印。

1946 年 11 月

先农坛

曾经一度繁华过的香厂，现在剩下些破烂不堪的房子，偶尔经过，只见大兵们在广场上练国技。往南再走，排地摊的犹如往日，只是好东西越来越少，到处都看见外国来的空酒瓶、香水樽、胭脂盒，乃至簇新的东洋瓷器，估衣摊上的不入时的衣服，"一块八"，"两块四"叫卖的伙计连翻带地兜揽，买主没有，看主却是很多。

在一条凹凸得格别的马路上走，不觉进了先农坛的地界。从前在坛里唯一新建筑，"四面钟"，如今只剩一座空洞的高台，四围的柏树早已变成富人们的棺材或家私了。东边一座礼拜寺是新的。球场上还有人在那里练习。绵羊三五群，遍地披着枯黄的草根。风稍微一动，尘土便随着飞起，可惜颜色太坏，若是雪白或朱红，岂不是很好的国货化妆材料？

到坛北门，照例买票进去。古柏依旧，茶座全空。大兵们住在大殿里，很好看的门窗，都被拆作柴火烧了。希望北平市游览区划定以后，可以有一笔大款来修理。北平的旧建筑，渐次少了，房主不断地卖折货。像最近的定王府，原是明朝胡大海的府邸，论起建筑的年代足有五百多年。假若政府有心保存北平古物，决不至于让市民随意拆毁。拆一间是少一间。现在坛里，大兵拆起公有建筑来了。爱国得先从爱惜公共的产业做起，得先从爱惜历史的陈迹做起。

观耕台上坐着一男一女，正在密谈，心情的热真能抵御环境的冷。桃树柳树都脱掉叶衣，做三冬的长眠，风摇鸟唤，都不听见。雯坛边的鹿，伶俐的眼睛瞭望着过路的人。游客本来有三两个，它们见了格外相亲。在那么空旷的园囿，本不必拦着它们，只要四围开上七八尺深的沟，斜削沟的里壁，使当中成一个圆丘，鹿放在当中，虽没遮栏也跳不上来。这样，园景必定优美得多。星云坛比岳渎坛更破烂不堪。干蒿败艾，满布在砖缝瓦罅之间，拂人衣裙，便发出一种清越的香味。老松在夕阳底下默然站着。人说它像盘旋的虬龙，我说它像开屏的孔雀，一颗一颗的松球，衬着暗绿的针叶，远望着更像得很。松是中国人的理想性格，画家没有不喜欢画它。孔子说它后凋还是屈了它，应当说它不凋才对。英国人对于橡树的情感就和中国对于松树的一样。中国人爱松并不尽是因为它长寿，乃是因它当飘风飞雪的时节能够站得住，生机不断，可发荣的时间一到，便又青绿起来。人对着松树是不会失望的，它能给人一种兴奋，虽然树上留着许多枯枝丫，看来越发增加它的壮美。就是枯死，也不像别的树木等闲地倒下来。千年百年是那么立着，藤萝缠它，薜荔粘它，都不怕，反而使它更优越更秀丽。古人说松籁好听得像龙吟。龙吟我们没有听过，可是它所发出的逸韵，真能使人忘掉名利，动出尘的想头。可是要记得这样的声音，决不是一寸一尺的小松所能发出，非要经得百千年的磨练，受过风霜或者吃过斧斤的亏，能够立得定以后，是做不到的。所以当年壮的时候，应学松柏的抵抗力，忍耐力，和增进力；到年衰的时候，也不妨送出清越的籁。

对着松树坐了半天。金黄色的霞光已经收了，不免离开雩坛直出大门。门外前几年挖的战壕，还没填满。羊群领着我向着归路。道边放着一担菊花，卖花人站在一家门口与那淡妆的女郎讲价，不提防担里的黄花教羊吃了几棵。那人索性将两棵带泥丸的菊花向羊群猛掷过去，口里骂"你等死的羊孙子！"可也没奈何。吃剩的花散布在道上，也教车轮辗碎了。

1946 年 11 月

忆卢沟桥

记得离北平以前，最后到卢沟桥，是在二十二年的春天。我与同事刘兆蕙先生在一个清早由广安门顺着大道步行，经过大井村，已是十点多钟。参拜了义井庵的千手观音，就在大悲阁外小憩。那菩萨像有三丈多高，是金铜铸成的，体相还好，不过屋宇倾颓，香烟零落，也许是因为求愿的人们发生了求财赔本求子丧妻的事情吧。这次的出游本是为访求另一尊铜佛而来的。我听见从宛平城来的人告诉我那城附近有所古庙塌了，其中许多金铜佛像，年代都是很古的。为知识上的兴趣，不得不去采访一下。大井村的千手观音是有著录的，所以也顺便去看看。

出大井村，在官道上，巍然立着一座牌坊，是乾隆四十年建的。坊东面额书"经环同轨"，西面是"荡平归极"。建坊的原意不得而知，将来能够用来做凯旋门那就最合宜不过了。

春天的燕郊，若没有大风，就很可以使人流连。树干上或土墙边蜗牛在画着银色的涎路。它们慢慢移动，像不知道它们的小介壳以外还有什么宇宙似的。柳塘边的雏鸭披着淡黄色的愁毛，映着嫩绿的新叶；游泳时，微波随蹼翻起，泛成一弯一弯动着的曲纹，这都是生趣的示现。走乏了，且在路边的墓园少住一回。刘先生站在一座很美丽的窣堵波上，要我给他拍照。在榆树荫覆之下，我们没感到路上太阳的酷烈。寂静的墓园里，虽没有什么名花，野卉倒也长得顶得意地。忙碌的蜜蜂，两只小腿粘着些少花粉，还在采集着。蚂蚁为争一条烂残的蚱蜢腿，在枯藤的根本上争斗着。落网的小蝶，一片翅膀已失掉效用,还在挣扎着。这也是生趣的示现,不过意味有点不同罢了。

闲谈着,已见日丽中天,前面宛平城也在域之内了。宛平城在卢沟桥北,建于明崇祯十年,名叫"拱北城",周围不及二里,只有两个城门,北门是顺治门,南门是永昌门。清改拱北为拱极,永昌门为威严门。南门外便是卢沟桥。拱北城本来不是县城,前几年因为北平改市,县衙才移到那里去,所以规模极其简陋。从前它是个卫城,有武官常驻镇守着,一直到现在,还是一个很重要的军事地点。我们随着骆驼队进了顺治门,在前面不远,便见了永昌门。大街一条,两边多是荒地。我们到预定的地点去探访,果见一个庞大的铜佛头和一些铜像残体横陈在县立学校里的地上。拱北城内原有观音庵与兴隆寺,兴隆寺内还有许多已无可考的广慈寺的遗物,那些铜像究竟是属于哪寺的也无从知道。我们摩挲了一回,才到卢沟桥头的一家饭店午膳。

自从宛平县署移到拱北城,卢沟桥便成为县城的繁要街市。桥北的商店民居很多,还保存着从前中原数省入京孔道的规模。桥上的碑亭虽然朽坏,还矗立着。自从历年的内战,卢沟桥更成为戎马往来的要冲,加上长辛店战役的印象,使附近的居民都知道近代战争的大概情形,连小孩也知道飞机、大炮、机关枪都是做什么用的。到处墙上虽然有标语贴着的痕迹。而在色与量上可不能与卖药的广告相比。推开窗户,看着永定河的浊水穿过疏林,向东南流去,想起陈高的诗:"卢沟桥西车马多,山头白日照清波。毡卢亦有江南妇,愁听金人出塞歌。"清波不见,浑水成潮,是记述与事实的相差,抑昔日与今时的不同,就不得而知了。但想象当日桥下雅集亭的风景,以及金人所掠江南妇女,经过此地的情形,感慨便不能不触发了。

从卢沟桥上经过的可悲可恨可歌可泣的事迹,岂止被金人所掠的江南妇女那一件?可惜桥栏上蹲着的石狮子个个只会张牙裂眦结舌无言,以致许多可以稍留印迹的史实,若不随蹄尘飞散,也教轮辐压碎了。我又想着天下最有功德的是桥梁。它把天然的阻隔连络起来,它从这岸度引人们到那岸。在桥上走过的是好是歹,于它本来无关,何况在上面走的不过是长途中的一小段,它哪能知道何者是可悲可恨可泣呢?它不必记历史,反而是历史记着它。卢沟桥本名广利桥,是金大定二十七年始建,至明昌二年(公元一一八九至一一九二)修成的。它拥有世界的声名是因为曾入马可博罗的记述。马可博罗记作"普利桑干",而欧洲人都称它做"马可博罗桥",倒失掉记者赞叹桑干河上一道大桥的原意了。中国人是擅于修造石桥的，在建筑上只有桥与塔可以保留得较为长久。中国的大石桥每能使人叹为鬼役神工，卢沟桥的伟大与那有名的泉州洛阳桥和漳州虎渡桥有点不同。论工程，它没有这两道桥的宏伟，然而在史迹上，它是多次系着民族安危。纵使你把桥拆掉，卢沟桥的神影是永不会被中国人忘记的。这个在"七七"事件发生以后，更使人觉得是如此。当时我只想着日军许会从古北口入北平，由北平越过这道名桥侵入中原，决想不到火头就会在我那时所站的地方发出来。

在饭店里，随便吃些烧饼，就出来，在桥上张望。铁路桥在远处平行地架着。驮煤的骆驼队随着铃铛的音节整齐地在桥上迈步。小商人与农民在雕栏下作交易上很有礼貌的计较。妇女们在桥下浣衣，乐融融地交谈。人们虽不理会国势的严重，可是从军队里宣传员口里也知道强敌已在门口。我们本不为做间谍去的，因为在桥上向路人多问了些话，便教警官注意起来，我们也自好笑。我是为当事官吏的注意而高兴，觉得他们时刻在提防着，警备着。过了桥，便望见实柘山，苍翠的山色，指示着日斜多了几度，在砾原上流连片时，暂觉晚风拂衣，若不回转，就得住店了。"卢沟晓月"是有名的。为领略这美景，到店里住一宿，本来也值得，不过我对于晓风残月一类的景物素来不大喜爱。我爱月在黑夜里所显的光明。晓月只有垂死的光，想来是很凄凉的。还是回家吧。

我们不从原路去，就在拱北城外分道。刘先生沿着旧河床，向北回海甸去。我捡了几块石头，向着八里庄那条路走。进到阜城门，望见北海的白塔已经成为一个剪影贴在洒银的暗蓝纸上。

1946 年 11 月

窥园先生诗传

　　华人移居台湾最早的，据日本所传，有秦始皇二十八年徐福率童男女移住夷州和直州的事情。夷州是台湾；直州是小吕宋。自秦以后，汉的东琉，隋的琉球、掖玖，唐的流鬼、澎湖，元的琉求、澎湖、波罗公，都是指台湾而言，但历代移民的有无，则不得而知。唐元和间，施肩吾有咏澎湖的诗，为澎湖见于艺文的第一次。有人说施肩吾率领家人移住澎湖，确与不确，也无从证明。宋元以来，闽粤人渡海移居台湾的渐多。明初因为防御海盗和倭寇，曾令本岛居民悉移漳泉二州，但居留人数并未见得减少。当嘉靖四十二年，俞大猷追海盗入台湾以前，七鲲身，鹿耳门沿岸的华民已经聚成村落。这些从中国到台湾的移民，大概可以分为五种：一是海盗，二是渔户，三是贾客，四是规避重敛的平民，五是海盗或倭寇的俘虏。嘉靖中从广东揭阳移到赤嵌（台南）居住的许超便是窥园先生的入台一世祖。这家的职业，因为旧家谱于清道光年间毁掉，新谱并未载明，故不得而知。从家庭的传说，知道一世祖是蒙塾的师傅。若依上头移民的种类看来，他或者是属于第四或第五种人。自荷兰人占据以后，名台湾为丽都岛（花摩婆），称赤嵌为毘舍耶（或作昆舍耶），建城筑堡，辟港刊林，政治规模略具，人民生活渐饶。许氏一家，自移植以来到清嘉庆年间，宗族还未分居，并且各有职业。窥园先生的祖父永喜公是个秀才，因为兄弟们都从事生产，自己便教育几个学生，过他的书生生活。他前后三娶生子八人。子侄们，除廷乐公农业，特斋公（讳延璋）业儒以外，其余都是商人。道光中叶，许家兄弟共同经营了四间商店，是金珠，布匹，鞋帽，和鸦片烟馆。不幸一夜的大火把那几间店一烧得精光，连家谱地契都毁掉。家产荡尽，兄弟们才闹分居。特斋公因此分得西定坊武馆街烬余的鞋店为业。咸丰五年十月初五日，特斋公在那破屋里得窥园先生。因为那间房子既不宜居住，更不宜做学塾的用处，在先生六岁时候，特斋公便将武馆街旧居卖掉，另置南门里延平郡王祠边马公庙住宅，建学舍数楹。舍后空地数亩，任草木自然滋长，名为窥园，取"董子下帷讲诵，三年不窥园"的意思。特斋公自在宅中开馆授徒，不久便谢世，遗下窥园给他的四个儿子。

窥园先生讳南英，号蕴白或允白。窥园主人，留发头陀，龙马书生，毘舍耶客，春江冷宦，都是他的自号。自特斋公殁后，家计专仗少数田产，蓝太恭人善于调度，十数年来，诸子的学费都由她一人支持。先生排行第三，十九岁时，伯兄梓修公为台湾府吏，仲兄炳耀公在大穆降办盐务，以所入助家用。因为兄弟们都已成人，家用日绌，先生也想跟他二兄学卖盐去。谢宪章先生力劝他勉强继续求学，于是先生又跟谢先生受业。先生所往来的都是当时教大馆的塾师，学问因此大进。吴樵山先生也是在这几年间认识的。当时在台湾城教学的前辈对于先生的品格学问都很推许。二十四岁，先生被聘去教家塾，不久，自己又在窥园里设一个学塾，名为闻樨学舍。当时最常往来的亲友是吴樵山（子云），陈卜五，王泳翔，施云舫（士洁），丘仙根（逢甲），汪杏泉（春源），陈省三（望曾），陈梧冈（日翔）诸先生。他的诗人生活也是从这个时候起。

自二十四到三十五岁，先生都以教学为业。光绪丙戌初到北京会试，因对策陈述国家危机所在，文章过于伤感，考官不敢录取。已丑再赴试，又因评论政治得失被放。隔年，中恩科会魁，授兵部车驾清吏司主事职。先生的志向本不在做官，只望成了名，可以在本乡服役。他对于台湾的风物知道很多，绅民对他也很有信仰，所以在十二月间他便回籍服役。

先生二十三岁时，遵吴樵山先生的遗嘱，聘他的第三女（讳慎），越三年，完婚。夫妇感情，直到命终，极其融洽。在三十三岁左右，偶然认识台南一个歌伎吴湘玉，由怜生爱，屡想为她脱籍。两年后，经过许多困难，至终商定纳她为妾，湘玉喜过度，不久便得病。她的母亲要等她痊愈才肯嫁她。在抑郁着急的心境中，使她病加剧，因而夭折。她死后，先生将遗骸葬在荔枝宅。湘玉的母亲感激他的情谊，便将死者的婢女吴逊送给他。他并不爱恋那女子，只为湘玉的缘故收留她。本集里的情词多半是怀念湘玉的作品。

台湾于光绪十一年改设行省，以原台湾府为台南府，台湾县为安平县。自设省后，所有新政逐渐推行。先生对于新设施都潜心研究。每以为机器、矿务或其他实业都应自己学会了自己办，异族绝靠不住。自庚寅从北京回籍，台南官绅举他管理圣庙乐局事务。安平陈县令聘他做蓬壶书院山长，辞未就，因为他愿意帮助政府办理垦土化番的事业。他每深入番社，山里的番汉人多认识他。甲午年春，唐巡抚聘他当台湾通志局协修，凡台南府属的沿革风物都由他汇纂。中日开战，省府改台南采访局为团练局，以先生充统领岭两营兵。黄海之败，中枢当局以为自改设台湾行省以来，五六年间，所有新政都要经费，不但未见利益，甚至要赔垫许多币金。加以台湾民众向有反清复明的倾向，不易统治，这或者也是决意割让的一个原因。那时人心惶惶，希望政府不放弃台湾，而一些土棍便想乘着官吏与地权交代的机会从中取利。有些唱"跟父也是吃饭，跟母也是吃饭"的论调，意思是归华归日都可以。因此，民主国的建设虽然酝酿着，而人心并未一致。住近番地的汉人与番人又乘机混合起来扰乱，台南附近有刘乌河的叛变。一重溪，菜寮，拔马，锡猴，木冈，南庄，半平桥，八张犁，诸社都不安静。先生领兵把匪徒荡平以后，分兵屯防诸社。

乙未三月，中日和约签订。依约第二条，台湾及澎湖群岛都割归日本，台湾绅民反对无效，因是积极筹建民主国，举唐巡抚为大伯理玺天德，以元武旗（兰地黄虎）为国旗。军民诸政先由刘永福，丘逢甲诸人担任，等议院开后再定国策。那时，先生任筹防局统领，仍然屯兵番社附近诸隘。日本既与我国交换约书于芝罘，遂任桦山资纪为台湾总督，会见我全权李经方于基隆港外，接收全岛及澎湖群岛。七月，基隆失守，唐大伯理玺天德乘德轮船逃厦门，日人遂入台北。当基隆告急时，先生率台南防兵北行，到阿里关，听见台北已失，乃赶回台南。刘永福自己到安平港去布防，令先生守城。先生所领的兵本来不多，攻守都难操胜算。当时人心张皇，意见不一，故城终未关，任人逃避。先生也有意等城内人民避到乡间以后，再请兵固守。八月，嘉义失守，刘永福不愿死战，致书日军求和，且令台南解严，先生只得听命。和议未成，打狗，凤山相继陷，刘永福遂挟兵饷官帑数十万乘德船逃回中国。

旧历九月初二日，安平炮台被占，大局已去，丘逢甲也弃职，民主国在实际上已经消灭，城中绅商都不以死守为然，力劝先生解甲。因为兵饷被刘提走，先生便将私蓄现金尽数散给部下。几个弁目把他送出城外。九月初三日，日人入台南。本集里，辛丑所作《无题》便是记当日刘帅逃走和他不能守城的愤恨。又，乙未《寄台南诸友》也是表明他的心迹的作品。

民主国最后根据地台南被占领后，日人悬像遍索先生。乡人不得已，乃于九月初五日送先生到安平港，渔人用竹筏载他上轮船。窥园词中《忆旧》是叙这次的事。日人登船搜索了一遍，也没把他认出来。先生到厦门少住，便转向汕头，投宗人子荣子明二位先生的乡里，距鮀它浦不远的桃都。子荣先生劝先生归宗，可惜旧家谱不存，入台一世祖与揭阳宗祠的关系都不能而知，这事只得罢论。子荣昆季又劝先生到南洋去换换生活。先生的旅费都是他们赠与。他们又把先生全家从台湾接到桃都，安置在宗祠边的别庄里。从此以后，先生的子孙便住在中国，其余都留在台湾，现在把先生的世系略记于下，表示住在台湾的族人还很多。（世系表略）

先生在星嘉坡，曼谷诸地漫游，足够两年。囊金荡尽，迫着他上了宦途。但回到兵部当差既不可能，于是"自贬南交为末史"去了。先生到北京投供吏部，自请开去兵部职务，降换广东即用知县，加同知衔。他愿意到广东，一因是祖籍，二因朋友多。又因漳州与潮州毗邻，语言风俗多半相同，于是寄籍为龙溪县人。从北京南下，到桃都把家眷带到广州，住药王庙兴隆坊。丁酉戊戌两年中帮广州周知府与番禺裴县令评阅府县试卷。己亥，委随潮州镇总兵黄金福行营到惠潮嘉一带办理清乡事务。庚子，广州陈知府委总校广州府试卷。不久，又委充佛山汾水税关总办。辛丑，由税关调省，充乡试阅卷官。试毕，委署徐闻县知县。这是他当地方官的第一遭。

徐闻在雷州半岛南端，民风淳朴。先生到任后，全县政事，只用一位刑名师爷助理，其余会计钱粮诸事都是自己经理。每旬放告，轻的是偷鸡剪钮，重的也不过是争田赖债。杀人越货，罕有所闻。"讼庭春草荫层层，官长真如退院僧"，实在是当时光景。贵生书院山长杨先生退任，先生改书院为徐闻小学堂，选县中生员入学。邑绅见先生热心办学，乃公聘先生为掌教，每旬三六九日到堂讲经史二时。有清以来，县官兼书院掌教实是罕见。先生时到小学堂，与学生多有接触，因此对于县中人情风俗很能了解。先生每以"生于忧患，死于晏安"警策学生。又说："人当奋勉，寸晷不懈，如耽逸乐，则放僻邪侈，无所不为。到那时候，身心不但没用，并且遗害后世。"他又以为人生无论做大小事，当要有些建树，才对得起社会，"生无建树死嫌迟"也是他常说的话。案头除案卷外，时常放一册白纸本子，如于书中见有可以警发深思德行的文句便抄录在上头，名为补过录，每年完二三百页。可惜三十年来浮家处处，此录丧失几尽，我身边只存一册而已。县衙早已破毁，前任县官假借考棚为公馆，先生又租东邻三官祠为儿辈书房。公余有暇，常到书房和徐展云先生谈话，有时也为儿辈讲国史。先生在徐闻约一年，全县绅民都爱戴他。

光绪二十九年，广东乡试，先生被调入内帘。试毕，复委赴钦州查办重案。回省消差后，大吏以先生善治盗，因阳春阳江连年闹匪，乃命他缓赴三水县本任，调署阳春县知县。到阳春视事，仅六个月，对于匪盗，剿抚兼施，功绩甚著，乃调任阳江军民同知兼办清乡事务。在阳江三年，与阳江游击柯壬贵会剿土匪，屡破贼巢，柯公以功授副将，加提督衔；先生受花翎四品顶戴的赏。阳江新政自光绪三十年由先生渐逐施行，最重要的是遣派东洋留学生造专门人材，改濂溪书院为阳江师范传习所以养成各乡小学教员，创办地方巡警及习艺所。

光绪三十二年秋，改阳江为直隶州，领恩平，阳春二县。七月初五日，习艺所罪犯越狱，劫监仓羁所犯人同逃。那时，先生正下乡公干，何游击于初五早晨也离城往别处去。所长莫君人虽慈祥，却乏干才，平时对于所中犯人不但未加管束，并且任外人随时到所探望。所中犯人多半是礤犯，徒刑重者不过十五年，因此所长并没想到他们会反监。初五日下午，所中犯人突破狱门，登监视楼，夺守岗狱卒枪械，拥所长出门。游击衙门正在习艺所旁边，逃犯们便拥进去，夺取大堂的枪支和子弹。过监仓和羁所，复破狱门，迫守卒解放群囚。一时城中秩序大乱，经巡警，和同知衙门亲兵力击，匪犯乃由东门逃去，弃置莫君于田间。这事情本应所长及游击负责，因为先生身兼清乡总办，不能常驻城中，照例同知离城，游击便当留守。而何游击竟于初五早离城，致乱事起时，没人负责援救。初六日，先生自乡间赶回，计逃去重犯数十名，轻罪徒犯一百多名，乃将详情申报上司，对于游击及所长渎职事并未声明。部议开去三水本任，撤职留缉。那时所中还有几十名不愿逃走的囚徒，先生由他们知道逃犯的计划和行径，不出三个月，捕回过半。于是捐复翎顶，回省候委。十二月，委办顺德县清乡事务，随即委解京饷。丙午丁未两年间可以说是先生在宦途上最不得意的时候。他因此自号春江冷宦。从北京回广州，过香港，有人告诉他阳江越狱主犯利亚摩与同伴都在本岛当劳工，劝他请省府移文逮捕归案。先生说："上天有好生之德，我所以追捕逃犯，是怕他们出去仍为盗贼害民。现在他们既然有了职业，当要给他们自新的机会，何必再去捕杀他们呢？况且我已为他们担了处分，不忍再借他们的脂血来坚固自己的职位。任他们自由吧。"

光绪三十三年五月赴三水县任。三年之中，力除秕政。向例各房吏目都在各房办公，时间无定，甚至一件小案，也得迁延时日，先生乃于二堂旁边设县政办公室，每日集诸房吏在室内办公，自己也到室签押。舞弊的事顿减，人民都很愉快。县中巨绅，多有豢养世奴的陋习，先生严禁贩卖人口，且促他们解放群奴，因此与多数绅士不协，为事甚形棘手。县属巨姓械斗，闹出人命，先生秉公办理，两造争献贿赂，皆被严辞谢绝。他一生引为不负国家的两件事，一是除民害，一是不爱钱。《和耐公六十初度》便是他的自白之一。当时左右劝他受两造赂金，既可以求好巨绅，又可以用那笔款去买好缺或过班。贿赂公行是三十年来公开的事情。拜门，钻营，馈赠，是官僚升职的唯一途径。先生却恨这些事情，不但不受贿，并且严办说项的人。他做了十几年官，未尝拜过谁的门，也未曾为求差求缺用过一文钱。对于出仕的看法，他并不从富贵着想。他常说："一个人出仕，不做廊庙宰，当做州县宰。因为廊庙宰亲近朝廷，一国人政容我筹措；州县宰亲近人民，群众利害容我乘除。这两种才是真能为国效劳的宰官。"他既为公事得罪几个巨绅，便想辞职，会授电白县，乃卸事回省。将就新任，而武昌革命军起，一月之间，闽粤响应。先生得漳州友人电召回漳，被举为革命政府民事局长。不久，南北共和，民事局撤消，先生乃退居海澄县属海沧墟，号所居为借沧海居。

住在海沧并非长策，因为先生全家所存现款只剩那用东西向汕头交通银行总办押借的五百元。从前在广州，凡有须要都到子荣先生令嗣梅坡先生行里去通融。在海沧却是举目无亲，他的困难实在难以言喻。陈梧冈先生自授秘鲁使臣后，未赴任，蛰居厦门，因清鼎革，想邀先生落发为僧，或于虎溪岸边筑室隐居。这两事都未成功。梧冈先生不久也谢世了。台湾亲友请先生且回故乡，先生遂带着叔午叔未同行。台南南庄山林尚有一部分是先生的产业。亲友们劝他遣一两个儿子回台入日籍，领回那一大片土地。叔未本有日籍，因为他是庶出，先生不愿将这产业全交在他的手里，但在华诸子又没有一个愿意回乡入籍。先生于是放弃南庄山林，将所余分给留台族人，自己仍然回到厦门。在故乡时，日与诗社诸友联吟，住在亲戚吴筱霞先生园中。马公庙窥园前曾赁给日本某会社为宿舍，家人仍住前院，这时因为修筑大道定须拆让。先生还乡，眼见他爱的梅花被移，旧居被夷为平地，窥园一部分让与他人，那又何等伤心呢！

　　借沧海居地近市集，不宜居住，家人仍移居龙溪县属石美黄氏别庄。先生自台南回国后，境遇越苦，恰巧同年旧友张元奇先生为福建民政长，招先生到福州。张先生意思要任他为西路观察使，他辞不胜任，请任为龙溪县知事。这仍是他"不做廊庙宰当做州县宰"的本旨。他对民国前途很有希望，但不以武力革命为然。这次正式为民国官吏，本想长做下去，无奈官范民风越来越坏，豪绅劣民动借共和名义，牵制地方行政。就任不久，因为禁止私斗和勒拔烟苗事情为当地豪劣所忌，捏词上控先生侵吞公款。先生因请卸职查办。省府查，不确，诸豪劣畏罪，来求先生免予追究。先生于谈笑中表示他的大度。从此以后，先生便决计不再从政了。

　　卸任后，两袖清风，退居漳州东门外管厝巷。诸子中，有些学业还未完成，有些虽能自给，但也不很丰裕。民国四年，林叔臧先生组织诗社，聘先生为社友，月给津贴若干，以此，先生个人生活稍裕，但家境困难仍未减少。故友中有劝他入京投故旧谋差遣的，有劝他回广东去的。当时广东省长某为先生任阳春知县时所招抚的一人。柯参将幕客彭华绚先生在省公署已得要职，函召先生到广州，说省长必能以高位报他。先生对家人说："我最恨食人之报，何况他从前曾在我部属，今日反去向他讨啖饭地，岂不更可耻吗？"至终不去。

　　民国五年移居大岸顶。四月，因厦门日本领事的邀请，回台参与台湾劝业共进会，复与旧友周旋数月。因游关岭，轻便车出轨，先生受微伤，在台南休养。那时，苏门答拉棉兰城华侨市长张鸿南先生要聘人给他编辑服官三十五年事略，林叔臧先生荐先生到那里去，先生遂于重阳日南航。这样工作预定两年，而报酬若干并未说明。先生每月应支若干，既不便动问，又因只身远行，时念乡里，以此居恒郁郁，每以诗酒自遣。加以三儿学费，次女嫁资都要筹措，一年之间，精神大为沮丧，扶病急将张君事略编就，希望能够带些酬金回国。不料欧战正酣，南海航信无定，间或两月一期。先生候船久，且无所事，越纵饮，因啖水果过多，得痢疾。民国六年，旧历十一月十一日丑时卒于寓所，寿六十三岁。林健人先生及棉兰友人于市外买地数弓把先生的遗骸安葬在那里。

先生生平以梅自况，酷爱梅花，且能为它写照。在他的题画诗中，题自画梅花的诗占五分之三。对人对己并不装道学模样。在台湾时发起崇正社，以崇尚正义为主旨，时时会集于竹溪寺，现在还有许多社友。他的情感真挚，从无虚饰。在本集里，到处可以看出他的深情。生平景仰苏黄，且用"山谷"二字字他的诸子。他对于新学追求甚力，凡当时报章杂志，都用心去读。凡关于政治和世界大势的论文，先生尤有体会的能力。他不怕请教别人，对于外国文字有时问到儿辈。他的诗中用了很多当时的新名词，并且时时流露他对于国家前途的忧虑，足以知道他是个富于时代意识的诗人。

这《留草》是从先生的未定本中编录出来。割台以前的诗词多半散失，现存的都是由先生的记忆重写出来，因而写诗的时间不能断定。本书的次序是比较诗的内容和原稿的先后编成的。还有原稿删掉而编者以为可以存的也重行抄入。原稿残缺，或文句不完的，便不录入。原稿更改或拟改的字句便选用其中编者以为最好的。但删补总计不出十首，仍不失原稿的真面目。在这《留草》里，先生历年所作以壬子年为最多，其次为丙辰年。所作最多为七律，计四百七十五首，其次，七绝三百三十五首，五律一百三十二首，五绝三十八首，五古三十五首，七古二十三首，其他二首，总计一千零三十九首。在《留草》后面附上《窥园词》一卷，计五十九阕。词道，先生自以为非所长，所以存的少。现在所存的词都是先生在民国元年以后从旧日记或草稿中选录的，所以也没有次序。次序也是编者定的。

自先生殁后，亲友们便敦促刊行他的诗草。民国九年我回漳州省母，将原稿带上北京来。因为当时所入不丰，不能付印，只抄了一份，将原稿存在三兄敦谷处。民国十五秋，革命军北伐武昌，飞机弹毁敦谷住所，家中一切皆被破坏。事后于瓦砾场中搜出原稿完整如故，我们都非常喜欢。敦谷于十五年冬到上海。在那里，将这全份稿本交给我。这几年来每想精刊全书，可惜限于财力，未能如愿。近因北京频陷于危，怕原稿化成劫灰，不得已，草率印了五百部。出版的时候，距先生殁已十六年，想起来，真对不起他。这部《留草》的刊行，承柯政和先生许多方面的帮助，应当在这里道谢。

作传，在原则上为编者所不主张。但上头的传只为使读者了解诗中的本事与作者的心境而作，并非褒扬先人的行述或哀启，所以前头没有很恭敬的称呼，也没请人"顿首填讳"，后头也不加"泣血稽颡谨述"。至于传中所未举出的，即与诗草内容没有什么关系或诗注中已经详说的事情。读者可以参看先生的《自定年谱》。年谱中的《台湾大事》与《记事》中的存诗统计也是编者加入的。

民国二十二年六月许赞堃谨识

一封公开的信

中国晚报主笔先生及张春风先生：

八月一日贵报登出"出卖肉麻"一文，讥评×××女士造像义展，眼光卓越，佩服之至。这篇"启文"，我始终未读过，因为我曾签名赞成此事，所以一读张先生大文之后便希望原作者能够再向大众申明一下，可惜等了这许多天毫无动静，不得已得向二位先生说明几句。

我现在把签名的经过与我对于这事的意见叙述一番，如有不对之处，还求指教。

一个月前，在全国文艺界抗战协会留港会员开会的一个晚上，会员们约了些漫画家、音乐家、电影家来凑热闹，×××女士当晚也被邀到会唱歌，同时有一二位会员拿出一个卷子请在座诸君赞助×××女士造像义展会。据说是她要将自己的各种照片展览出卖，以所得款项献给国家，特要我做赞助人。我当时觉得义不容辞，便签了名，可没看见有"怀江山而及丽质，睹香草而思美人"那篇文章。若是见了当然也是不合我的脾胃，我必会建议修改的。

我很喜欢张先生指出传统的滥调，如江山、丽质、香草、美人一类的词句，是肉麻的。这个证明作者写不出所要办的事情的真意，反而引起许多恶劣的反感。但在作者未必是有意说肉麻的话，他或者只知道那是用来描写美人的最好成语。所以修辞不得法，滥用典故成语，常会吃这样的亏。

不过我以为文章拙劣，当与所要办的事分开来看。张先生讥评那篇启文是可以的，至于斥造像义展为不然。我却有一点不同的意见。此地我要声明我并不是捧什么伶人，颂什么女优。此女士也是当晚才见过的，根本上不能说有什么交情，也没想要得着捧颂的便宜。我的意见与张先生不同之处，如下所述。

唱戏，演电影，像我们当教员当主笔的一样，也是正当的职业。我一向是信从职业平等的。我对于执任何事业的都相当尊重他们。看优伶为贱民，为身家不清白，正是封建意识的表现。须知今日所谓身家不清白，所谓贱，乃是那班贪官污吏，棍徒赌鬼，而非倡优隶卒之流。如果一个伶人为国家民族愿意做他所能做的，我们便当赋同情于他。捧与颂只在人怎样看，并不是人人都存着这样的心。在张先生的大文里以为替伤兵缝棉衣，在国破家亡的时候，是每个男女国民所当负的责任，试问我国有多少男女真正负过这类或相等的责任？现在在中国的夫人小姐们不如倡优之处很多，想张先生也同我一样看得到。塘西歌姬的义唱，净利全数献给国家。某某妇女团体组织义演，入款万余元，食用报销掉好几千！某某文化团体"七七"卖花，至今账目吐不出来。这些事，想张先生也知道吧。我们不能轻看优伶，他们简单的情感，虽然附着多少虚荣心，却能干出值得人们注意的事。

一个演电影的女优，她的色是否与她的艺一样重要？（依我的标准，×××女士并不美。此地只是泛说。）若是我们承认这个前提，那么"色相"于她，当等于学识于我们，一样是职业上的一种重要的工具，能显出所期的作用的。假如我们义卖文章，使国家得到实益，当然不妨做做。同样地，申论下去，一个女优义卖她的照片，只要有人买，她得到干净的钱来献给国家，我们便不能说她与抗战和民族国家无关，更不能说会令人肉麻。如果我们还没看见她要展卖的都是什么，便断定是"肉麻"，那就是侮辱她的人格，也侮辱了她的职业。

×××女士的"造像"我一幅也没见过，据说是她的戏装和电影剧装居多。我想总不会有什么肉麻的裸体像。纵然会有，也未必能引青年去"看像手淫"。张先生若是这样想，就未免太看不起近代的青年了。色欲重的人就是没有像，对着任何人的像，甚至于神圣的观音菩萨，也可以手淫的。张先生你说对不对？她卖"造像"×××××××××，人们的亵行与可能的诱惑，与她所卖的照片并没关系。当知她卖自己的造像是手段，得钱献给国家是目的。假如一个女人或男人生得貌美而可以用本人的照片去换钱的话，只要有人要，未尝不可作为义展的理由。我们只能羡慕他或她得天独厚，多一道生利之门罢了。某人某人的造像卖给人做商标，卖给人做小囡模型，租给人做画稿，做雕刻模型，种种等等，在现代的国家里并没人看这些是肉麻或下贱无耻。

捧戏子，颂女优，如果意识是不干净的，当然是无聊文人的丑迹。但如彼优彼伶所期望办理的事是值得赞助的话，我们便当尊重他们，看他们和我们一样是有人格的，不能以其为优伶，便侮辱他们。我们当存君子之心，莫动小人之念，才不会失掉我们所批评的话的价值。我以为对于他人所要做的事情，如见其不可，批评是应该有的，不过要想到在这缺乏判断力的群众中间，措词不当，就很容易发生一犬吠影百犬吠声的事，于其他的事业，或者也会得到不良的影响。

谢谢二位先生费神读这封长信。我并不是为做启文的人辩护，只是对于以卖自己的照片为无耻的意思提出一点私见来。先生们若是高兴指教的话，我愿意就这事的本身，再作更详尽的客观的讨论。

许地山谨白。

1946 年 11 月

慕

  爱德华路的尽头已离村庄不远，那里都是富人的别墅。路东那间聚石旧馆便是名女士吴素的住家。馆前的藤花从短墙蔓延在路边的乌桕和邻居的篱笆上，把便道装饰得更华丽。

  一个夫役拉着垃圾车来到门口，按按铃子，随即有个中年女佣捧着一畚箕的废物出来。

  夫役接过畚箕来就倒入车里，一面问："陵妈，为什么今天的废纸格外多？又有人寄东西来送你姑娘吗？"

  "哪里？这些纸不过是早晨来的一封信。……"她回头看看后面，才接着说："我们姑娘的脾气非常奇怪。看这封信的光景，恐怕要闹出人命来。"

  "怎么？"他注视车中的废纸，用手拨了几拨，他说："这里头没有什么，我且说到的是怎么一回事。"

  "在我们姑娘的朋友中，我真没见过有一位比陈先生好的。我以前不是说过他的事情吗？"

  "是，你说过他的才情、相貌和举止都不像平常人。许是你们姑娘羡慕他，喜欢他，他不愿意？"

  "哪里？你说的正相反哪。有一天，陈先生寄一封信和一颗很大的金刚石来，她还没有看信，说把那宝贝从窗户扔出去……"

  "那不太可惜吗？"

  "自然是很可惜。那金刚石现在还沉在池底的污泥中呢！"

"太可惜了！太可惜了！你们为何不把它淘起来？"

"呆子，你说得太容易了！那么大的池，往哪里淘去？况且是姑娘故意扔下去的，谁敢犯她？"

"那么，信里说的是什么？"

"那封信，她没看就搓了，交给我拿去烧毁。我私下把信摊起来看，可惜我认得的字不多，只能半猜半认地念。我看见那信，教我好几天坐卧不安。……"

"你且说下去。"

"陈先生在信里说，金刚石是他父亲留下来给他的。他除了这宝贝以外没有别的财产。因为羡慕我们姑娘的缘故，愿意取出，送给她佩带。"

"陈先生真呆呀！"

"谁能这样说？我只怪我们的姑娘……"她说到这里，又回头望。那条路本是很清静，不妨站在一边长谈，所以她又往下说。

"又有一次，陈先生又送一幅画来给她，画后面贴着一张条子。说，那是他生平最得意的画儿，曾在什么会里得过什么金牌的。因为羡慕她，所以要用自己最宝重的东西奉送。谁知我们姑娘哼了一声，随把画儿撕得稀烂！"

"你们姑娘连金刚石都不要了，一幅画儿值得什么？他岂不是轻看你们姑娘吗？若是我做你们姑娘，我也要生气的。你说陈先生聪明，他到底比我笨。他应当拿些比金刚石更贵的东西来孝敬你们姑娘。"

"不，不然，你还不……"

"我说，陈先生何苦要这样做？若是要娶妻子，将那金刚石去换钱，一百个也娶得来，何必定要你们姑娘！"

"陈先生始终没说要我们姑娘，他只说羡慕我们姑娘。"

"那么，以后怎样呢？"

"寄画儿，不过是前十几天的事。最后来的，就是这封信了。"

"哦，这封信。"他把车里的纸捡起来，扬了一扬，翻着看，说："这纯是白纸，没有字呀！"

"可不是。这封信奇怪极了。早晨来的时候，我就看见信面写着'若是尊重我，就请费神拆开这信，否则请用火毁掉。'我们姑娘还是不看，教我拿去毁掉。我总是要看里头到底是什么，就把信拆开了。我拆来拆去，全是一张张的白纸。我不耐烦就想拿去投入火里，回头一望，又舍不得，于是一直拆下去。到末了是他自己画的一张小照。"她顺手伸入车里把那小照翻出来，指给夫役看。她说："你看，多么俊美的男子！"

"这脸上黑一块，白一块的有什么俊美？"

"你真不懂得，……你看旁边的字……"

"我不认得字，还是你说给我听罢。"

陵妈用指头指着念："尊贵的女友：我所有的都给你了，我所给你的，都被你拒绝了。现在我只剩下这一条命，可以给你，作为我最后的礼物。……"

"谁问他要命呢？你说他聪明，他简直是一条糊涂虫！"

陵妈没有回答，直往下念："我知道你是喜欢的。但在我归去以前，我要送你这……"

"陵妈，陵妈，姑娘叫你呢。"这声音从园里的台阶上嚷出来，把他们的唧语冲破。陵妈把小照放入车中说："我得进去……"

"这人命的事，你得对姑娘说。"

"谁敢？她不但没教我拆开这信，且命我拿去烧毁。若是我对她说，岂不是赶蚂蚁上身！我嫌费身，没把它烧了。你速速推走罢，待一会，她知道了就不方便。"她说完，匆匆忙忙，就把疏阑的铁门关上。

那夫役引着垃圾车子往别家去了。方才那张小照被无意的风刮到地上，随着落花，任人践踏。然而这还算是那小照的幸运。流落在道上，也许会给往来的士女们捡去供养；就使给无知的孩子捡去，摆弄完，才把它撕破，也胜过让夫役运去，葬在垃圾冈里。

小说

　　……印度支那间有一种人叫做蛊师，专用符咒替人家制造命运。有时叫没有爱情的男女，忽然发生爱情；有时将如胶似漆的夫妻化为仇敌。……

法眼

"前几个月这城曾经关闭过十几天，听说是反革命军与正革命军开仗的缘故。两军的旗号是一样的，实力是一样的，宗旨是一样的，甚至党纲也是一样的。不过，为什么打起来？双方都说是为国，为民，为人道，为正义，为和平……为种种说不出来的美善理想，所以打仗的目的也是一样！但是，依据什么思想家的考察，说是'红马'和'白狗'在里头作怪。思想家说，'马'是'马克思'，或是马克思主义的走马；'红'就是我们所知道的'红'；'狗'自然是'狗必多'，或是什么资本，帝国主义的走狗；'白'也是我们所常知道的'白'。"

"白狗和红马打起来，可苦了城里头的'灰猫'！灰猫者谁？不在前线的谁都不是！常人好像三条腿的灰猫，色彩不分明，身体又残缺，生活自然不顺，幸而遇见瞎眼耗子，他们还可以饱一顿天赐之粮，不幸而遇见那红马与白狗在他们的住宅里抛炸弹，在他们的田地里开壕沟，弄得他们欲生不能，求死不得，只能向天嚷着说'真命什么时候下来啊！'"

"这是谁说的呢？"

"这一段话好像是谁说过的，一下子记不清楚了。现在先不管它到底是哪一方的革命是具有真正的目的，据说在革命时代，凡能指挥兵士，或指导民众，或利用民众的暴力财力及其他等等的人们的行为都是正的，对的，因为愚随智和弱随强是天演的公例。民众既是三条腿的灰猫，物力心力自然不如红马和白狗，所以也得由着他们驱东便东，逐西便西，敢有一言，便是'反革命'。像我便是担了反革命的罪名到这里来的，其实我也不知道所反的是哪一种革命，不过我为不主张那毁家灭宅的民死主义而写了一篇论文罢了。"

这是在一个离城不远的新式监狱里两个青年囚犯当着狱卒不在面前的时候隔着铁门的对话。看他们的样子，好像是新近被宣告有反动行为判处徒刑的两个大学生。罪本不重，人又很斯文，所以狱卒也不很严厉地监视他们。但依法，他们是不许谈话的。他们日间的劳工只是抄写，所以比其余的囚徒较为安适。在回监的时候，他们常偷偷地低谈。狱卒看见了，有时也干涉了下，但不像对待别的囚徒用法权来制止他们。他们的囚号一个是九五四，一个是九五一。

"你方才说这城关闭了十几天是从哪里得来的消息？我有亲戚在城里，不晓得他们现在怎样？"他说时，现出很忧虑的样子。

九五四回答说，"今天狱吏叫我到病监里去替一个进监不久却病得很沉重的囚犯记录些给亲属的遗言，这消息是从他那听来的。"

"那是一个什么人？"九五一问。

"一个平常的农人罢。"

"犯了什么事？"

九五四摇摇头说："还不是经济问题？在监里除掉一两个像我们犯的糊涂罪名以外，谁不都是为饮食和男女吗？说来他的事情也很有趣。我且把从他和从别的狱卒听来的事情慢慢地说给你听吧。"

"这城关了十几天，城里的粮食已经不够三天的用度，于是司令官不得不偷偷地把西门开了一会，放些难民出城，不然城里不用外攻，便要内讧了。据他说，那天开城是在天未亮的时候，出城的人不许多带东西，也不许声张，更不许打着灯笼。城里的人得着开城的消息，在前一晚上，已经有人抱着孩子，背着包袱，站在城门洞等着。好容易三更盼到四更，四更盼到五更，城门才开了半扇，这一开，不说脚步的声音，就是喘气的声音也足以赛过飞机。不许声张，成吗？"

"天已经快亮了。天一亮，城门就要再关闭的。再一关闭，什么时候会再开，天也不知道。因为有这样的顾虑，那班灰猫真得拼命地挤。他现在名字是'九九九'，我就管他叫'九九九'吧。原来'九九九'也是一只逃难的灰猫，他也跟着人家挤。他胸前是一个女人，双手高举着一个包袱。他背后又是黑压压的一大群。谁也看不清是谁，谁也听不清谁的声音。为丢东西而哭的，更不能遵守那静默的命令，所以在黑暗中，只听见许多悲惨的嚷声。"

"他前头那女人忽然回头把包袱递给他说，'大嫂，你先给我拿着吧，我的孩子教人挤下去了'。他好容易伸出手来，接着包袱，只听见那女人连哭带嚷说，'别挤啦！挤死人啦！我的孩子在底下哪！别挤啦！踩死人啦！'人们还是没听见，照样地向前挤，挤来挤去，那女人的哭声也没有了，她的影儿也不见了。九九九顶着两个包袱，自己的脚不自由地向着抵抗力最弱的前方进步，好容易才出了城。"

"他手里提着一个别人的和一个自己的包袱，站在桥头众人必经之地守望着。但交给谁呢？他又不认得。等到天亮，至终没有女人来问他要那个包袱。"

"城门依然关闭了，作战的形势忽然紧张起来，飞机的声音震动远近。他慢慢走，直到看见飞机的炸弹远远掉在城里的党旗台上爆炸了，才不得不拼命地逃。他在歧途上，四顾茫茫，耳目所触都是炮烟弹响，也不晓得要往哪里去。还是照着原先的主意回本村去吧。他说他也三四年没回家，家里也三四年没信了。"

"他背着别人的包袱像是自己的一样，惟恐兵或匪要来充主人硬领回去。一路上小心，走了一天多才到家。但他的村连年闹的都是兵来匪去、匪来兵去这一套'出将入相'的戏文。家呢？只是一片瓦砾场，认不出来了。田地呢？一沟一沟的水，由战壕一变而为运粮河了。妻子呢。不见了！可是村里还剩下断垣裂壁的三两家和枯枝零落几棵树，连老鸦也不在上头歇了。他正在张望徘徊的时候，一个好些年没见面的老婆婆从一间破房子出来。老婆婆是他的堂大妈，对他说他女人前年把田地卖了几百块钱带着孩子往城里找他去了。据他大妈说卖田地是他媳妇接到他的信说要在城里开小买卖，教她卖了，全家搬到城里住。他这才知道他妻子两年来也许就与他同住在一个城里。心里只诧异着，因为他并没写信回来教卖田，其中必定另有原故。他盘究了一两句，老婆婆也说不清，于是他便找一个僻静的地方，打开包袱一看，三件女衣两条裤子，四五身孩子衣服，还有一本小褶子两百块现洋，和一包银票同包在一条小手巾里面。'有钱！天赐的呀！'他这样想。但他想起前几天晚间在城门洞接到包袱时候的光景，又想着这恐怕是孤儿寡妇的钱吗。占为己有，恐怕有点不对，但若不占为己有，又当交给谁呢？想来想去，拿起小摺子翻开一看，一个字也认不得。村里两三家人都没有一个人认得字。他想那定是天赐的了，也许是因为妻子把他的产业和孩子带走，跟着别的男人过活去了，天才赐这一注横财来帮补帮补。'得，我未负人，人却负我'，他心里自然会这样想。他想着他许老天爷为怜悯他，再送一份财礼给他，教他另娶吧。他在村里住了几天，听人说城里已经平复，便想着再回到城里去。"

"城已经被攻破了，前半个月那种恐慌渐渐地被人忘却。九九九本来是在一个公馆里当园丁，这次回来，主人已经回籍，目前不能找到相当的事，便在一家小客栈住下。"

"惯于无中生有的便衣侦探最注意的是小客栈、下处、酒楼等等地方。他们不管好歹，凡是住栈房的在无论什么时候，都有盘查的必要，九九九在自己屋里把包袱里的小手巾打开，拿出摺子来翻翻，还是看不懂。放下摺子，拿起现洋和钞票一五一十这样地数着，一共数了一千二百多块钱。这个他可认识，不由得心里高兴，几乎要嚷出来。他的钱都是进一个出一个的，那里禁得起发这一注横财。他挝了一把银子和一叠钞票往口袋里塞，想着先到街上吃一顿好馆子。有一千多块钱，还舍不得吃吗？得，吃饱了再说。反正有钱，就是妻子跟人跑了也不要紧。他想着大吃一顿可以消灭他过去的忧郁，可以发扬他新得的高兴。他正在把银子包在包袱里预备出门的时候，可巧被那眼睛比苍蝇还多的便衣侦探瞥见了。他开始被人注意，自己却不知道。"

"九九九先到估衣铺，买了一件很漂亮的青布大衫罩在他的破棉袄上头。他平时听人说同心楼是城里顶阔的饭庄，连外国人也常到那里去吃饭，不用细想，自然是到那里去吃一顿饱，也可以借此见见世面。他雇一辆车到同心楼去，他问伙计顶贵的菜是什么。伙计以为他是打哈哈，信口便说十八块的燕窝，十四块的鱼翅，二十块的熊掌，十六块的鲍鱼，……说得天花乱坠。他只懂得燕窝鱼翅是贵菜，所以对伙计说，'不管是燕窝，是鱼翅，是鲍鱼，是银耳，你只给做四盘一汤顶贵的菜来下酒'。'顶贵的菜，现时得不了，您哪，您要，先放下定钱，今晚上来吃罢。现在随便吃吃得啦。'伙计这样说。'好罢。你要多少定钱？'他一面说一面把一叠钞票掏出来。伙计给他一算，说'要吃顶好的四盘一汤合算起来就得花五十二块，您哪。多少位？'他说一句'只我一个人！'便拿了六张十圆钞票交给伙计，另外点了些菜吃。那头一顿就吃了十几块钱，已经撑得他饱饱地。肚子里一向少吃油腻，加以多吃，自是不好过。回到客栈，躺了好几点钟，肚子里头怪难受，想着晚上不去吃罢，钱又已经付了，五十三块可不是少数，还是去罢。"

"吃了两顿贵菜，可一连泻了好几天。他吃病了。最初舍不得花钱，找那个大夫也没把他治好。后来进了一个小医院，在那里头又住了四五天。他正躺在床上后悔，门便被人推开了。进来两个巡警，一个问'你是汪绶吗？''是。'他毫不惊惶地回答。一个巡警说：'就是他，不错，把他带走再说罢。'他们不由分说，七手八脚，给那病人一个五花大绑，好像要押赴刑场似的，旁人都不晓得是怎么一回事，也不便打听，看着他们把他扶上车一直地去了。"

"由发横财的汪绶一变而为现在的九九九的关键就在最后的那一番。他已经在不同的衙门被审过好几次，最后连贼带证被送到地方法院刑庭里。在判他有罪的最后一庭，推事问他钱是不是他的，或是他抢来的。他还说是他的。推事问'既是你的，一共有多少钱？'他回答一共有一千多。又问'怎样得的那么些钱？你不过是个种园子的？'"

"'种地的钱积下来的。'他这样回答。推事问'这摺子是你的吗？'他见又问起那摺子，再也不能撒谎了，他只静默着。推事说：'凭这招子就可以断定不是你的钱，摺子是姓汪的倒不错，可不是叫汪绶。你老实说罢。'他不能再瞒了，他本来不晓得欺瞒，因为他觉得他并没抢人，也没骗人，不过叫最初审的问官给他打怕了，他只能定是他自己的，或是抢人家的，若说是拣的或人家给的话，当然还要挨打。他曾一度自认是抢来的。幸而官厅没把他马上就枪毙，也许是因为没有事主出来证明罢。推事也疑惑他不是抢来的，所以还不用强烈的话来逼迫他。后来倒是他自己说了真话。推事说'你受人的寄托，纵使物主不来问你要，也不能算为你自己的。''那么我当交给谁呢？放在路边吗？交给别人吗？物主只有一个，他既不来取回去，我自然得拿着。钱在我手里那么久，既然没有人来要，岂不是一注天财吗？'推事说，'你应当交给巡警。'他沉思了一会，便回答说，'为什么要交给巡警呢？巡警也不是物主呀。'"

九五一点头说："可不是！他又没受过公民教育，也不知道什么叫法律。现在的法律是仿效罗马法为基础的西洋法律，用来治我们这班久经浸润于人情世道的中国人，那岂不是顶滑稽的事吗？依我们的人情和道理说来，拾金不昧固然是美德，然而要一个衣食不丰，生活不裕，知识不足的常人来做，到的很勉强。郭巨掘地得金，并没看见他去报官，除袁子才以外，人都赞他是行孝之报。九九九并不是没等，等到不得不离开那城的时候才离开，已算是贤而又贤的人了，何况他回家又遇见那家散人亡的惨事。手里所有的钱财自然可以使他因安慰而想到是天所赏赐。也许他曾想过这老天爷借着那妇人的手交给他的。"

九五四说，"他自是这样想。但是他还没理会'窃钩者诛，窃国者侯'这句格言在革命时代有时还可以应用得着。在无论什么时候，凡有统治与被治两种阶级的社会，就许大掠不许小掠，许大窃不许小窃，许大取不许小取。他没能力行大取，却来一下小取，可就活该了。推事判他一个侵占罪，因为情有可原，处他三年零六个月的徒刑，赃物牌示候领。这就是九九九到这里来的原委。"

九五一问，"他来多久了？"

"有两个星期了罢。刚来的时候，还没病得这么厉害。管他的狱卒以为他偷懒，强迫他做苦工。不到一个星期就不成了，不得已才把他送到病监去。"

九五一发出同情的声音低低地说，"咳，他们每以为初进监的囚犯都是偷懒装病的，这次可办错了。难道他们办错事，就没有罪吗？哼！"

九五四还要往下说，蓦然看见狱卒的影儿，便低声说，"再谈罢，狱卒来了。"他们各人坐在囚床上，各自装做看善书的样子。一会，封了门，他们都得依法安睡。除掉从监外的坟堆送来继续的蟋蟀声音以外，在监里，只见狱里的逻卒走来走去，一切都静默了。

狱中的一个星期像过得很慢，可是九九九已于昨晚上气绝了。九五四在他死这前一天还被派去誊录他入狱后的报告。那早晨狱卒把尸身验完，便移到尸房去预备入殓，正在忙的时候，一个女人连嚷带哭他说要找汪绶。狱卒说，"汪绶昨晚上刚死掉，不能见了"。女人更哭得厉害，说汪绶是她的丈夫。典狱长恰巧出来，问明情由，便命人带他到办公室去细问她。

她说丈夫汪绶已经出门好几年了。前年家里闹兵闹匪，忽然接到汪绶的信，叫把家产变卖同到城里做小买卖。她于是卖得几百块钱，带着一个两岁的孩子到城里来找他。不料来到城里才知道被人暗算了，是同村的一个坏人想骗她出来，连人带钱骗到关东去。好在她很机灵，到城里一见不是本夫，就要给那人过不去。那人因为骗不过，便逃走了。她在城里，人面生疏怎找也找不着她丈夫。有人说他当兵去了，有人说他死了，坏人才打那主意。因此她很失望地就去给人做针黹活计，洗衣服，慢慢也会用钱去放利息，又曾加入有奖储蓄会，给她得了几百块钱奖，总共算起来连本带利一共有一千三百多块。往来的帐目都用她的孩子汪富儿的名字写在摺子上头。据她说前几个月城里闹什么监元帅和酱元帅打仗，把城里家家的饭锅几乎都砸碎了。城关了好几十天，好容易听见要开城放人。她和同院住的王大嫂于是把钱都收回来，带着孩子跟着人挤，打算先回村里躲躲。不料城门非常拥挤，把孩子挤没了。她急起来，不知把包袱交给了谁，心里只记得是交给王大嫂。至终孩子也没找着，王大嫂和包袱也丢了。城门再关的时候，他还留在门洞里。到逃难的人们全被轰散了，她才看见地下血迹模糊，衣服破碎，那种悲惨情形，实在难以形容。被踹死的不止一个孩子，其余老的幼的还有好些。地面上的巡警又不许人抢东西，到底她的孩子还有没有命虽不得而知，看来多半也被踹死了。她至终留在城里，身边只剩几十块钱。好几个星期过去，一点消息也没有，急得她几乎发狂。有一天，王大嫂回来了。她问要包袱。王大嫂说她们彼此早就挤散了，哪里见她的包袱。两个人争辩了好些时，至终还是到法庭去求解决。法官自然把王大嫂押起来，等候证据充足，才宣告她的罪状。可惜她的案件与汪绥的案件不是同一个法官审理的。她报的钱财数目是一千三百块，把摺子的名字写做汪扶尔。她也不晓得她丈夫已改名叫汪绥，只说他的小名叫大头。这一来，弄得同时审理的两桩异名同事的案子凑不在一起。前天同院子一个在高等法院当小差使的男子把报上的法庭判辞和招领报告告诉她，她才知道当时恰巧把包袱交给她丈夫，她一听见这消息，立刻就到监里。但是那天不是探望囚犯的日子，她怎样央告，守门的狱卒也不理她，他们自然也不晓得这场冤枉事和她丈夫的病态，不通融办理，也是应当的。可惜他永远不知道那是他自己的钱哪！前天若能见着她，也许他就不会死了。

典狱长听她分诉以后，也不禁长叹了一声。说，"你们都是很可怜的。现在他已经死了，你就到法院去把钱领回去吧。法官并没冤枉他。我们办事是依法处理的，就是据情也不会想到是他自己妻子交给他的包袱。你去把钱领回来，除他用了一百几十元以外，有了那么些钱，还怕养你不活吗？"典狱长用很多好话来安慰她，好容易把她劝过来。妇人要去看尸首，便即有人带她去了。

典狱长转过身来，看见公案上放着一封文书。拆开一看，原来是庆祝什么战胜特赦犯人的命令和名单，其中也有九五四和九五一的号头。他伏在案上划押，屋里一时都静默了。砚台上的水光反射在墙上挂着那幅西洋正义的女神的脸。门口站着一个听差的狱卒，也静静地望着那蒙着眼睛一手持剑一手持秤的神像。监外坟堆里偶然又送些断续的虫声到屋里来。

归途

　　她坐在厅上一条板凳上头，一手支颐，在那里纳闷。这是一家佣工介绍所。已经过了糖瓜祭灶的日子，所有候工的女人们都已回家了，惟独她在介绍所里借住了二十几天，没有人雇她，反欠下媒婆王姥姥十几吊钱。姥姥从街上回来，她还坐在那里，动也不动一下，好像不理会的样子。

　　王姥姥走到厅上，把买来的年货放在桌上，一面把她的围脖取下来，然后坐下，喘几口气。她对那女人说："我说，大嫂，后天就是年初一，个人得打个人的主意了。你打算怎办呢？你可不能在我这儿过年，我想你还是先回老家，等过了元宵再来罢。"

　　她蓦然听见王姥姥这些话，全身直像被冷水浇过一样，话也说不出来。停了半晌，眼眶一红，才说："我还该你的钱哪。我身边一个大子也没有，怎能回家呢？若不然，谁不想回家？我已经十一二年没回家了。我出门的时候，我的大妞儿才五岁，这么些年没见面，她爹死，她也不知道，论理我早就该回家看看。无奈……"她的喉咙受不了伤心的冲激，至终不能把她的话说完，只把泪和涕来补足她所要表示的意思。

　　王姥姥虽想撵她，只为十几吊钱的债权关系，怕她一去不回头，所以也不十分压迫她。她到里间，把身子倒在冷炕上头，继续地流她的苦泪。净哭是不成的，她总得想法子。她爬起来，在炕边拿过小包袱来，打开，翻翻那几件破衣服。在前几年，当她随着丈夫在河南一个地方的营盘当差的时候，也曾有过好几件皮袄。自从编遣的命令一下，凡是受编遣的就得为他的职业拼命。她的丈夫在郑州那一仗，也随着那位总指挥亡于阵上。败军的眷属在逃亡的时候自然不能多带行李。她好容易把些少细软带在身边，日子就靠着零当整卖这样过去。现在她什么都没有了，只剩下当日丈夫所用的一把小手枪和两颗枪子。许久她就想着把它卖出去，只是得不到相当的人来买。此外还有丈夫剩下的一件军装大氅和一顶三块瓦式的破皮帽。那大氅也就是她的被窝，在严寒时节，一刻也离不了它。她自然不敢教人看见她有一把小手枪，拿出来看一会，赶快地又藏在那件破大氅的口袋里头。小包袱里只剩下几件破衣服，卖也卖不得，吃也吃不得。她叹了一声，把它们包好，仍旧支着下巴颏纳闷。

黄昏到了，她还坐在那冷屋里头。王姥姥正在明间做晚饭，忽然门外来了一个男人。看他穿的那件镶红边的蓝大褂，可以知道他是附近一所公寓的听差。那人进了屋里，对王姥姥说，"今晚九点左右去一个。"

"谁要呀？"王姥姥问。

"陈科长。"那人回答。

"那么，还是找鸾喜去罢。"

"谁都成，可别误了。"他说着，就出门去了。

她在屋里听见外边要一个人，心里暗喜说，天爷到底不绝人的生路，在这时期还留给她一个吃饭的机会。她走出来，对王姥姥说："姥姥，让我去罢。"

"你哪儿成呀？"王姥姥冷笑着回答她。

"为什么不成呀？"

"你还不明白吗？人家要上炕的。"

"怎样上炕呢？"

"说是呢！你一点也不明白！"王姥姥笑着在她的耳边如此如彼解释了些话语，然后说，"你就要，也没有好衣服穿呀。就是有好衣服穿，你也得想想你的年纪。"

她很失望地走回屋里。拿起她那缺角的镜子到窗边自己照着。可不是！她的两鬓已显出很多白发，不用说额上的皱纹，就是颧骨也突出来像悬崖一样了。她不过是四十二三岁人，在外面随军，被风霜磨尽她的容光，黑滑的鬓髻早已剪掉，剩下的只有满头短乱的头发。剪发在这地方只是太太、少奶、小姐们的时装，她虽然也当过使唤人的太太，只是要给人佣工，这样的装扮就很不合适，这也许是她找不着主的缘故罢。

王姥姥吃完晚饭就出门找人去了。姥姥那套咬耳朵的话倒启示了她一个新意见。她拿着那条冻成一片薄板样的布，到明间白炉子上坐着的那盆热水烫了一下。她回到屋里，把自己的脸匀匀地擦了一回，瘦脸果然白净了许多。她打开炕边一个小木匣，拿起一把缺齿的木梳，拢拢头发。粉也没了，只剩下些少填满了匣子的四个犄角。她拿出匣子里的东西，用一根簪子把那些不很白的剩粉剔下来，倒在手上，然后往脸上抹。果然还有三分姿色，她的心略为开了。她出门回去偷偷地把人家刚贴上的春联撕了一块；又到明间把灯罩积着的煤烟刮下来。她醮湿了红纸来涂两腮和嘴唇，用煤烟和着一些头油把两鬓和眼眉都涂黑了。这一来，已有了六七分姿色。心里想着她蛮可以做上炕的活。

王姥姥回来了。她赶紧迎出来，问她，她好看不好看。王姥姥大笑说："这不是老妖精出现么！"

"难看么？"

"难看倒不难看，可是我得找一个五六十岁的人来配你。哪儿找去？就是有老头儿，多半也是要大姑娘的。我劝你死心罢，你就是倒下去，也没人要。"

她很失望地又回到屋里来，两行热泪直滚出来，滴在炕席上不久就凝结了，没廉耻的事情，若不是为饥寒所迫，谁愿意干呢？若不是年纪大一点，她自然也会做那生殖机能的买卖。

她披着那件破大氅，躺在炕上，左思右想，总得不着一个解决的方法。夜长梦短，她只睁着眼睛等天亮。

二十九那天早晨，她也没吃什么，把她丈夫留下的那顶破皮帽戴上，又穿上那件大氅，乍一看来，可像一个中年男子。她对王姥姥说："无论如何，我今天总得想个法子得一点钱来还你。我还有一两件东西可以当当，出去一下就回来。"王姥姥也没盘问她要当的是什么东西，就满口答应了她。

她到大街上一间当铺去，问伙计说："我有一件军装，您柜上当不当呀？"

"什么军装？"

"新式的小手枪。"她说时从口袋里掏出那把手枪来。掌柜的看见她掏枪，吓得赶紧望柜下躲。她说："别怕，我是一个女人，这是我丈夫留下的，明天是年初一，我又等钱使，您就当周全我，当几块钱使使罢。"

伙计和掌柜的看她并不像强盗，接过手枪来看看。他们在铁槛里唧唧咕咕地商议了一会。最后由掌柜的把枪交回她，说："这东西柜上可不敢当。现在四城的军警查得严，万一教他们知道了，我们还要担干系。你拿回去罢。你拿着这个，可得小心。"掌柜的是个好人，才肯这样地告诉她，不然他早已按警铃叫巡警了。无论她怎样求，这买卖柜上总不敢做，她没奈何只得垂着头出来。幸而她旁边没有暗探和别人，所以没有人注意。

她从一条街走过一条街，进过好几家当铺也没有当成。她也有一点害怕了。一件危险的军器藏在口袋里，当又当不出去，万一给人知道，可了不得。但是没钱，怎好意思回到介绍所去见王姥姥呢？她一面走一面想，最后决心一说，不如先回家再说罢。她的村庄只离西直门四十里地，走路半天就可以到。她到西四牌楼，还进过一家当铺，还是当不出去，不由得带着失望出了西直门。

她走到高亮桥上，站了一会。在北京，人都知道有两道桥是穷人的去路，犯法的到天桥去，活腻了的到高亮桥来。那时正午刚过，天本来就阴暗，间中又飘了些雪花，桥底水都冻了。在河当中，流水隐约地在薄冰底下流着。她想着，不站了罢，还是往前走好些。她有了主意，因为她想起那十二年未见面的大妞儿现在已到出门的时候了，不如回家替她找个主儿，一来得些财礼，二来也省得累赘。一身无挂碍，要往前走也方便些。自她丈夫被调到郑州以后，两年来就没有信寄回乡下。家里的光景如何？女儿的前程怎样？她自都不晓得。可是她自打定了回家嫁女儿的主意以后，好像前途上又为她露出一点光明，她于是带着希望在向着家乡的一条小路走着。

雪下大了。荒凉的小道上，只有她低着头慢慢地走，心里想着她的计划。迎面来了一个青年妇人，好像是赶进城买年货的。她戴着一顶宝蓝色的帽子，帽上还安上一片孔雀翎；穿上一件桃色的长棉袍；脚下穿着时式的红绣鞋。这青年妇女从她身边闪过去，招得她回头直望着她。她心里想，多么漂亮的衣服呢，若是她的大妞儿有这样一套衣服，那就是她的嫁妆了。然而她哪里有钱去买这样时样的衣服呢？她心里自己问着，眼睛直盯在那女人的身上。那女人已经离开她四五十步远近，再拐一个弯就要看不见了。她看四围一个人也没有，想着不如抢了她的，带回家给大妞儿做头面。这个念头一起来，使她不由回头追上前去，用粗厉的声音喝着："大姑娘，站住，你那件衣服借我使使罢。"那女人回头看见她手里拿着枪，恍惚是个军人，早已害怕得话都说不出来，想要跑，腿又不听使，她只得站住，问："你要什么？"

"我什么都不要。快把衣服，帽子，鞋，都脱下来。身上有钱都得交出来，手镯、戒指、耳环，都得交我。不然，我就打死你。快快，你若是嚷出来，我可不饶你。"

那女人看见四围一个人也没有，嚷出来又怕那强盗真个把她打死，不得已便照她所要求的一样一样交出来。她把衣服和财物一起卷起来，取下大氅的腰带束上，往北飞跑。

那女人所有的一切东西都给剥光了，身上只剩下一套单衣裤。她坐在树根上直打抖擞，差不多过了二十分钟才有一个骑驴的人从那道上经过。女人见有人来，这才嚷救命。驴儿停止了。那人下驴，看见她穿着一身单衣裤。问明因由，便仗着义气说："大嫂，你别伤心，我替你去把东西追回来。"他把自己披着的老羊皮筒脱下来扔给她，"你先披着这个罢，我骑着驴去追她，一会儿就回来。那兔强盗一定走得不很远，我一会就回来，你放心吧。"他说着，鞭着小驴便往前跑。

她已经过了大钟寺，气喘喘地冒着雪在小道上窜。后面有人追来，直嚷："站住，站住。"她回头看看，理会是来追她的人，心里想着不得了，非与他拼命不可。她于是拿出小手枪来，指着他说："别来，看我打死你。"她实在也不晓得要怎办，姑且把枪比仿着。驴上的人本来是赶脚的，他的年纪才二十一二岁，血气正强，看见她拿出枪来，一点也不害怕，反说："瞧你，我没见过这么小的枪。你是从市场里的玩意铺买来瞎蒙人，我才不怕哪。你快把人家的东西交给我罢，不然，我就把你捆上，送司令部，枪毙你。"

她听着一面望后退，但驴上的人节节迫近前，她正在急的时候，手指一攀，无情的枪子正穿过那人的左胸，那人从驴背掉下来，一声不响，软软地摊在地上。这是她第一次开枪，也没瞄准，怎么就打中了！她几乎不信那驴夫是死了，她觉得那枪的响声并不大，真像孩子们所玩的一样，她慌得把枪扔在地上，急急地走近前，摸那驴夫胸口，"呀，了不得！"她惊慌地嚷出来，看着她的手满都是血。

她用那驴夫衣角擦净她的手，赶紧把驴拉过来，把刚才抢得的东西夹上驴背，使劲一鞭，又望北飞跑。

　　一刻钟又过去了。这里坐在树底下披着老羊皮的少妇直等着那驴夫回来。一个剃头匠挑着担子来到跟前。他也是从城里来，要回家过年去。一看见路边坐着的那个女人，便问："你不是刘家的新娘子么！怎么大雪天坐在这里？"女人对他说刚才在这里遇着强盗。把那强盗穿的什么衣服，什么样子，一一地告诉了他。她又告诉他本是要到新街口去买些年货，身边有五块现洋，都给抢走了。

　　这剃头匠本是她邻村的人，知道她新近才做新娘子。她的婆婆欺负她外家没人，过门不久便虐待她到不堪的地步。因为要过新年，才许她穿戴上那套做新娘时的衣帽，交给她五块钱，叫她进城买东西。她把钱丢了，自然交不了差，所以剃头匠便也仗着义气，允许上前追强盗去。他说："你别着急，我去看看到底是怎么一回事。"他说着，把担放在女人身边，飞跑着望北去了。

　　剃头匠走到刚才驴夫丧命的地方，看见地下躺着一个人。他俯着身子，摇一摇那尸体，惊惶地嚷着："打死人了！闹人命了！"他还是望前追，从田间的便道上赶上来一个巡警。郊外的巡警本来就很少见，这一次可碰巧了。巡警下了斜坡，看见地下死一个人，心里断定是前头跑着的那人干的事。他于是大声喝着："站住，往哪里跑呢，你？"

　　他蓦然听见有人在后面叫，回头看是个巡警，就住了脚，巡警说："你打死人，还望哪里跑？"

　　"不是我打死的，我是追强盗的。"

　　"你就是强盗，还追谁呀？得，跟我到派出所回话去。"巡警要把他带走。他多方地分辩也不能教巡警相信他。

　　他说："南边还有一个大嫂在树底下等着呢，我是剃头匠，我的担子还撂在那里呢，你不信，跟我去看看。"

　　巡警不同他去追贼，反把他揎住，说："你别废话啦，你就是现行犯，我亲眼看着，你还赖什么？跟我走吧。"他一定要把剃头的带走。剃头匠便求他说："难道我空手就能打死人吗？您当官明理，也可以知道我不是凶手。我又不抢他的东西，我为什么打死他呀？"

"哼，你空手？你不会把枪扔掉吗？我知道你们有什么冤仇呢？反正你得到所里分会去。"巡警忽然看见离尸体不远处有一把浮现在雪上的小手枪，于是进前去，用法绳把它拴起来，回头向那人说："这不就是你的枪吗？还有什么可说么？"他不容分诉，便把剃头匠带往西去。

这抢东西的女人，骑在驴上飞跑着，不觉过了清华园三四里地。她想着后面一定会有人来追，于是下了驴，使劲给它一鞭。空驴望北一直地跑，不一会就不见了，她抱着那卷赃物，上了斜坡，穿入那四围满是稠密的杉松的墓田里。在坟堆后面歇着，她慢慢地打开那件桃色的长袍，看看那宝蓝色孔雀翎帽，心里想着若是给大妞儿穿上，必定是很时样。她又拿起手镯和戒指等物来看，虽是银的，可是手工很好，决不是新打的。正在翻弄，忽然像感触到什么一样，她盯着那银镯子，像是以前见过的花样。那不是她的嫁妆吗？她越看越真，果然是她二十多年前出嫁时陪嫁的东西，因为那镯上有一个记号是她从前做下的。但是怎么流落在那女人手上呢？这个疑问很容易使她想那女人莫不就是她的女儿。那东西自来就放在家里，当时随丈夫出门的时候，婆婆不让多带东西，公公喜欢热闹，把大妞儿留在身边。不到几年两位老亲相继去世。大妞儿由她的婶婶抚养着，总有五六年的光景。

她越回想越着急。莫不是就抢了自己的大妞儿？这事她必要根究到底。她想着若带回家去，万一就是她女儿的东西，那又多么难为情。她本是为女儿才做这事来，自不能教女儿知道这段事情。想来想去，不如送回原来抢她的地方。

她又望南，紧紧地走。路上还是行人稀少，走到方才打死的驴夫那里，她的心惊跳得很厉害，那时雪下得很大，几乎把尸首掩没了一半。她想万一有人来，认得她，又怎办呢？想到这里，又要回头望北走。踌躇了很久，至终把她那件男装大氅和皮帽子脱下来一起扔掉，回复她本来的面目，带着那些东西望南迈步。

她原是要把东西放在树下过一夜，希望等到明天，能够遇见原主回来，再假说是从地下捡起来的。不料她刚到树下，就见那青年的妇人还躺在那里，身边放着一件老羊皮，和一挑剃头担子，她不明白是什么意思，只想着这个可给她一个机会去认认那女人是不是她的大妞儿。她不顾一切把东西放在一边，进前几步，去摇那女人。那时天已经黑了，幸而雪光映着，还可以辨别远近。她怎么也不能把那女人摇醒，想着莫不是冻僵了？她捡起羊皮给她盖上。当她的手摸到那女人的脖子的时候，触着一样东西，拿起来看，原来是一把剃刀。这可了不得，怎么就抹了脖子啦！她抱着她的脖子也不顾得害怕，从雪光中看见那副清秀的脸庞，虽然认不得，可有七八分像她初嫁时的模样。她想起大妞儿的左脚有个骈趾，于是把那尸体的袜子除掉，试摸着看。可不是！她放声哭起来，"儿呀"，"命呀"，杂乱地喊着。人已死了，虽然夜里没有行人，也怕人听见她哭，不由得把声音止住。

东村稀落的爆竹断续地响，把这除夕在凄凉的情境中送掉。无声的银雪还是飞满天地，老不停止。

第二天就是元旦，巡警领着检察官从北来。他们验过驴夫的尸，带着那剃头的来到树下。巡警在昨晚上就没把剃头匠放出来，也没来过这里，所以那女人用剃刀抹脖子的事情，他们都不知道。

他们到树底下，看见剃头担子还放在那里，已被雪埋了一二寸。那边一个四十多岁的女人搂着那剃头匠所说被劫的新娘子。雪几乎把她们埋没了。巡警进前摇她们，发现两个人的脖子上都有刀痕。在积雪底下搜出一把剃刀。新娘子的桃色长袍仍旧穿得好好地；宝蓝色孔雀翎帽仍旧戴着；红绣鞋仍旧穿着。在不远地方的雪堆里，捡出一顶破皮帽，一件灰色的破大氅。一班在场的人们都莫明其妙，面面相看，静默了许久。

命命鸟

敏明坐在席上，手里拿着一本《八大人觉经》，流水似地念着。她的席在东边的窗下，早晨的日光射在她脸上，照得她的身体全然变成黄金的颜色。她不理会日光晒着她，却不歇地抬头去瞧壁上的时计，好像等什么人来似的。

那所屋子是佛教青年会的法轮学校。地上铺满了日本花席，八九张矮小的几子横在两边的窗下。壁上挂的都是释迦应化的事迹，当中悬着一个卐字徽章和一个时计。一进门就知那是佛教的经堂。

敏明那天来得早一点，所以屋里还没有人。她把各样功课念过几遍，瞧壁上的时计正指着六点一刻。她用手挡住眉头，望着窗外低声地说："这时候还不来上学，莫不是还没有起床？"

敏明所等的是一位男同学加陵。他们是七八年的老同学，年纪也是一般大。他们的感情非常的好，就是新来的同学也可以瞧得出来。

"铿铛……铿铛……"一辆电车循着铁轨从北而来，驶到学校门口停了一会。一个十五六岁的美男子从车上跳下来。他的头上包着一条苹果绿的丝巾；上身穿着一件雪白的短裷；下身围着一条紫色的丝裙；脚下踏着一双芒鞋，俨然是一位缅甸的世家子弟。这男子走进院里，脚下的芒鞋拖得啪嗒啪嗒地响。那声音传到屋里，好像告诉敏明说："加陵来了！"

敏明早已瞧见他，等他走近窗下，就含笑对他说："哼哼，加陵！请你的早安。你来得算早，现在才六点一刻咧。"加陵回答说："你不要讥诮我，我还以为我是第一早的。"他一面说一面把芒鞋脱掉，放在门边，赤着脚走到敏明跟前坐下。

加陵说："昨晚上父亲给我说了好些故事，到十二点才让我去睡，所以早晨起得晚一点。你约我早来，到底有什么事？"敏明说："我要向你辞行。"加陵一听这话，眼睛立刻瞪起来，显出很惊讶的模样，说："什么？你要往哪里去？"敏明红着眼眶回答说："我的父亲说我年纪大了，书也念够了，过几天可以跟着他专心当戏子去，不必再像从前念几天唱几天那么劳碌。我现在就要退学，后天将要跟他上普朗去。"加陵说："你愿意跟他去吗？"敏明回答说："我为什么不愿意？我家以演剧为职业是你所知道的。我父亲虽是一个很有名、很能赚钱的俳优，但这几年间他的身体渐渐软弱起来，手足有点不灵活，所以他愿意我和他一块儿排演。我在这事上很有长处，也乐得顺从他的命令。"加陵说："那么，我对于你的意思就没有挽回的余地了。"敏明说："请你不必为这事纳闷。我们的离别必不能长久的。仰光是一所大城，我父亲和我必要常在这里演戏。有时到乡村去，也不过三两个星期就回来。这次到普朗去，也是要在那里耽搁八九天。请你放心……"

加陵听得出神，不提防外边早有五六个孩子进来，有一个顽皮的孩子跑到他们的跟前说："请'玫瑰'和'蜜蜂'的早安。"他又笑着对敏明说："'玫瑰'花里的甘露流出来咧。"——他瞧见敏明脸上有一点泪痕，所以这样说。西边一个孩子接着说："对呀！怪不得'蜜蜂'舍不得离开她。"加陵起身要追那孩子，被敏明拦住。她说："别和他们胡闹。我们还是说我们的罢。"加陵坐下，敏明就接着说："我想你不久也得转入高等学校，盼望你在念书的时候要忘了我，在休息的时候要记念我。"加陵说："我决不会把你忘了。你若是过十天不回来，或者我会到普朗去找你。"敏明说："不必如此。我过几天准能回来。"

说的时候，一位三十多岁的教师由南边的门进来。孩子们都起立向他行礼。教师蹲在席上，回头向加陵说："加陵，昙摩蝉和尚叫你早晨和他出去乞食。现在六点半了，你快去罢。"加陵听了这话，立刻走到门边，把芒鞋放在屋角的架上，随手拿了一把油伞就要出门。教师对他说："九点钟就得回来。"加陵答应一声就去了。

加陵回来，敏明已经不在她的席上。加陵心里很是难过，脸上却不露出什么不安的颜色。他坐在席上，仍然念他的书。晌午的时候，那位教师说：

"加陵，早晨你走得累了，下午给你半天假。"加陵一面谢过教师，一面检点他的文具，慢慢地走回家去。

加陵回到家里，他父亲婆多瓦底正在屋里嚼槟榔。一见加陵进来，忙把沫红唾出，问道："下午放假么？"加陵说："不是，是先生给我的假。因为早晨我跟昙摩蜱和尚出去乞食，先生说我太累，所以给我半天假。"他父亲说："哦，昙摩蜱在道上曾告诉你什么事情没有？"加陵答道："他告诉我说，我的毕业期间快到了，他愿意我跟他当和尚去，他又说这意思已经向父亲提过了。父亲啊，他实在向你提过这话么？"婆多瓦底说："不错，他曾向我提过。我也很愿意你跟他去。不知道你怎样打算？"加陵说："我现在有点不愿意。再过十五六年，或者能够从他。我想再入高等学校念书，盼望在其中可以得着一点西洋的学问。"他父亲诧异说："西洋的学问，啊！我的儿，你想差了。西洋的学问不是好东西，是毒药哟。你若是有了那种学问，你就要藐视佛法了。你试瞧瞧在这里的西洋人，多半是干些杀人的勾当，做些损人利己的买卖，和开些诽谤佛法的学校。什么圣保罗因斯提丢啦、圣约翰海斯苦尔啦，没有一间不是诽谤佛法的。我说你要求西洋的学问会发生危险就在这里。"加陵说："诽谤与否，在乎自己，并不在乎外人的煽惑。若是父亲许我入圣约翰海斯苦尔，我准保能持守得住，不会受他们的诱惑。"婆多瓦底说："我是很爱你的，你要做的事情，若是没有什么妨害，我一定允许你。要记得昨晚上我和你说的话。我一想起当日你叔叔和你的白象主（缅甸王尊号）提婆底事，就不由得我不恨西洋人。我最沉痛的是他们在蛮得勒将白象主掳去；又在瑞大光塔设驻防营。瑞大光塔是我们的圣地，他们竟然叫些行凶的人在那里住，岂不是把我们的戒律打破了吗？……我盼望你不要入他们的学校，还是清清净净去当沙门。一则可以为白象主忏悔；二则可以为你的父母积福；三则为你将来往生极乐的预备。出家能得这几种好处，总比西洋的学问强得多。"加陵说："出家修行，我也很愿意。但无论如何，现在决不能办。不如一面入学，一面跟着昙摩蜱学些经典。"婆多瓦底知道劝不过来，就说："你既是决意要入别的学校，我也无可奈何，我很喜欢你跟昙摩蜱学习经典。你毕业后就转入仰光高等学校罢。那学校对于缅甸的风俗比较保存一点。"加陵说："那么，我明天就去告诉昙摩蜱和法轮学校的教师。"婆多瓦底说："也好。今天的天气很清爽，下午你又没有功课，不如在午饭后一块儿到湖里逛逛。你就叫他们开饭罢。"婆多瓦底说完，就进卧房换衣服去了。

原来加陵住的地方离绿绮湖不远。绿绮湖是仰光第一大、第一好的公园，缅甸人叫他做干多支。"绿绮"的名字是英国人替它起的。湖边满是热带植物。那些树木的颜色、形态，都是很美丽，很奇异。湖西远远望见瑞大光，那塔的金色光衬着湖边的椰树、蒲葵，真像王后站在水边，后面有几个宫女持着羽葆随着她一样。此外好的景致，随处都是。不论什么人，一到那里，心中的忧郁立刻消灭。加陵那天和父亲到那里去，能得许多愉快是不消说的。

过了三个月，加陵已经入了仰光高等学校。他在学校里常常思念他最爱的朋友敏明。但敏明自从那天早晨一别，老是没有消息。有一天，加陵回家，一进门仆人就递封信给他。拆开看时，却是敏明的信。加陵才知道敏明早已回来，他等不得见父亲的面，翻身出门，直向敏明家里奔来。

敏明的家还是住在高加因路，那地方是加陵所常到的。女仆玛弥见他推门进来，忙上前迎他说："加陵君，许久不见啊！我们姑娘前天才回来的。你来得正好，待我进去告诉她。"她说完这话就速速进里边去，大声嚷道："敏明姑娘，加陵君来找你呢。快下来罢。"加陵在后面慢慢地走，待要踏入厅门，敏明已迎出来。

敏明含笑对加陵说："谁教你来的呢？这三个月不见你的信，大概因为功课忙的缘故罢？"加陵说："不错，我已经入了高等学校，每天下午还要到昙摩蜱那里……唉，好朋友，我就是有工夫，也不能写信给你。因为我抓起笔来就没了主意，不晓得要写什么才能叫你觉得我的心常常有你在里头。我想你这几个月没有信我，也许是和我一样地犯了这种毛病。"敏明说："你猜的不错。你许久不到我屋里了，现在请你和我上去坐一会。"敏明把手搭在加陵的肩胛上，一面吩咐玛弥预备槟榔、淡巴菰和些少细点，一面携着加陵上楼。

敏明的卧室在楼西。加陵进去，瞧见里面的陈设还是和从前差不多。楼板上铺的是土耳其绒毯。窗上垂着两幅很细致的帷子。她的食具就放在窗边。外头悬着几盆风兰。瑞大光的金光远远地从那里射来。靠北是卧榻，离地约一尺高，上面用上等的丝织物盖住。壁上悬着一幅提婆和率斐雅洛观剧的画片。还有好些绣垫散布在地上。加陵拿一个垫子到窗边，刚要坐下，那女仆已经把各样吃的东西捧上来。"你嚼槟榔啵。"敏明说完这话，随手送了一个槟榔到加陵嘴里，然后靠着她的镜台坐下。

加陵嚼过槟榔，就对敏明说："你这次回来，技艺必定很长进，何不把你最得意的艺术演奏起来，我好领教一下。"敏明笑说："哦，你是要瞧我演戏来的。我死也不演给你瞧。"加陵说："有什么妨碍呢？你还怕我笑你不成？快演罢，完了咱们再谈心。"敏明说："这几天我父亲刚刚教我一套雀翎舞，打算在涅槃节期到比古演奏，现在先演给你瞧罢。我先舞一次，等你瞧熟了，再奏乐和我。这舞蹈的谱可以借用'达撒罗撒'，歌调借用'恩斯民'。这两支谱，你都会吗？"加陵忙答应说："都会，都会。"

加陵擅于奏巴打拉（一种竹制的乐器，详见《大清会典图》），他一听见敏明叫他奏乐，就立刻叫玛弥把那种乐器搬来。等到敏明舞过一次，他就跟着奏起来。

敏明两手拿住两把孔雀翎，舞得非常的娴熟。加陵所奏的巴打拉也还跟得上，舞过一会，加陵就奏起"恩斯民"的曲调，只听敏明唱道：

孔雀！孔雀！你不必赞我生得俊美；
我也不必嫌你长得丑劣。
咱们是同一个身心，
同一副手脚。
我和你永远同在一个身里住着，
我就是你啊，你就是我。
别人把咱们的身体分做两个，
是他们把自己的指头压在眼上，
所以会生出这样的错。
你不要像他们这样的眼光，
要知道我就是你啊，你就是我。

敏明唱完，又舞了一会。加陵说："我今天才知道你的技艺精到这个地步。你所唱的也是很好。且把这歌曲的故事说给我听。"敏明说："这曲倒没有什么故事，不过是平常的恋歌，你能把里头的意思听出来就够了。"加陵说："那么，你这支曲是为我唱的。我也很愿意对你说：我就是你，你就是我。"

　　他们二人的感情几年来就渐渐浓厚。这次见面的时候，又受了那么好的感触，所以彼此的心里都承认他们求婚的机会已经成熟。

　　敏明愿意再帮父亲二三年才嫁，可是她没有向加陵说明。加陵起先以为敏明是一个很信佛法的女子，怕她后来要到尼庵去实行她的独身主义，所以不敢动求婚的念头。现在瞧出她的心志不在那里，他就决意回去要求婆多瓦底的同意，把她娶过来。照缅甸的风俗，子女的婚嫁本没有要求父母同意的必要，加陵很尊重他父亲的意见，所以要履行这种手续。

　　他们谈了半晌工夫，敏明的父亲宋志从外面进来，抬头瞧见加陵坐在窗边，就说："加陵君，别后平安啊！"加陵忙回答他，转过身来对敏明说："你父亲回来了。"敏明待下去，她父亲已经登楼。他们三人坐过一会，谈了几句客套，加陵就起身告辞。敏明说："你来的时间不短，也该回去了。你且等一等，我把这些舞具收拾清楚，再陪你在街上走几步。"

　　宋志眼瞧着他们出门，正要到自己屋里歇一歇，恰好玛弥上楼来收拾东西。宋志就对她说："你把那盘槟榔送到我屋里去罢。"玛弥说："这是他们剩下的，已经残了。我再给你拿些新鲜的来。"

　　玛弥把槟榔送到宋志屋里，见他躺在席上，好像想什么事情似的。宋志一见玛弥进来，就起身对她说："我瞧他们两人实在好得太厉害。若是敏明跟了他，我必要吃亏。你有什么好方法叫他们二人的爱情冷淡没有？"玛弥说："我又不是蛊师，哪有好方法离间他们？我想主人你也不必想什么方法，敏明姑娘必不至于嫁他。因为他们一个是属蛇，一个是属鼠的（缅甸的生肖是算日的，礼拜四生的属鼠，礼拜六生的属蛇），就算我们肯将姑娘嫁给他，他的父亲也不愿意。"宋志说："你说的虽然有理，但现在生肖相克的话，好些人都不注重了。倒不如请一位蛊师来，请他在二人身上施一点法术更为得计。"

　　印度支那间有一种人叫做蛊师，专用符咒替人家制造命运。有时叫没有爱情的男女，忽然发生爱情；有时将如胶似漆的夫妻化为仇敌。操这种职业的人以暹罗的僧侣最多，且最受人信仰。缅甸人操这种职业的也不少。宋志因为玛弥的话提醒他，第二天早晨他就出门找蛊师去了。

　　晌午的时候，宋志和蛊师沙龙回来。他让沙龙进自己的卧房。玛弥一见沙龙进来，木鸡似的站在一边。她想到昨天在无意之中说出蛊师，引起宋志今天的实行，实在对不起她的姑娘。她想到这里，就一直上楼去告诉敏明。

敏明正在屋里念书，听见这消息，急和玛弥下来，蹑步到屏后，倾耳听他们的谈话。只听沙龙说："这事很容易办。你可以将她常用的贴身东西拿一两件来，我在那上头画些符，念些咒，然后给回她用，过几天就见功效。"宋志说："恰好这里有她一条常用的领巾，是她昨天回来的时候忘记带上去的。这东西可用吗？"沙龙说："可以的，但是能够得着……"

敏明听到这里已忍不住，一直走进去向父亲说："阿爸，你何必摆弄我呢？我不是你的女儿吗？我和加陵没有什么意，请你放心。"宋志蓦地里瞧见他女儿进来，简直不知道要用什么话对付她。沙龙也停了半晌才说："姑娘，我们不是谈你的事。请你放心。"敏明斥他说："狡猾的人，你的计我已知道了。你快去办你的事罢。"宋志说，"我的儿，你今天疯了吗？你且坐下，我慢慢给你说。"

敏明哪里肯依父亲的话，她一味和沙龙吵闹，弄得她父亲和沙龙很没趣。不久，沙龙垂着头走出来；宋志满面怒容蹲在床上吸烟；敏明也忿忿地上楼去了。

敏明那一晚上没有下来和父亲用饭。她想父亲终久会用蛊术离间他们，不由得心里难过。她躺在床上翻来覆去。绣枕早已被她的眼泪湿透了。

第二天早晨，她到镜台梳洗，从镜里瞧见她满面都是鲜红色，——因为绣枕褪色，印在她的脸上——不觉笑起来。她把脸上那些印迹洗掉的时候，玛弥已捧一束鲜花、一杯咖啡上来。敏明把花放在一边，一手倚着窗棂，一手拿住茶杯向窗外出神。

她定神瞧着围绕瑞大光的彩云，不理会那塔的金光向她的眼睑射来，她精神因此就十分疲乏。她心里的感想和目前的光融洽，精神上现出催眠的状态。她自己觉得在瑞大光塔顶站着，听见底下的护塔铃叮叮当当地响。她又瞧见上面那些王侯所献的宝石，个个都发出很美丽的光明。她心里喜欢得很，不歇用手去摩弄，无意中把一颗大红宝石摩掉了。她忙要俯身去捡时，那宝石已经掉在地上，她定神瞧着那空儿，要求那宝石掉下的缘故，不觉有一种更美丽的宝光从那里射出来。她心里觉得很奇怪，用手扶着金壁，低下头来要瞧瞧那空儿里头的光景。不提防那壁被她一推，渐渐向后，原来是一扇宝石的门。

那门被敏明推开之后，里面的光直射到她身上。她站在外边，望里一瞧，觉得里头的山水、树木，都是她平生所不曾见过的。她在不知不觉中，已经向前走了几十步。耳边恍惚听见有人对她说："好啊！你回来啦。"敏明回头一看，觉得那人很熟悉，只是一时不能记出他的名字。她听见"回来"这两字，心里很是纳闷，就向那人说："我不住在这里，为何说我回来？你是谁？我好像在哪里与你会过似的。这是什么地方？"那人笑说："哈哈！去了这些日子，连自己家乡和平日间往来的朋友也忘了。肉体的障碍真是大哟。"敏明听了这话，简直莫名其妙。又问他说："我是谁？有那么好福气住在这里。我真是在这里住过吗？"那人回答说："你是谁？你自己知道。若是说你不曾住过这里，我就领你到处逛一逛，瞧你认得不认得。"

敏明听见那人要领她到处去逛逛，就忙忙答应，但所见的东西，敏明一点也记不清楚，总觉得样样都是新鲜的。那人瞧见敏明那么迷糊，就对她说："你既然记不清，待我一件一件告诉你。"

敏明和那人走过一座碧玉牌楼。两边的树罗列成行，开着很好看的花。红的、白的、紫的、黄的，各色齐备。树上有些鸟声，唱得很好听。走路时，有些微风慢慢吹来，吹得各色的花瓣纷纷掉下：有些落在人的身上；有些落在地上；有些还在空中飞来飞去。敏明的头上和肩膀上也被花瓣贴满，遍体熏得很香。那人说："这些花木都是你的老朋友，你常和它们往来。它们的花是长年开放的。"敏明说："这真是好地方，只是我总记不起来。"

走不多远，忽然听见很好的乐音。敏明说："谁在那边奏乐？"那人回答说："那里有人奏乐，这里的声音都是发于自然的。你所听的是前面流水的声音。我们再走几步就可以瞧见。"进前几步果然有些泉水穿林而流。水面浮着奇异的花草，还有好些水鸟在那里游泳。敏明只认得些荷花、溪鹆，其余都不认得。那人很不耐烦，把各样的东西都告诉她。

他们二人走过一道桥，迎面立着一片琉璃墙。敏明说："这墙真好看，是谁在里面住？"那人说："这里头是乔答摩宣讲法要的道场。现时正在演说，好些人物都在那里聆听法音。转过这个墙角就是正门。到的时候，我领你进去听一听。"敏明贪恋外面的风景，不愿意进去。她说："咱们逛会儿再进去罢。"那人说："你只会听粗陋的声音，看简略的颜色和闻污劣的香味。那更好的、更微妙的，你就不理会了。……好，我再和你走走，瞧你了悟不了悟。"

二人走到墙的尽头，还是穿入树林。他们踏着落花一直进前，树上的鸟声，叫得更好听。敏明抬起头来，忽然瞧见南边的树枝上有一对很美丽的鸟呆立在那里，丝毫的声音也不从他们的嘴里发出。敏明指着向那人说："只只鸟儿都出声吟唱，为什么那对鸟儿不出声音呢？那是什么鸟？"那人说："那是命命鸟。为什么不唱，我可不知道。"

敏明听见"命命鸟"三字，心里似乎有点觉悟。她注神瞧着那鸟，猛然对那人说："那可不是我和我的好朋友加陵么，为何我们都站在那里？"那人说："是不是，你自己觉得。"敏明抢前几步，看来还是一对呆鸟。她说："还是一对鸟儿在那里，也许是我的眼花了。"

他们绕了几个弯，当前现出一节小溪把两边的树林隔开。对岸的花草，似乎比这边更新奇。树上的花瓣也是常常掉下来。树下有许多男女：有些躺着的，有些站着的，有些坐着的。各人在那里说说笑笑，都现出很亲密的样子。敏明说："那边的花瓣落得更妙，人也多一点，我们一同过去逛逛罢。"那人说："对岸可不能去。那落的叫做情尘，若是望人身上落得多了就不好。"敏明说："我不怕。你领我过去逛逛罢。"那人见敏明一定要，过去就对她说："你必要过那边去，我可不能陪你了。你可以自己找一道桥过去。"他说完这话就不见了。敏明回头瞧见那人不在，自己循着水边，打算找一道桥过去。但找来找去总找不着，只得站在这边瞧过去。

她瞧见那些花瓣越落越多，那班男女几乎被葬在底下。有一个男子坐在对岸的水边，身上也是满了落花。一个紫衣的女子走到他跟前说："我很爱你，你是我的命。我们是命命鸟。除你以外，我没有爱过别人。"那男子回答说："我对于你的爱情也是如此。我除了你以外不曾爱过别的女人。"紫衣女子听了，向他微笑，就离开他。走不多远，又遇着一位男子站在树下，她又向那男子说："我很爱你，你是我的命。我们是命命鸟，除你以外，我没有爱过别人。"那男子也回答说："我对于你的爱情也是如此。我除了你以外不曾爱过别的女人。"

敏明瞧见这个光景，心里因此发生了许多问题，就是：那紫衣女子为什么当面撒谎，和那两位男子的回答为什么不约而同？她回头瞧那坐在水边的男子还在那里，又有一个穿红衣的女子走到他面前，还是对他说紫衣女子所说的话。那男子的回答和从前一样，一个字也不改。敏明再瞧那紫衣女子，还是挨着次序向各个男子说话。她走远了，话语的内容虽然听不见，但她的形容老没有改变。各个男子对她也是显出同样的表情。

敏明瞧见各个女子对于各个男子所说的话都是一样；各个男子的回答也是一字不改，心里正在疑惑，忽然来了一阵狂风把对岸的花瓣刮得干干净净，那班男女立刻变成很凶恶的容貌，互相啮食起来。敏明瞧见这个光景，吓得冷汗直流。她忍不住就大声喝道："嗳呀！你们的感情真是反复无常。"

敏明手里那杯咖啡被这一喝，全都泻在她的裙上。楼下的玛弥听见楼上的喝声，也赶上来。玛弥瞧见敏明周身冷汗，扑在镜台上头，忙上前把她扶起，问道："姑娘你怎样啦？烫着了没有？"敏明醒来，不便对玛弥细说，胡乱答应几句就打发她下去。

敏明细想刚才的异象，抬头再瞧窗外的瑞大光，觉得那塔还是被彩云绕住，越显得十分美丽。她立起来，换过一条绛色的裙子，就坐在她扑卧榻上头。她想起在树林里忽然瞧见命命鸟变做她和加陵那回事情，心中好像觉悟他们两个是这边的命命鸟，和对岸自称为命命鸟的不同。她自己笑着说："好在你不在那边。幸亏我不能过去。"

她自经过这一场恐慌，精神上遂起了莫大的变化。对于婚姻另有一番见解，对于加陵的态度更是不像从前。加陵一点也觉不出来，只猜她是不舒服。

自从敏明回来，加陵没有一天不来找她。近日觉得敏明的精神异常，以为自己没有向她求婚，所以不高兴。加陵觉得他自己有好些难解决的问题，不能不对敏明说。第一，是他父亲愿意他去当和尚；第二，纵使准他娶妻，敏明的生肖和他不对，顽固的父亲未必承认。现在瞧见敏明这样，不由得不把衷情吐露出来。

加陵一天早晨来到敏明家里，瞧见她的态度越发冷静，就安慰她说："好朋友，你不必忧心，日子还长呢。我在咱们的事情上头已经有了打算。父亲若是不肯，咱们最终的办法就是'照例逃走'。你这两天是不是为这事生气呢？"敏明说："这倒不值得生气。不过这几晚睡得迟，精神有一点疲倦罢了。"

加陵以为敏明的话是真，就把前日向父亲要求的情形说给她听。他说："好朋友，你瞧我的父亲多么固执。他一意要我去当和尚，我前天向他说些咱们的事，他还要请人来给我说法，你说好笑不好笑？"敏明说："什么法？"加陵说："那天晚上，父亲把昙摩蜱请来。我以为别的事要和他商量，谁知他叫我到跟前教训一顿。你猜他对我讲什么经呢？好些话我都忘记了。内中有一段是很有趣、很容易记的。我且念给你听：

"佛问摩邓曰：'女爱阿难何似？'女言：'我爱阿难眼；爱阿难鼻；爱阿难口；爱阿难耳；爱阿难声音；爱阿难行步。'佛言：'眼中但有泪；鼻中但有涕；口中但有唾；耳中但有垢；身中但有屎尿，臭气不净。'"

"昙摩蜱说得天花乱坠，我只是偷笑。因为身体上的污秽，人人都有，那能因着这些小事，就把爱情割断呢？况且这经本来不合对我说；若是对你念，还可以解释得去。"

敏明听了加陵末了那句话，忙问道："我是摩邓吗？怎样说对我念就可以解释得去？"加陵知道失言，忙回答说："请你原谅，我说错了。我的意思不是说你是摩邓，是说这本经合于对女人说。"加陵本是要向敏明解嘲，不意反触犯了她。敏明听了那几句经，心里更是明白。他们两人各有各的心事，总没有尽情吐露出来。加陵坐不多会，就告辞回家去了。

涅槃节近啦。敏明的父亲直催她上比古去，加陵知道敏明明日要动身，在那晚上到她家里，为的是要给她送行。但一进门，连人影也没有，转过角门，只见玛弥在她屋里缝衣服。那时候约在八点钟的光景。

加陵问玛弥说："姑娘呢？"玛弥抬头见是加陵，就陪笑说："姑娘说要去找你，你反来找她。她不曾到你家去吗？她出门已有一点钟工夫了。"加陵说："真的么？"玛弥回了一声："我还骗你不成。"低头还是做她的活计。加陵说："那么，我就回去等她。……你请。"

加陵知道敏明没有别处可去，她一定不会趁瑞大光的热闹。他回到家里，见敏明没来，就想着她一定和女伴到绿绮湖上乘凉。因为那夜的月亮亮得很，敏明和月亮很有缘；每到月圆的时候，她必招几个朋友到那里谈心。

加陵打定主意，就向绿绮湖去。到的时候，觉得湖里静寂得很。这几天是涅槃节期，各庙里都很热闹，绿绮湖的冷月没人来赏玩，是意中的事。加陵从爱德华第七的造像后面上了山坡，瞧见没人在那里，心里就有几分诧异。因为敏明每次必在那里坐，这回不见她，谅是没有来。

他走得很累，就在凳上坐一会。他在月影朦胧中瞧见地下有一件东西，捡起来看时，却是一条蝉翼纱的领巾。那巾的两端都绣一个吉祥海云的徽识，所以他认得是敏明的。

　　加陵知道敏明还在湖边，把领巾藏在袋里，就抽身去找她。他踏二弯虹桥，转到水边的乐亭，瞧没有人，又折回来。他在山丘上注神一望，瞧见西南边隐隐有个人影，忙上前去，见有几分像敏明。加陵蹑步到野蔷薇垣后面，意思是要吓她。他瞧见敏明好像是找什么东西似的，所以静静伏在那里看她要做什么。

　　敏明找了半天，随在乐亭旁边摘了一枝优钵昙花，走到湖边，向着瑞大光合掌礼拜。加陵见了，暗想她为什么不到瑞大光膜拜去？于是再蹑足走近湖边的蔷薇垣，那里离敏明礼拜的地方很近。

　　加陵恐怕再触犯她，所以不敢做声。只听她的祈祷。

　　女弟子敏明，稽首三世诸佛：我自万劫以来，迷失本来智性，因此堕入轮回，成女人身。现在得蒙大慈，示我三生因果。我今悔悟，誓不再恋天人，致受无量苦楚。愿我今夜得除一切障碍，转生极乐国土。愿勇猛无畏阿弥陀，俯听恳求接引我。南无阿弥陀佛。

　　加陵听了她这番祈祷，心里很受感动。他没有一点悲痛，竟然从蔷薇垣里跳出来，对着敏明说："好朋友，我听你刚才的祈祷，知道你厌弃这世间，要离开它。我现在也愿意和你同行。"

　　敏明笑道："你什么时候来的？你要和我同行，莫不你也厌世吗？"加陵说："我不厌世。因为你的原故，我愿意和你同行。我和你分不开。你到那里，我也到那里。"敏明说："不厌世，就不必跟我去。你要记得你父亲愿你做一个转法轮的能手。你现在不必跟我去以后还有相见的日子。"加陵说："你说不厌世就不必死，这话有些不对。譬如我要到蛮得勒去，不是嫌恶仰光，不过我未到过那城，所以愿意去瞧一瞧。但有些人很厌恶仰光，他巴不得立刻离开才好。现在，你是第二类的人，我是第一类的人，为什么不让我和你同行？"敏明不料加陵会来，更不料他一下就决心要跟从她。现在听他这一番话语，知道他与自己的觉悟虽然不同，但她常感得他们二人是那世界的命命鸟，所以不甚阻止他。到这里，她才把前几天的事告诉加陵。加陵听了，心里非常的喜欢，说："有那么好的地方，为何不早告诉我？我一定离不开你了，我们一块儿去罢。"

　　那时月光更是明亮。树林里萤火无千无万地闪来闪去，好像那世界的人物来赴他们的喜筵一样。

　　加陵一手搭在敏明的肩上，一手牵着她。快到水边的时候，加陵回过脸来向敏明的唇边啜了一下。他说："好朋友，你不亲我一下么？"敏明好像不曾听见，还是直地走。

　　他们走入水里，好像新婚的男女携手入洞房那般自在，毫无一点畏缩。在月光水影之中，还听见加陵说："咱们是生命的旅客，现在要到那个新世界，实在叫我快乐得很。"

　　现在他们去了！月光还是照着他们所走的路；瑞大光远远送一点鼓乐的声音来；动物园的野兽也都为他们唱很雄壮的欢送歌；惟有那不懂人情的水，不愿意替他们守这旅行的秘密，要找机会把他们的躯壳送回来。

商人妇

"先生，请用早茶。"这是二等舱的侍者催我起床的声音。我因为昨天上船的时候太过忙碌，身体和精神都十分疲倦，从九点一直睡到早晨七点还没有起床。我一听侍者的招呼，就立刻起来，把早晨应办的事情弄清楚，然后到餐厅去。

那时节餐厅里满坐了旅客。个个在那里喝茶，说闲话：有些预言欧战谁胜谁负的；有些议论袁世凯该不该做皇帝的；有些猜度新加坡印度兵变乱是不是受了印度革命党运动的。那种唧唧咕咕的声音，弄得一个餐厅几乎变成菜市。我不惯听这个，一喝完茶就回到自己的舱里，拿了一本《西青散记》跑到右舷找一个地方坐下，预备和书里的双卿谈心。

我把书打开，正要看时，一位印度妇人携着一个七八岁的孩子来到跟前，和我面对面地坐下。这妇人，我前天在极乐寺放生池边曾见过一次，我也瞧着她上船，在船上也是常常遇见她在左右舷乘凉。我一瞧见她，就动了我的好奇心，因为她的装束虽是印度的，然而行动却不像印度妇人。

我把书搁下，偷眼瞧她，等她回眼过来瞧我的时候，我又装做念书。我好几次是这样办，恐怕她疑我有别的意思，此后就低着头，再也不敢把眼光射在她身上。她在那里信口唱些印度歌给小孩听，那孩子也指东指西问她说话。我听她的回答，无意中又把眼睛射在她脸上。她见我抬起头来，就顾不得和孩子周旋，急急地用闽南土话问我说："这位老叔，你也是要到新加坡去么？"她的口腔很像海澄的乡人，所问的也带着乡人的口气。在说话之间，一字一字慢慢地拼出来，好像初学说话的一样。我被她这一问，心里的疑团结得更大，就回答说："我要回厦门去。你曾到过我们那里么？为什么能说我们的话？""呀！我想你瞧我的装束像印度妇女，所以猜疑我不是唐山（华侨叫祖国做唐山）人。我实在告诉你，我家就在鸿渐。"

那孩子瞧见我们用土话对谈，心里奇怪得很，他摇着妇人的膝头，用印度话问道："妈妈，你说的是什么话？他是谁？"也许那孩子从来不曾听过她说这样的话，所以觉得希奇。我巴不得快点知道她的底蕴，就接着问她："这孩子是你养的么？"她先回答了孩子，然后向我叹一口气说："为什么不是呢！这是我在麻德拉斯养的。"

我们越谈越熟，就把从前的畏缩都除掉。自从她知道我的里居、职业以后，她再也不称我做"老叔"，更转口称我做"先生"。她又把麻德拉斯大概的情形说给我听。我因为她的境遇很希奇，就请她详详细细地告诉我。她谈得高兴，也就应许了。那时，我才把书收入口袋里，注神听她诉说自己的历史。

我十六岁就嫁给青礁林荫乔为妻。我的丈夫在角尾开糖铺。他回家的时候虽然少，但我们的感情决不因为这样就生疏。我和他过了三四年的日子，从不曾拌过嘴，或闹过什么意见。有一天，他从角尾回来，脸上现出忧闷的容貌。一进门就握着我的手说："惜官（闽俗：长辈称下辈或同辈的男女彼此相称，常加'官'字在名字之后），我的生意已经倒闭，以后我就不到角尾去啦。"我听了这话，不由得问他："为什么呢？是买卖不好吗？"他说："不是，不是，是我自己弄坏的。这几天那里赌局，有些朋友招我同玩，我起先赢了许多，但是后来都输得精光，甚至连店里的生财家伙，也输给人了。……我实在后悔，实在对你不住。"我怔了一会，也想不出什么合适的话来安慰他，更不能想出什么话来责备他。

他见我的泪流下来，忙替我擦掉，接着说："哎！你从来不曾在我面前哭过，现在你向我掉泪，简直像熔融的铁珠一滴一滴地滴在我心坎儿上一样。我的难受，实在比你更大。你且不必担忧，我找些资本再做生意就是了。"

当下我们二人面面相觑，在那里静静地坐着。我心里虽有些规劝的话要对他说，但我每将眼光射在他脸上的时候，就觉得他有一种妖魔的能力，不容我说，早就理会了我的意思。我只说："以后可不要再耍钱，要知道赌钱……"

　　他在家里闲着，差不多有三个月。我所积的钱财倒还够用，所以家计用不着他十分挂虑。我镇日出外借钱做资本，可惜没有人信得过他，以致一文也借不到。他急得无可奈何，就动了过番（闽人说到南洋为过番）的念头。

　　他要到新加坡去的时候，我为他摒挡一切应用的东西，又拿了一对玉手镯教他到厦门兑来做盘费。他要趁早潮出厦门，所以我们别离的前一夕足足说了一夜的话。第二天早晨，我送他上小船，独自一人走回来，心里非常烦闷，就伏在案上，想着到南洋去的男子多半不想家，不知道他会这样不会。正这样想，蓦然一片急步声达到门前，我认得是他，忙起身开了门，问："是漏了什么东西忘记带去么？"他说："不是，我有一句话忘记告诉你：我到那边的时候，无论做什么事，总得给你来信。若是五六年后我不能回来，你就到那边找我去。"我说："好罢。这也值得你回来叮咛，到时候我必知道应当怎样办的。天不早了，你快上船去罢。"他紧握着我的手，长叹了一声，翻身就出去了。我注目直送到榕荫尽处，瞧他下了长堤，才把小门关上。

　　我与林荫乔别离那一年，正是二十岁。自他离家以后，只来了两封信，一封说他在新加坡丹让巴葛开杂货店，生意很好。一封说他的事情忙，不能回来。我连年望他回来完聚，只是一年一年的盼望都成虚空了。

　　邻舍的妇人常劝我到南洋找他去。我一想，我们夫妇离别已经十年，过番找他虽是不便，却强过独自一人在家里挨苦。我把所积的钱财检妥，把房子交给乡里的荣家长管理，就到厦门搭船。

　　我第一次出洋，自然受不惯风浪的颠簸，好容易到了新加坡。那时节，我心里的喜欢，简直在这辈子里头不曾再遇见。我请人带我到丹让巴葛义和诚去。那时我心里的喜欢更不能用言语来形容。我瞧店里的买卖很热闹，我丈夫这十年间的发达，不用我估量，也就罗列在眼前了。

　　但是店里的伙计都不认识我，故得对他们说明我是谁和来意。有一位年轻的伙计对我说："头家（闽人称店主为头家）今天没有出来，我领你到住家去罢。"我才知道我丈夫不在店里住，同时我又猜他一定是再娶了，不然，断没有所谓住家的。我在路上就向伙计打听一下，果然不出所料！

　　人力车转了几个弯，到一所半唐半洋的楼房停住。伙计说："我先进去通知一声。"他撇我在外头，许久才出来对我说："头家早晨出去，到现在还没有回来哪。头家娘请你进去里头等他一会儿，也许他快要回来。"他把我两个包袱——那就是我的行李——一拿在手里，我随着他进去。

我瞧见屋里的陈设十分华丽。那所谓头家娘的，是一个马来妇人，她出来，只向我略略点了一个头。她的模样，据我看来很不恭敬，但是南洋的规矩我不懂得，只得陪她一礼。她头上戴的金刚钻和珠子，身上缀的宝石、金、银，衬着那副黑脸孔，越显出丑陋不堪。

她对我说了几句套话，又叫人递一杯咖啡给我，自己在一边吸烟、嚼槟榔，不大和我攀谈。我想是初会生疏的缘故，所以也不敢多问她的话。不一会，得得的马蹄声从大门直到廊前，我早猜着是我丈夫回来了。我瞧他比十年前胖了许多，肚子也大起来了。他口里含着一枝雪茄，手里扶着一根象牙杖，下了车，踏进门来，把帽子挂在架上。见我坐在一边，正要发问，那马来妇人上前向他唧唧咕咕地说了几句。她的话我虽不懂得，但瞧她的神气像有点不对。

我丈夫回头问我说："惜官，你要来的时候，为什么不预先通知一声？是谁叫你来的？"我以为他见我以后，必定要对我说些温存的话，哪里想到反把我诘问起来！当时我把不平的情绪压下，陪笑回答他，说："唉，荫哥，你岂不知道我不会写字么？咱们乡下那位写信的旺师常常给人家写别字，甚至把意思弄错了，因为这样，所以不敢央求他替我写。我又是决意要来找你的，不论迟早总得动身，又何必多费这番工夫呢？你不曾说过五六年后若不回去，我就可以来吗？"我丈夫说："吓！你自己倒会出主意。"他说完，就横横地走进屋里。

我听他所说的话，简直和十年前是两个人。我也不明白其中的缘故：是嫌我年长色衰呢，我觉得比那马来妇人还俊得多；是嫌我德行不好呢，我嫁他那么多年，事事承顺他，从不曾做过越出范围的事。荫哥给我这个闷葫芦，到现在我还猜不透。

他把我安顿在楼下，七八天的工夫不到我屋里，也不和我说话。那马来妇人倒是很殷勤，走来对我说："荫哥这几天因为你的事情很不喜欢。你且宽怀，过几天他就不生气了。晚上有人请咱们去赴席，你且把衣服穿好，我和你一块儿去。"

她这种甘美的语言，叫我把从前猜疑她的心思完全打消。我穿的是湖色布衣，和一条大红绉裙，她一见了，不由得笑起来。我觉得自己满身村气，心里也有一点惭愧。她说："不要紧，请咱们的不是唐山人，定然不注意你穿的是不是时新的样式。咱们就出门罢。"

马车走了许久，穿过一丛椰林，才到那主人的门口。进门是一个很大的花园，我一面张望，一面随着她到客厅去。那里果然有很奇怪的筵席摆设着。一班女客都是马来人和印度人。她们在那里叽哩咕噜地说说笑笑，我丈夫的马来妇人也撇下我去和她们谈话。不一会，她和一位妇人出去，我以为她们逛花园去了，所以不大理会。但过了许久的工夫，她们只是不回来，我心急起来，就向在座的女人说："和我来的那位妇人往哪里去？"她们虽能会意，然而所回答的话，我一句也懂不得。

我坐在一个软垫上，心头跳动得很厉害。一个仆人拿了一壶水来，向我指着上面的筵席作势。我瞧见别人洗手，知道这是食前的规矩，也就把手洗了。她们让我入席，我也不知道那里是我应当坐的地方，就顺着她们指定给我的坐位坐下。她们祷告以后，才用手向盘里取自己所要的食品。我头一次掬东西吃，一定是很不自然，她们又教我用指头的方法。我在那里，很怀疑我丈夫的马来妇人不在座，所以无心在筵席上张罗。

筵席撤掉以后，一班客人都笑着向我亲了一下吻就散了。当时我也要跟她们出门，但那主妇叫我等一等。我和那主妇在屋里指手画脚做哑谈，正笑得不可开交，一位五十来岁的印度男子从外头进来。那主妇忙起身向他说了几句话，就和他一同坐下。我在一个生地方遇见生面的男子，自然羞缩到了不得。那男子走到我跟前说："喂，你已是我的人啦。我用钱买你。你住这里好。"他说的虽是唐话，但语格和腔调全是不对的。我听他说把我买过来，不由得恸哭起来。那主妇倒是在身边殷勤地安慰我。那时已是入亥时分，他们教我进里边睡，我只是和衣在厅边坐了一宿，哪里肯依他们的命令！

先生，你听到这里必定要疑我为什么不死。唉！我当时也有这样的思想，但是他们守着我好像囚犯一样，无论什么时候都有人在我身旁。久而久之，我的激烈的情绪过了，不但不愿死，而且要留着这条命往前瞧瞧我的命运到底是怎样的。

买我的人是印度麻德拉斯的回教徒阿户耶。他是一个辔辔商，因为在新加坡发了财，要多娶一个姬妾回乡享福。偏是我的命运不好，趁着这机会就变成他的外国古董。我在新加坡住不上一个月，他就把我带到麻德拉斯去。

阿户耶给我起名叫利亚。他叫我把脚放了，又在我鼻上穿了一个窟窿，带上一只钻石鼻环。他说照他们的风俗，凡是已嫁的女子都得带鼻环，因为那是妇人的记号。他又把很好的"克尔塔"（回妇上衣）、"马拉姆"（胸衣）和"埃撒"（裤）教我穿上。从此以后，我就变成一个回回婆子了。

阿户耶有五个妻子，连我就是六个。那五人之中，我和第三妻的感情最好。其余的我很憎恶她们，因为她们欺负我不会说话，又常常戏弄我。我的小脚在她们当中自然是希罕的，她们虽是不歇地摩挲，我也不怪。最可恨的是她们在阿户耶面前拨弄是非，叫我受委屈。

阿噶利马是阿户耶第三妻的名字，就是我被卖时张罗筵席的那个主妇。她很爱我，常劝我用"撒马"来涂眼眶，用指甲花来涂指甲和手心。回教的妇人每日用这两种东西和我们唐人用脂粉一样。她又教我念孟加里文和亚刺伯文。我想起自己因为不能写信的缘故，致使荫哥有所借口，现在才到这样的地步，所以愿意在这举目无亲的时候用功学习些少文字。她虽然没有什么学问，但当我的教师是绰绰有余的。

我从阿噶利马念了一年，居然会写字了！她告诉我他们教里有一本天书，本不轻易给女人看的，但她以后必要拿那本书来教我。她常对我说："你的命运会那么塞涩，都是阿拉给你注定的。你不必想家太甚，日后或者有大快乐临到你身上，叫你享受不尽。"这种定命的安慰，在那时节很可以教我的精神活泼一点。

我和阿户耶虽无夫妻的情，却免不了有夫妻的事。哎！我这孩子（她说时把手抚着那孩子的顶上）就是到麻德拉斯的第二年养的。我活了三十多岁才怀孕，那种痛苦为我一生所未经过。幸亏阿噶利马能够体贴我，她常用话安慰我，教我把目前的苦痛忘掉。有一次她瞧我过于难受，就对我说："呀！利亚，你且忍耐着罢。咱们没有无花果树的福分（《可兰经》载阿丹浩挖被天魔阿扎贼来引诱，吃了阿拉所禁的果子，当时他们二人的天衣都化没了。他们觉得赤身的羞耻，就向乐园里的树借叶子围身。各种树木因为他们犯了阿拉的戒命，都不敢借，惟有无花果树瞧他们二人怪可怜的，就慷慨借些叶子给他们。阿拉嘉许无花果树的行为，就赐它不必经过开花和受蜂蝶搅扰的苦而能结果），所以不能免掉怀孕的苦。你若是感得痛苦的时候，可以默默向阿拉求恩，他可怜你，就赐给你平安。"我在临产的前后期，得着她许多的帮助，到现在还是忘不了她的情意。

自我产后，不上四个月，就有一件失意的事教我心里不舒服：那就是和我的好朋友离别。她虽不是死掉，然而她所去的地方，我至终不能知道。阿噶利马为什么离开我呢？说来话长，多半是我害她的。

我们隔壁有一位十八岁的小寡妇名叫哈那，她四岁就守寡了。她母亲苦待她倒罢了，还要说她前生的罪孽深重，非得叫她辛苦，来生就不能超脱。她所吃所穿的都跟不上别人，常常在后园里偷哭。她家的园子和我们的园子只隔一度竹篱，我一听见她哭，或是听见她在那里，就上前和她谈话，有时安慰她，有时给东西她吃，有时送她些少金钱。

阿噶利马起先瞧见我周济那寡妇，很不以为然。我屡次对她说明，在唐山不论什么人都可以受人家的周济，从不分什么教门。她受我的感化，后来对于那寡妇也就发出哀怜的同情。

有一天，阿噶利马拿些银子正从篱间递给哈那，可巧被阿户耶瞥见。他不声不张，蹑步到阿噶利马后头，给她一掌，顺口骂说："小母畜，贱生的母猪，你在这里干什么？"他回到屋里，气得满身哆嗦，指着阿噶利马说："谁教你把钱给那婆罗门妇人？岂不把你自己玷污了吗？你不但玷污了自己，更是玷污我和清真圣典。'马赛拉'（是阿拉禁止的意思）！快把你的'布卡'（面幕）放下来罢。"

我在里头听得清楚，以为骂过就没事。谁知不一会的工夫，阿噶利马珠泪承睫地走进来，对我说："利亚，我们要分离了！"我听这话吓了一跳，忙问道："你说的是什么意思，我听不明白。"她说："你不听见他叫我把'布卡'放下来罢？那就是休我的意思。此刻我就要回娘家去。你不必悲哀，过两天他气平了，总得叫我回来。"那时我一阵心酸，不晓得要用什么话来安慰她，我们抱头哭了一场就分散了。唉！"杀人放火金腰带；修桥整路长大癞"，这两句话实在是人间生活的常例呀！

自从阿噶利马去后，我的凄凉的历书又从"贺春王正月"翻起。那四个女人是与我素无交情的。阿户耶呢，他那副黝黑的脸，猬毛似的胡子，我一见了就憎厌，巴不得他快离开我。我每天的生活就是乳育孩子，此外没有别的事情。我因为阿噶利马的事，吓得连花园也不敢去逛。

过几个月，我的苦生涯快挨尽了！因为阿户耶借着病回他的乐园去了。我从前听见阿噶利马说过：妇人于丈夫死后一百三十日后就得自由，可以随便改嫁。我本欲等到那规定的日子才出去，无奈她们四个人因为我有孩子，在财产上恐怕给我占便宜，所以多方窘迫我。她们的手段，我也不忍说了。

哈那劝我先逃到她姊姊那里。她教我送一点钱财给她的姊夫，就可以得到他们的容留。她姊姊我曾见过，性情也很不错。我一想，逃走也是好的，她们四个人的心肠鬼蜮到极，若是中了她们的暗算，可就不好。哈那的姊夫在亚可特住。我和她约定了，教她找机会通知我。

一星期后，哈那对我说她的母亲到别处去，要夜深才可以回来，教我由篱笆逾越过去。这事本不容易，因事后须得使哈那不致于吃亏。而且篱上界着一行凯线，实在教我难办。我抬头瞧见篱下那棵波罗蜜树有一桠横过她那边，那树又是斜着长上去的。我就告诉她，叫她等待人静的时候在树下接应。

原来我的住房有一个小门通到园里。那一晚上，天际只有一点星光，我把自己细软的东西藏在一个口袋里，又多穿了两件衣裳，正要出门，瞧见我的孩子睡在那里。我本不愿意带他同行，只怕他醒时瞧不见我要哭起来，所以暂住一下，把他抱在怀里，让他吸乳。他吸的时节，才实在感到我是他的母亲，他父亲虽与我没有精神上的关系，他却是我养的。况且我去后，他不免要受别人的折磨。我想到这里，不由得双泪直流。因为多带一个孩子，会教我的事情越发难办。我想来想去，还是把他驼起来，低声对他说："你是好孩子，就不要哭，还得乖乖地睡。"幸亏他那时好像理会我的意思，不大作声。我留一封信在床上，说明愿意抛弃我应得的产业和逃走的理由，然后从小门出去。

我一手往后托住孩子，一手拿着口袋，蹑步到波罗蜜树下。我用一条绳子拴住口袋，慢慢地爬上树，到分桠的地方少停一会。那时孩子哼了一两声，我用手轻轻地拍着，又摇他几下，再把口袋扯上来，抛过去给哈那接住。我再爬过去，摸着哈那为我预备的绳子，我就紧握着，让身体慢慢坠下来。我的手耐不得摩擦，早已被绳子锉伤了。

我下来之后，谢过哈那，忙忙出门，离哈那的门口不远就是爱德耶河，哈那和我出去雇船，她把话交代清楚就回去了。那舵工是一个老头子，也许听不明白哈那所说的话。他划到塞德必特车站，又替我去买票。我初次搭车，所以不大明白行车的规矩，他叫我上车，我就上去。车开以后，查票人看我的票才知道我搭错了。

车到一个小站，我赶紧下来，意思是要等别辆车搭回去。那时已经夜半，站里的人说上麻德拉斯的车要到早晨才开。不得已就在候车处坐下。我把"马支拉"（回妇外衣）披好，用手支住袋假寐，约有三四点钟的工夫。偶一抬头，瞧见很远一点灯光由栅栏之间射来，我赶快到月台去，指着那灯问站里的人。他们当中有一个人笑说："这妇人连方向也分不清楚了。她认启明星做车头的探灯哪。"我瞧真了，也不觉得笑起来，说："可不是！我的眼真是花了。"

我对着启明星，又想起阿噶利马的话。她曾告诉我那星是一个擅于迷惑男子的女人变的。我因此想起荫哥和我的感情本来很好，若不是受了番婆底迷惑，决不忍把他最爱的结发妻卖掉。我又想着自已被卖的不是不能全然归在荫哥身上。若是我情愿在唐山过苦日子，无心到新加坡去依赖他，也不会发生这事。我想来想去，反笑自己逃得太过唐突。我自问既然逃得出来，又何必去依赖哈那的姊姊呢？想到这里，仍把孩子抱回候车处，定神解决这问题。我带出来的东西和现银共值三千多卢比，若是在村庄里住，很可以够一辈子的开销，所以我就把独立生活的主意拿定了。

天上的诸星陆续收了它们的光，惟有启明仍在东方闪烁着。当我瞧着它的时候，好像有一种声音从它的光传出来，说："惜官，此后你别再以我为迷惑男子的女人。要知道凡光明的事物都不能迷惑人。在诸星之中，我最先出来，告诉你们黑暗快到了；我最后回去，为的是领你们紧接受着太阳的光亮；我是夜界最光明的星。你可以当我做你心里的殷勤的警醒者。"我朝着它，心花怒开，也形容不出我心里的感谢。此后我一见着它，就有一番特别的感触。

我向人打听客栈所在的地方，都说要到贞葛布德才有。于是我又搭车到那城去。我在客栈住不多的日子，就搬到自己的房子住去。

那房子是我把钻石鼻环兑出去所得的金钱买来的。地方不大，只有二间房和一个小园，四面种些露兜树当做围墙。印度式的房子虽然不好，但我爱它靠近村庄，也就顾不得它的外观和内容了。我雇了一个老婆子帮助料理家务，除养育孩子以外，还可以念些印度书籍。我在寂寞中和这孩子玩弄，才觉得孩子的可爱，比一切的更甚。

每到晚间，就有一种很庄重的歌声送到我耳里。我到园里一望，原来是从对门一个小家庭发出来。起先我也不知道他们唱来干什么，后来我才晓得他们是基督徒。那女主人以利沙伯不久也和我认识，我也常去赴他们的晚祷会。我在贞葛布德最先认识的朋友就算他们那一家。

以利沙伯是一个很可亲的女人，她劝我入学校念书，且应许给我照顾孩子。我想偷闲度日也是没有什么出息，所以在第二年她就介绍我到麻德拉斯一个妇女学校念书。每月回家一次瞧瞧我的孩子，她为我照顾得很好，不必我担忧。

我在校里没有分心的事，所以成绩甚佳。这六七年的工夫，不但学问长进，连从前所有的见地都改变了。我毕业后直到如今就在贞葛布德附近一个村里当教习。这就是我一生经历的大概。若要详细说来，虽用一年的工夫也说不尽。

现在我要到新加坡找我丈夫去，因为我要知道卖我的到底是谁。我很相信荫哥必不忍做这事，纵然是他出的主意，终有一天会悔悟过来。

惜官和我谈了足有两点多钟，她说得很慢，加之孩子时时搅扰她，所以没有把她在学校的生活对我详细地说。我因为她说得工夫太长，恐怕精神过于受累，也就不往下再问，我只对她说："你在那漂流的时节，能够自己找出这条活路，实在可敬。明天到新加坡的时候，若是要我帮助你去找荫哥，我很乐意为你去干。"她说："我哪里有什么聪明，这条路不过是冥冥中指导者替我开的。我在学校里所念的书，最感动我的是《天路历程》和《鲁滨逊漂流记》，这两部书给我许多安慰和模范。我现时简直是一个女鲁滨逊哪。你要帮我去找荫哥，我实在感激。因为新加坡我不大熟悉，明天总得求你和我……"说到这里，那孩子催着她进舱里去拿玩具给他。她就起来，一面续下去说："明天总得求你帮忙。"我起立对她行了一个敬礼，就坐下把方才的会话录在怀中日记里头。

过了二十四点钟，东南方微微露出几个山峰。满船的人都十分忙碌，惜官也顾着检点她的东西，没有出来。船入港的时候，她才携着孩子出来与我坐在一条长凳上头。她对我说："先生，想不到我会再和这个地方相见。岸上的椰树还是舞着它们的叶子；海面的白鸥还是飞来飞去向客人表示欢迎；我的愉快也和九年前初会它们那时一样。如箭的时光，转眼就过了那么多年，但我至终瞧不出从前所见的和现在所见的当中有什么分别。……呀！'光阴如箭'的话，不是指着箭飞得快说，乃是指着箭的本体说。光阴无论飞得多么快，在里头的事物还是没有什么改变，好像附在箭上的东西，箭虽是飞行着，它们却是一点不更改。……我今天所见的和从前所见的虽是一样，但愿荫哥的心肠不要像自然界的现象变更得那么慢；但愿他回心转意地接纳我。"我说："我向你表同情。听说这船要泊在丹让巴葛的码头，我想到时你先在船上候着，我上去打听一下再回来和你同去，这办法好不好呢？"她说："那么，就教你多多受累了。"

我上岸问了好几家都说不认得林荫乔这个人，那义和诚的招牌更是找不着。我非常着急，走了大半天觉得有一点累，就上一家广东茶居歇足，可巧在那里给我查出一点端倪。我问那茶居的掌柜。据他说：林荫乔因为把妻子卖给一个印度人，惹起本埠多数唐人的反对。那时有人说是他出主意卖的，有人说是番婆卖的，究竟不知道是谁做的事。但他的生意因此受莫大的影响，他瞧着在新加坡站不住，就把店门关起来，全家搬到别处去了。

我回来将所查出的情形告诉惜官，且劝她回唐山去。她说："我是永远不能去的，因为我带着这个棕色孩子，一到家，人必要耻笑我，况且我对于唐文一点也不会，回去岂不要饿死吗？我想在新加坡住几天，细细地访查他的下落。若是访不着时，仍旧回印度去。……唉，现在我已成为印度人了！"

我瞧她的情形，实在想不出什么话可以劝她回乡，只叹一声说："呀！你的命运实在苦！"她听了反笑着对我说："先生啊，人间一切的事情本来没有什么苦乐的分别：你造作时是苦，希望时是乐；临事时是苦，回想时是乐。我换一句话说：眼前所遇的都是困苦；过去、未来的回想和希望都是快乐。昨天我对你诉说自己境遇的时候，你听了觉得很苦，因为我把从前的情形陈说出来，罗列在你眼前，教你感得那是现在的事；若是我自己想起来，久别、被卖、逃亡等等事情都有快乐在内。所以你不必为我叹息，要把眼前的事情看开才好。……我只求你一样，你到唐山时，若是有便，就请到我村里通知我母亲一声。我母亲算来已有七十多岁，她住在鸿渐，我的唐山亲人只剩着她咧。她的门外有一棵很高的橄榄树。你打听良姆，人家就会告诉你。"

船离码头的时候，她还站在岸上挥着手巾送我。那种诚挚的表情，教我永远不能忘掉。我到家不上一月就上鸿渐去。那橄榄树下的破屋满被古藤封住，从门缝儿一望，隐约瞧见几座朽腐的木主搁在桌上，那里还有一位良姆！

换巢鸾凤

一、歌声

那时刚过了端阳节期，满园里的花草倚仗膏雨的恩泽，都争着向太阳献它们的媚态。鸟儿、虫儿也在这灿烂的庭园歌舞起来，和鸾独自一人站在啭鹏亭下，她所穿的衣服和槛下紫蛱蝶花的颜色相仿。乍一看来，简直疑是被阳光的威力拥出来的花魂。她一手用蒲葵扇挡住当午的太阳，一手提着长褂，望发出蝉声的梧桐前进。走路时，珠鞋一步一步印在软泥嫩苔之上，印得一路都是方胜了。

她走到一株瘦削的梧桐底下，瞧见那蝉踞在高枝嘶嘶地叫个不住，想不出什么方法把那小虫带下来，便将手扶着树干尽力一摇，叶上的残雨趁着机会飞滴下来，那小虫也带着残声飞过墙东去了。那时，她才后悔不该把树摇动，教那饿鬼似的雨点争先恐后地扑在自己身上，那虫歇在墙东的树梢，还振着肚皮向她解嘲说："值也！值也！……值"，她愤不过，要跑过那边去和小虫见个输赢。刚过了月门，就听见一缕清逸的歌声从南窗里送出来。她爱音乐的心本是受了父亲的影响，一听那抑扬的腔调，早把她所要做的事搁在脑后了。她悄悄地走到窗下，只听得：

……

你在江湖流落尚有雌雄侣，亏我影只形单异地栖。

风急衣单无路寄，寒衣做起误落空闺。

日日望到夕阳，我就愁倍起，只见一围衰柳锁往长堤。

又见人影一鞭残照里，几回错认是我郎归，

……

　　正听得津津有味，一种娇娆的声音从月门出来："大小姐你在那里干什么？太太请你去瞧金鱼哪。那是客人从东沙带来送给咱们的。好看得很，快进去罢。"她回头见是自己的丫头嬛而，就示意不教她做声，且招手叫她来到跟前，低声对她说："你听这歌声多好？"她的声音想是被窗里的人听见，话一说完，那歌声也就止住了。

　　嬛而说："小姐，你瞧你的长裙子都已湿透，鞋子也给泥玷污了。咱们回去罢。别再听啦。"她说："刚才所听的实在是好，可惜你来迟一点，领教不着。"嬛而问："唱的是什么？"她说："是用本地话唱的。我到的时候，只听得什么……尚有雌雄侣……影只形单异地栖。……"嬛而不由她说完，就插嘴说："噢，噢，小姐，我知道了。我也会唱这种歌儿。你所听的叫做《多情雁》，我也会唱。"她听见嬛而也会唱，心里十分喜欢，一面走一面问："这是哪一类的歌呢？你说会唱，为什么你来了这两三年从不曾唱过一次？"嬛而说："这就叫做粤讴，大半是男人唱的。我恐怕老爷骂，所以不敢唱。"她说："我想唱也无妨。你改天教给我几支罢。我很喜欢这个。她们在谈话间，已经走到饮光斋的门前，二人把脚下的泥刮掉，才踏进去。

　　饮光斋是阳江州衙内的静室。由这屋里往北穿过三思堂就是和鸾的卧房。和鸾和嬛而进来的时候，父亲崇阿、母亲赫舍里氏、妹妹鸣鸶，和表兄启祯正围坐在那里谈话。鸣鸶把她的座让出一半，对和鸾说："姊姊快来这里坐着罢。爸爸给咱们讲养鱼经哪。"和鸾走到妹妹身边坐下，瞧见当中悬着一个琉璃壶，壶内的水映着五色玻璃窗的彩光，把金鱼的颜色衬得越发好看。崇阿只管在那里说，和鸾却不大介意。因为她惦念着跟嬛而学粤讴，巴不得立刻回到自己的卧房去。她坐了一会，仍扶着嬛而出来。

　　崇阿瞧见和鸾出去，就说："这孩子进来不一会儿，又跑出去，到底是忙些什么？"赫氏笑着回答说："也许是瞧见祯哥儿在这里，不好意思坐着罢。"崇阿说："他们天天在一起儿也不害羞，偏是今天就回避起来。真是奇怪！"

原来启祯是赫氏的堂侄子，他的祖上，不晓得在哪一代有了战功，给他荫袭一名轻车都尉。只是他父母早已去世，从小就跟着姑姑过日子。他姑丈崇阿是正白旗人，由笔贴式出身，出知阳江州事；他的学问虽不甚好，却很喜欢谈论新政。当时所有的新式报像《时务报》、《清议报》、《新民丛报》，和康、梁们有著述，他除了办公以外，不是弹唱，就是和这些新书报周旋。他又深信非整顿新军，不能教国家复兴起来。因为这样，他在启祯身上的盼望就非常奢大。有时下乡剿匪，也带着同行，为的是叫他见习些战务。年来瞧见启祯长得一副好身材，心里更是喜欢，有意思要将和鸾配给他。老夫妇曾经商量过好几次，却没有正式提起。赫氏以为和鸾知道这事，所以每到启祯在跟前的时候，她要避开，也就让她回避。

再说和鸾跟�而学了几支粤讴，总觉得那腔调不及那天在园里所听的好。但是她很聪明，曲谱一上口，就会照着弹出来。她自己费了很大的工夫去学粤讴，方才摸着一点门径，居然也会撰词了。她在三思堂听着父亲弹琵琶，不觉技痒起来。等父亲弹完，就把那乐器抱过来，对父亲说："爸爸，我这两天学了些新调儿，自己觉得很不错；现在把它弹出来，您瞧好听不好听？"她说着，一面用手去和弦子，然后把琵琶立起来，唱道：

萧疏雨，问你要落几天？
你有天官晤住，偏要在地上流连，你为饶益众生，舍得将自己作践；
我地得到你来，就唔使劳烦个位散花仙。人地话雨打风吹会将世界变，果然你一来到就把锦绣装饰满园。
你睇娇红嫩绿委实增人恋，可怪嘅好世界，重有个只啼不住嘅杜鹃！鹃呀！愿我嘅血洒来好似雨嘅周遍，一点一滴润透三千大千。
劝君休自塞，要把愁眉展；
但愿人间一切血泪和汗点，一洒出来就同雨点一样化做甘泉。

"这是前天天下雨的时候做的，不晓得您听了以为怎样？"崇阿笑说："我儿，你多会学会这个？这本是旷夫怨女之词，你把它换做写景，也还可听。你倒有一点聪明，是谁教给你的？"和鸾瞧见父亲喜欢，就把那天怎样在园里听见，怎样央嫚而教，自己怎样学，都说出来。崇阿说："你是在龙王庙后身听的吗？我想那是祖凤唱的。他唱得很好，我下乡时，也曾叫他唱给我听。"和鸾便信口问："祖凤是谁？"崇阿说："他本是一个囚犯。去年黄总爷抬举他，请我把他开释，留在营里当差。我瞧他的身材、气力都很好，而且他的刑期也快到了，若是有正经事业给他做，也许有用，所以把他交给黄总爷调遣去，他现在当着第三棚的什长哪。"和鸾说："噢，原来是这里头的兵丁。他的声音实在是好。我总觉得嫂而唱的不及他万一。有工夫还得叫他来唱一唱。"崇阿说："这倒是容易的事情。明天把他调进内班房当差，就不怕没有机会听他的。"崇阿因为祖凤的气力大，手足敏捷，很合自己的军人理想，所以很看重他。这次调他进来，虽说因着爱女儿的缘故，还是免不了寓着提拔他的意思。

二、射复

自从祖凤进来以后，和鸾不时唤他到啭鹂亭弹唱，久而久之，那人人有的"大欲"就把他们缠住了。他们此后相会的罗针不是指着弹唱那方面，乃是指着"情话"那方面。爱本来没有等第、没有贵贱、没有贫富的分别。和鸾和祖凤虽有主仆的名分，然而在他们的心识里，这种阶级的成见早已消灭无余。崇阿耳边也稍微听见二人的事，因此后悔得很。但他很信他的女儿未必就这样不顾体面，去做那无耻的事，所以他对于二人的事，常在疑信之间。

八月十二，交酉时分，满园的树被残霞照得红一块，紫一块。树上的归鸟在那里唧唧喳喳地乱嚷。和鸾坐在苹婆树下一条石凳上头，手里弹着她的乐器，口里低声地唱。那时，歌声、琵琶声、鸟声、虫声、落叶声和大堂上定更的鼓声混合起来，变成一种特别的音乐。祖凤从如楼船屋那边走来，说："小姐，天黑啦，还不进去么？"和鸾对着他笑，口里仍然唱着，也不回答他。他进前正要挨着和鸾坐下，猛听得一声，"鸾儿，天黑了，你还在那里干什么？快跟我进来。"祖凤听出是老爷的声音，一缕烟似的就望阁提花丛里钻进去了。和鸾随着父亲进去，挨了一顿大申斥。次日，崇阿就借着别的事情把祖凤打四十大板，仍旧赶回第三棚，不许他再到上房来。

和鸾受过父亲的责备，心里十分委屈。因为衙内上上下下都知道大小姐和祖凤长在园里被老爷撞见的事，弄得她很没意思。崇阿也觉得那晚上把女儿申斥得太过，心里也有点怜惜。又因为她年纪大了，要赶紧将她说给启祯，省得再出什么错。他就吩咐下人在团圆节预备一桌很好的瓜果在园里，全家的人要在那里赏月行乐。崇阿的意思：一来是要叫女儿喜欢；二是来要借着机会向启祯提亲。

一轮明月给流云拥住，朦胧的雾气充满园中，只有印在地面的花影稍微可以分出黑白来，崇阿上了如楼船屋的楼上，瞧见启祯在案头点烛，就说："今晚上天气不大好啊！你快去催她们上来，待一会，恐怕要下雨。"启祯听见姑丈的话，把香案瓜果整理好，才下楼去。月亮越上越明，云影也渐渐散了。崇阿高兴起来，等她们到齐的时候，就拿起琵琶弹了几支曲。他要和鸾也弹一支。但她的心里，烦闷已极，自然是不愿意弹的。崇阿要大家在这晚上都得着乐趣，就出了一个赌果子的玩意儿。在那楼上赏月的有赫氏、和鸾、鸣鸳、启祯，连崇阿是五个人。他把果子分做五份，然后对众人说："我想了个新样的射复，就是用你们常念的《千家诗》和《唐诗》里的诗句，把一句诗当中换一个字，所换的字还要射在别句诗上。我先说了，不许用偏僻的句。因为这不是叫你们赌才情，乃是教你们斗快乐。我们就挨着次序一人唱一句，拈阄定射复的人。射中的就得唱句人的赠品；射不中就得挨罚。"大家听了都请他举一个例。他就说："比如我唱一句：长安云边多丽人。要问你：明明是水，为什么说云？你就得在《千家诗》或《唐诗》里头找一句来答复。若说：美人如花隔云端，就算复对了。"和鸾和鸣鸳都高兴得很，她们低着头在那里默想。惟有启祯跑到书房把书翻了大半天才上来。姊妹们说他是先翻书再来赌的，不让他加入。崇阿说："不要紧，若诗不熟，看也无妨。我们只是取乐，毋须认真。"于是都挨着次序坐下，个个侧耳听着那唱句人的声音。

第一次是鸣鸳，唱了一句："楼上花枝笑不眠。"问："明明是独，怎么说不？"把阄一拈，该崇阿复。他想了一会，就答道："春色恼人眠不得。"鸣鸳说："中了。"于是把两个石榴送到父亲面前。第二次是赫氏唱："主人有茶欢今夕。"问："明明是酒，为什么变成茶？"鸣鸳就答："寒夜客来茶当酒。"崇阿说："这句复得好。我就把这两个石榴加赠给你。"第三次是启祯，唱："纤云四卷天来河。"问："明明是无，怎样说来？"崇阿想了半天，想不出一句合适的来。启祯说："姑丈这次可要挨罚了。"崇阿说："好，你自己复出来罢，我实在想不起来。"启祯显出很得意的样子，大声念道："君不见黄河之水天上来？"弄得满坐的人都瞧着笑。崇阿说："你这句射得不大好。姑且算你赢了罢。"他把果子送给启祯，正要唱时，当差的说："省城来了一件要紧的公文。师爷要请老爷去商量。"崇阿立刻下楼，到签押房去。和鸾站起来唱道："千树万树梨花飞。"问："明明是开，为什么又飞起来？"赫氏答道："春城无处不飞花。"她接了和鸾的赠品，就对鸣鹭说："该你唱了。"于是鸣鹭唱一句："桃花尽日夹流水。"问："明明是随，为何说夹？"和鸾答道："两岸桃花夹古津。"这次应当是赫氏唱，但她一时想不起好句来，就让给启祯。他唱道："行人弓箭各在肩。"问："明明是腰，怎会在肩？那腰空着有什么用处？"和鸾说："你这问太长了。叫人怎样复？"启祯说："还不知道是你射不是，你何必多嘴呢？"他把阄筒摇了一下才教各人抽取。那黑阄可巧落在鸣鹭手里。她想一想，就笑说："莫不是腰横秋水雁翎刀吗？"启祯忙说："对，对，你很聪明。"和鸾只掩着口笑。启祯说："你不要笑人，这次该你了，瞧瞧你的又好到什么地步。"和鸾说："祯哥这唱实在差一点，因为没有复到肩字上头。"她说完就唱："青草池塘独听蝉。"问："明明是蛙，怎么说蝉？"可巧该启祯射。他本来要找机会讽嘲和鸾，借此报复她方才的批评。可巧他想不起来，就说一句俏皮话："癞蛤蟆自然不配在青草池塘那里叫唤。"他说这句话是诚心要和和鸾起哄。个人心事自家知，和鸾听了，自然猜他是说自己和祖凤的事，不由得站起来说："哼，莫笑蛇无角，成龙也未知。祯哥，你以为我听不懂你的话么？咳，何苦来！"她说完就悻悻地下楼去。赫氏以为他们是闹玩，还在上头嚷着："这孩子真会负气，回头非叫她父亲打她不可。"

　　和鸾跑下来，踏着花荫要向自己房里去。绕了一个弯，刚到转鹂亭，忽然一团黑影从树下拱起来，把她吓得魂不附体。正要举步疾走，那影儿已走近了。和鸾一瞧，原来是祖凤。她说："祖凤，你昏夜里在园里吓人干什么？"祖凤说："小姐，我正候着你，要给你说一宗要紧的事。老爷要把你我二人重办，你知道不知道？"和鸾说："笑话，哪里有这事？你从哪里听来的？他刚和我们一块儿在如楼船屋楼上赏月哪。"祖凤说："现在老爷可不是在签押房吗？"和鸾说："人来说师爷有要事要和他商量，并没有什么。"祖凤说："现在正和师爷相议这事呢。我想你是不要紧的，不过最好还是暂避几天，等他气过了再回来，若是我，一定得逃走，不然，连性命也要没了。"和鸾惊说："真的么？"祖凤说："谁还哄你？你若要跟我去时，我就领你闪避几天再回来。……无论如何，我总走的。我为你挨了打，一定不能撇你在这里；你若不和我同行，我宁愿死在你跟前。"他说完掏出一枝手枪来，把枪口向着自己的心坎，装做要自杀的样子。和鸾瞧见这个光景，她心里已经软化了。她把枪夺过来，抚着祖凤的肩膀说："也罢，我不忍瞧见你对着我做伤心的事，你且在这里等候，我回房里换一双平底鞋再来。"祖凤说："小姐裈也得换一换才好。"和鸾回答一声："知道。"就忙忙地走进去。

三、失足

她回到房中，知道嫜而还在前院和女仆斗牌。瞧瞧时计才十一点零，于是把鞋换好，胡乱拿了几件衣服出来。祖凤见了她，忙上前牵着她的手说："咱们由这边走。"他们走得快到衙后的角门，祖凤叫和鸾在一株榕树下站着。他到角门边的更房见没有人在那里，忙把墙上的钥匙取下。出了房门，就招手叫和鸾前来。他说："我且把角门开了让你先出去。我随后爬墙过去带着你走。"和鸾出去以后，他仍把角门关锁妥当，再爬过墙去，原来衙后就是鼍山，虽不甚高，树木却是不少。衙内的花园就是山顶的南部。两人下了鼍山，沿着山脚走。和鸾猛然对祖凤说："呀！我们要到哪里去？"祖凤说："先到我朋友的村庄去，好不好？"和鸾问说："什么村庄，离城多远呢？"祖凤说："逃难的人，一定是越远越好的。咱们只管走罢。"和鸾说："我可不能远去。天亮了，我这身装束，谁还认不得？""对呀，我想你可以扮男装。"和鸾说："不成，不成，我的头发和男子不一样。"祖凤停步想了一会，就说："我为你设法。你在这里等着，我一会就回来。"他去后，不久就拿了一顶遮羞帽（阳江妇人用的竹帽），一套青布衣服来。他说："这就可以过关啦。"和鸾改装后，将所拿的东西交给祖凤。二人出了五马坊，望东门迈步。

那一晚上，各城门都关得很晚，他们竟然安安稳稳地出城去了。他们一直走，已经过了一所医院。路上一个人也没有，只有天空悬着一个半明不亮的月。和鸾走路时，心里老是七上八下地打算。现在她可想出不好来了。她和祖凤刚要上一个山坡，就止住说："我错了。我不应当跟你出来。我须得回去。"她转身要走，只是脚已无力，不听使唤，就坐在一块大石上头。那地两面是山，树林里不时发出一种可怕的怪声。路上只有他们二人走着。和鸾到这时候，已经哭将起来。她对祖凤说："我宁愿回去受死，不愿往前走了。我实在害怕得很，你快送我回去罢。"祖凤说："现在可不能回去，因为城门已经关了。你走不动，我可以驮你前行。"她说："明天一定会给人知道的。若是有人追来，那怎样办呢？"祖凤说："我们已经改装，由小路走一定无妨。快走罢，多走一步是一步。"他不由和鸾做主，就把她驮在背上，一步一步登了山坡。和鸾伏在后面，把眼睛闭着，把双耳掩着。她全身的筋肉也颤动得很厉害。那种恐慌的光景，简直不能用笔墨形容出来。

蜿蜒的道上，从远看只像一个人走着，挨近却是两个。前头一种强烈之喘声和背后那微弱的气息相应和。上头的乌云把月笼住，送了几粒雨点下来。他们让雨淋着，还是一直地往前。刚渡过那龙河，天就快亮了。祖凤把和鸾放下，对她说："我去叫一顶轿子给你坐罢。天快要亮了，前边有一个大村子，咱们再不能这样走了。"和鸾哭着说："你要带我到哪里去呢？若是给人知道了，你说怎好？"祖凤说："不碍事的。咱们一同走着，看有轿子，再雇一顶给你，我自有主意。"那时东方已有一点红光，雨也止了。他去雇了一顶轿子，让和鸾坐下，自己在后面紧紧跟着，足行了一天，快到那笃墟了，他恐怕到的时候没有住处，所以在半路上就打发轿夫回去。和鸾扶着他慢慢地走，到了一间破庙的门口。祖凤教和鸾在牴根旁边候着，自己先进里头去探一探，一会儿他就携着和鸾进去。那晚上就在那里歇息。

和鸾在梦中惊醒。从月光中瞧见那些陈破的神像：脸上的胡子，和身上的破袍被风刮得舞动起来。那光景实在狰狞可怕。她要伏在祖凤怀里，又想着这是不应当的。她懊悔极了，就推祖凤起来，叫他送自己回去。祖凤这晚上倒是好睡，任她怎样摇也摇不醒来。她要自己出来，那些神像直瞧着她，叫她动也不敢动。次日早晨，祖凤牵着她仍从小路走。祖凤所要找的朋友，就在这附近住，但他记不清那条路的方位。他们朝着早晨的太阳前行，由光线中，瞧见一个人从对面走来。祖凤瞧那人的容貌，像在哪里见过似的，只是一时记不起他的名字。他要用他们的暗号来试一试那人，就故意上前撞那人一下，大声喝道："吓！你盲了吗？"和鸾瞧这光景，力劝他不要闯祸，但她的力量哪里禁得住祖凤。那人受祖凤这一喝，却不生气，只回答说："我却不盲，因为我的眼睛比你大。"说完还是走他的。祖凤听了，就低声对和鸾说："不怕了，咱们有了宿处了。我且问他这附近有房子没有；再问他认识金成不认识。"说着就叫那人回来，殷勤地问他说："你既然是豪杰，请问这附近有甲子借人没有？"那人指着南边一条小路说："从这条线打听去罢。"祖凤趁机问他："你认得金成么？"那人一听祖凤问金成，就把眼睛往他身上估量了一回，说："你问他做什么？他已不在这里。你莫不是由城来的么，是黄得胜叫你来的不是？"祖凤连声答了几个是。那人往四围一瞧，就说："这里不是说话的地方。你可以到我那里去，我再把他的事情告诉你。"

原来那人也姓金，名叫权。他住在那笃附近一个村子，曾经一度到衙门去找黄总爷。祖凤就在那时见他一次。他们一说起来就记得了。走的时节，金权问祖凤说："随你走的可是尊嫂？"祖凤支离地回答他。和鸾听了十分懊恼，但她的脸帽子遮住，所以没人理会她的当时的神气。三人顺着小路走了约有三里之遥，当前横着一条小溪涧，架着两岸的桥是用一块旧棺木做的。他们走过去，进入一丛竹林。金权说："到我的甲子了。"祖凤和鸾跟着金权进入一间矮小的茅屋。让坐之后，和鸾还是不肯把帽子摘下来。祖凤说："她初出门，还害羞咧。"金权说："莫如请嫂子到房里歇息，我们就在外头谈谈罢。"祖凤叫和鸾进房里，回头就问金权说："现在就请你把成哥的下落告诉我。"金权叹了一口气，说："哎！他现时在开平县的监里哪，他在几个月前出去'打单'，兵来了还不逃走，所以给人捉住了。"这时祖凤的脸上显出一副很惊惶的模样，说："噢，原来是他。"金权反问什么意思。他就说："前晚上可不是中秋吗？省城来了一件要紧的文书，师爷看了，忙请老爷去商量。我正和黄总爷在龙王庙里谈天，忽然在签押房当差的朱爷跑来，低声地对黄总爷说：开平县监里一个劫犯供了他和土匪勾通，要他立刻到堂对质。黄总爷听了立刻把几件细软的东西藏在怀里，就望头门逃走，他临去时，教我也得逃走。说：这案若发作起来，连我也有份。所以我也逃出来。现在给你一说，我才明白是他。"金权说："逃得过手，就算好运气。我想你们也饿了，我且去煮些沙来给你们耕罢。"他说着就到檐下煮饭去了。

和鸾在里面听得很清楚，一见金权出去，就站在门边怒容向着祖凤说："你们方才所说的话，我已听明白了。你现在就应当老老实实地对我说。不然，我……"她说到这里，咽喉已经哽住。祖凤进前几步，和声对她说："我的小姐，我实在是把你欺骗了。老爷在签押房所商量的与你并没有什么相干，乃是我和黄总爷的事。我要逃走，又舍不得你，所以想些话来骗你，为的是要叫你和我一块住着。我本来要扮做更夫到你那里，刚要到更房去取家具。可巧就遇着你，因此就把你哄住了。"和鸾说："事情不应当这样办，这样叫我怎样见人？你为什么对人说我是你的妻子？原来你的……"祖凤瞧她越说越气，不容她说完就插着说："我的小姐，你不曾说你是最爱我的吗？你舍得教我离开你吗？"金权听见里面小姐长小姐短的话，忙进来打听到底是哪一回事。祖凤知瞒不过，就把事情的原委说给他知道。他们二人用了许多话语才把和鸾的气减少了。

金权也是和黄总爷一党的人，所以很出力替祖凤遮藏这事。他为二人找一个藏身之所，不久就搬到离金权的茅屋不远一所小房子住去。

四、他的宗教

和鸾所住的屋子靠近山边。屋后一脉流水，四围都是竹林。屋内只有两铺床，一张桌子和几张竹椅。壁上的白灰掉得七零八落了，日光从瓦缝间射下来。祖凤坐在她的脚下，侧耳听着她说："祖凤啊，我这次跟你到这个地方，要想回家，也办不到的。现在与你立约，若能依我，我就跟着你；若是不能，你就把我杀掉。"祖凤说："只要你常在我身边，我就没有不依从你的事。"和鸾说："我从前盼望你往上长进，得着一官半职，替国家争气，就是老爷，在你身上也有这样的盼望。我告诉你，须要等你出头以后，才许入我房里；不然，就别妄想。"祖凤的良心现在受责罚了。和鸾的话，他一点也不敢反抗。只问她说："要到什么地步才算呢？"和鸾说："不须多大，只要能带兵就够了。"祖凤连连点头说："这容易，这容易。我只须换个名字再投军去就有盼望。"

祖凤在那里等机会入伍，但等来等去总等不着。只得先把从前所学的手艺编做些竹器到墟里发卖。他每日所得的钱差可以够二人度用。有一天，他在墟里瞧见庙前贴着一张很大的告示。他进前一瞧，别的字都不认得，只认得"黄得胜……祖凤……逃……捉拿……花红四百元……"他看了，知道是通缉的告示，吓得紧跑回去。一踏进门，和鸾手里拿着一块四寸见方的红布，上面印着一个不像八卦、不像两仪的符号，在那瞧着。一见祖凤回来，就问他说："这是什么东西？"祖凤说："你既然搜了出来，我就不能不告诉你。这就是我的腰平。小姐，你要知道我和黄总爷都是洪门的豪杰，我们二人都有这个。这就是入门的凭据。我坐监的时候，黄总爷也是因为同会的缘故才把我保释出来的。"和鸾说："那么金权也是你们的同党了。""是的……呀！小姐，事情不好了。老爷的告示已经贴在墟里，要捉拿我和黄总爷哪。这里还是阳江该管的地方，咱们必不能再住在此，不如往东走，到那扶去避一下。那里是新宁（台山）地界，也许稍微安稳一点。"他一面说，一面催和鸾速速地把东西检点好，在那晚上就搬到那扶墟去了。

他们搬到那扶附近一个荒村。围在四面的，不是山，就是树林。二人在那里藏身倒还安静。祖凤改名叫做李猛，每日仍是做些竹器卖钱。他很奉承和鸾，知她嗜好音乐，就做了一管短箫，常在她面前吹着。和鸾承受他的崇敬，也就心满意足，不十分想家啦。

时光易过，他们在那里住着，已经过了两个冬节。那天晚上，祖凤从墟里回来，隔膊下夹着一架琵琶，喜喜欢欢地跳跃进来，对和鸾说："小姐，我将今天所赚的钱为你买了这个。快弹一弹，瞧它的声音如何。"和鸾说："呀！我现在哪里有心玩弄这个？许久不弹，手法也生了。你先搁着罢，改天我喜欢弹的时候，再弹给你听。"他把琵琶搁下，说："也罢。我且告诉你一桩可喜的事情：金权今天到墟里找我，说他要到省城吃粮去。他说现在有一位什么司令要招民军去打北京。有好些兄弟们劝他同行。他也邀我一块儿去。我想我的机会到了。我这次出门，都是为你的缘故，不然，我宁愿在这里做小营生，光景虽苦，倒能时常亲近你。他们明后天就要动身。"和鸾听说打北京，就惊异说："也许是你听差了罢？北京是皇都，谁敢去打？况且官制里头也没有什么叫做司令的。或者你把东京听做北京罢。"祖凤说："不差，不差，我听的一定不错。他明明说是革命党起事，要招兵打满洲的。"和鸾说："呀，原来是革命党造反！前几年，老爷才杀了好几个哪。我劝你别去罢，去了定会把自己的命革掉。"他迫着要履和鸾的约，以为这次是好机会，决不可轻易失掉。不论和鸾应许与否，他心里早有成见。他说："小姐，你说的虽然有理，但是革命党一起事，或者国家也要招兵来对付，不如让我先上省去瞧瞧，再行定规一下。你以为怎样呢？我想若是不走这一条路，就永无出头之日啦。"和鸾说："那么，你就去瞧瞧罢。事情如何，总得先回来告诉我。"当下和鸾为他预备些路上应用的东西，第二天就和金权一同上省城去了。

祖凤一去，已有三个月的工夫。和鸾在小屋里独自一人颇觉寂寞。她很信祖凤那副好身手，将来必有出人头地的日子。现时在穷困之中，他能尽力去工作。同在一个屋子住着，对于自己也不敢无礼。反想启祯镇日里只会蹴毽、弄鸟、赌牌、喝酒以及等等虚华的事，实在叫她越发看重祖凤。一想起他的服从、崇敬和求功名的愿望，就减少了好些思家的苦痛。她每日望着祖凤回来报信，望来望去，只是没有消息。闷极的时候，就弹着琵琶来破她的忧愁和寂寞。因为她爱粤讴，所以把从前所学的词曲忘了一大半。她所弹的差不多都是粤调。

无边的黑暗把一切东西埋在里面。和鸾所住房子只有一点豆粒大的灯光。她从屋里蹀出来，瞧瞧四围山林和天空的分别，只在黑色的浓淡。那是摇光从东北渐移到正东，把全座星斗正横在天顶。她信口唱几句歌词，回头把门关好，端坐在一张竹椅上头，好像有所思想的样子。不一会，她走到桌边，把一枝秃笔拿起来，写着：

> 诸天尽黝暗，曷有众星朗？
> 林中劳意人，独坐听山响。
> 山响复何为？欲惊狮子梦。
> 磨牙嗜虎狼，永被腹心痛。

她写完这两首正要往下再写，门外急声叫着："小姐，我回来了。快来替我开门。"她认得是祖凤的声音，喜欢到了不得，把笔搁下，速速地跑去替她开门。一见祖凤，就问："为什么那么晚才回来？哎呀，你的辫子哪里去了？"祖凤说："现在都是时兴这个样子。我是从北街来的，所以到得晚一点。我一去，就被编入伍，因此不能立刻回来。我所投的是民军。起先他们说要北伐，后来也没有打仗就赢了。听说北京的皇帝也投降了，现在的皇帝就是大总统，省城的制台和将军也没了，只有一个都督是最大的，他底下属全是武官。这时候要发达是很容易的。小姐，你别再愁我不长进啦。"和鸾说："这岂不是换了朝代吗？""可不是。""那么，你老爷的下落你知道不？"祖凤说："我没有打听这个，我想还是做他的官罢。"和鸾哭着说："不一定的。若是换了朝代，我就永无见我父母之日了。纵使他们不遇害，也没有留在这里的道理。"祖凤瞧她哭了，忙安慰说："请不要过于伤心。明天我回到省城再替你打听打听。现在还不知道是什么情形呢，何必哭。"他好容易把和鸾劝过来。又谈些别后的话，就各自将息去了。

早晨的日光照着一对久别的人。被朝雾压住的树林里继继续续发出几只蜩螗的声音。和鸾一听这种声音，就要引起她无穷的感慨。她只对祖凤说："又是一年了。"她的心事早被祖凤看出，就说："小姐，你又想家了。我见这样，就舍不得让你自己住着，没人服侍。我实在苦了你。"和鸾说："我并不是为没人服侍而愁，瞧你去那么久，我还是自自然然地过日子就可以知道。只要你能得着一个小差事，我就不愁了。"祖凤说："我实在不敢辜负小姐的好意。这次回来无非是要瞧瞧你。我只告一礼拜的假，今天又得回去。论理我是不该走得那么快，无奈……"和鸾说："这倒是不妨。你瞧什么时候应当回去就回去，又何必发愁呢？"祖凤说："那么，我待一会，就要走啦。"他抬头瞧见那只琵琶挂在墙上，说笑着对和鸾说："小姐，我许久不听你弹琵琶了。现在请你随便弹一支给我听，好不好？"和鸾也很喜欢地说："好。我就弹一支粤讴当做给你送行的歌儿罢。"她抱着乐器，定神想了一定，就唱道：

> 暂时慨离别，犯不着短叹长嘘，群若嗟叹就唔配称做须眉。
> 劝君莫因穷困就添愁绪，因为好多古人都系出自寒微。
> 你睇樊哙当年曾与屠夫为伴侣；和尚为君重有个位老朱。
> 自古话事啥怕难为，只怕人有志，重任在身，切莫辜负你个堂堂七尺躯。
> 今日送君说不尽千万语，只愿你时常寄我好音书。
> 唉！我记住远地烟树，就系君去处。
> 劝君就动身罢，唔使再踌躇。

五、山大王

在那似烟非烟、似树非树的地平线上，仿佛有一个人影在那里走动。和鸾正在竹林里望着，因为祖凤好几个月没有消息了，她瞧着那人越来越近，心里以为是给她送信来的。她迎上去，却是祖凤。她问："怎么又回来呢？"

祖凤说:"民军解散了。"他说的时候,脸上显出很不快的样子,接着说:"小姐,我实在辜负了你的盼望。但这次销差的不止我一人,连金权一班的朋友都回来了。"和鸾见他发愁,就安慰他说:"不要着急,大器本来是晚成的。你且休息一下,过些日再设法罢。"她伸手要替祖凤除下背上的包袱,却被祖凤止住。二人携手到小屋里,和鸾还对他说了好些安慰的话。

时光一天一天地过去,祖凤在家里很觉厌腻,可巧他的机会又到了。金权到他那里,把他叫出来,同在竹林底下坐着。金权问:"你还记得金成么?"祖凤说:"为什么记不得,他现在怎样啦?"金权说:"革命的时候,他从监里逃出来。一向就在四邑一带打劫。现时他在百峰山附近的山寨住着,要多招几个人入伙,所以我特地来召你同行。"祖凤沉思了一会,就说:"我不能去。因为这事一说起来,我的小姐必定不乐意。这杀头的事谁还敢去干呢?"金权说:"咦,你这人真笨!若是会死,连我也不敢去,还敢来招你吗?现在的官兵未必能比咱们强,他们一打不过,就会设法招安,那时我们可又不是好人、军官么?你不曾说过你的小姐要等你做到军官的时候才许你成婚吗?现在有那么好机会不投,还等什么时候呢?从前要做武官是考武秀、武举,现在只要先上梁山做大王,一招安至小也有排长、连长。你瞧金成有好几个朋友从前都是山寨里的八拜兄弟,现在都做了什么司令、什么镇守使了。听说还有想做督军的哪。……"祖凤插嘴说:"督军是什么?"金权答道:"哎,你还不知道吗?督军就是总督和将军合成一个的意思,是全国最大的官。我想做官的道路,再没有比这条简捷的了。当兵和做强盗本来没有什么分别,不过他们的招牌正一点,敢青天白日地抢人,我们只在暗里胡拽就是了。你就同我去罢,一定没有伤害的。"祖凤说:"你说的虽然有理,但这些话决不能对小姐说起的。我还是等着别的机会罢。"金权说:"呀,你真呆!对付女人是一桩极容易的事情,你何必用真实的话对她说呢?往时你有聪明骗她出来,现在就不能再哄她一次吗?我想你可以对她说现在各处的人民都起了勤王的兵,你也要投军去。她听了一定很喜欢,那就没有不放你去的道理。"祖凤给他劝得活动起来,就说:"对呀!这法子稍微可以用得。我就相机行事罢。"金权说:"那么,我先回去候你的信。"他说完,走几步,又回头说:"你可不要对她提起金成的名字。"

祖凤进去和和鸾商量妥当,第二天和金权一同搬到金成那里。他们走了两三天才到山麓。祖凤扶着和鸾一步一步地上去，歇了好几次才到山顶。那山上有几间破寨，金成就让他们二人同在一间小寨住着。他们常常下山，有时几十天也不回来一次。和鸾在那里越觉寂寞，因为从前还有几个邻村的妇人来谈谈，现在山上只有她和几个守寨的老贼。她每日有这几个人服侍，外面虽觉好些，但精神的苦痛是比从前厉害得多。她正在那里闷着，老贼金照跑进来说："小姐，他们回来了，现在都在金权寨里哪。金凤叫我来问小姐要穿的还是要戴的，请告诉他，他可以给小姐拿来。"他的口音不大清楚，所以和鸾听不出什么意思来。和鸾说："你去叫他来罢。我不明白你所说的是什么意思。"金照只得就去叫祖凤来。和鸾说："金照来说了大半天，我总听不出什么意思。到底问我要什么？"祖凤从口袋里掏出几只戒指和几串珠子，笑着说："我问你是要这个，或是要衣服。"和鸾诧异到了不得，注目在祖凤脸上说："呀呀！这是从哪里得来的？你莫不是去打劫么？"祖凤从容地说："哪里是打劫，不过咱们的兵现在没有正饷，暂时向民间借用。可幸乡下的绅士们都很仗义，他们捐的钱不够，连家里的金珠宝贝都拿出来。这是发饷时剩下的。还有好些绸缎哪。你若要时，我叫人拿来给你挑选几件。"和鸾说："这些东西，现时在我身上都没有什么用处。你下次出差去的时候，记得给我带些书籍来，我可以借此解解心闷。"祖凤笑说："哈哈，谁愿意带那些笨重的东西上山呢？现在的上等女人都不兴念书了。我在省城，瞧见许多太太、夫人们都是这样。她们只要粉擦得白，头梳得光，衣服穿得漂亮就够了。不就女人，连男子也是如此。前几年，我们的营扎在省城一间什么南强公学，里头的书籍很多，听说都是康圣人的。我们兄弟们嫌那些东西多占地位，一担只卖一块钱，不到三天，都让那班小贩买去包东西了。况且我们走路要越轻省越好，若是带书籍，不上三五本就很麻烦啦。好罢，你若是一定要时，我下次就给你带几本来。"说话时，金权又来把他叫去。

祖凤跑到金成寨里，瞧见三四个娄罗坐在那里，早猜着好事又来了。金成起来对祖凤说道："方才钦哥和琉哥来报了两宗肥事：第一，是梁老太爷过几天要出门，我们可以把他拿回来。他儿子现时在京做大官，必定要拿好些钱财来赎回去；第二件是宁阳铁路这几个月常有金山丁（美洲及澳洲华侨）往来。我想找一个好日子，把他们全网打来。我且问你办哪一样最好？劫火车虽说富足一点，但是要用许多手脚。若是劫梁老太爷，只须五六个人就够了。"祖凤沉吟半晌说："我想劫火车好一点。若要多用人，我们可以招聚些。"金成说："那么，你就先到各山寨去招人罢。约好了我们再出发。"

六、他的生活

那日下午，火车从北街开行。搭客约有二百余人，金成、祖凤和好些娄罗都扮做搭客，分据在二、三等车里。祖凤拿出时计来一看，低声对坐在身边的同伴说："三点半了，快预备着。"他说完把窗门托下来，往外直望。那时火车快到汾水江地界，正在蒲葵园或芭蕉园中穿行，从窗一望都是绿色的叶子，连人影也不见。走的时候，车忽然停住。祖凤、金成和其余的都拿出手枪来，指着搭客说："是伶俐人就不要下车。个个人都得坐定，不许站起来。"他们说的时候，好些贼从蒲葵园里钻出来，各人都有凶器在手里。那班贼上了车，就对金成说："先把头、二等车封锁起来，我们再来验这班孤寒鬼。"他们分头挡住头、二等的车门，把那班三等客逐个验过。教每人都伸手出来给他们瞧。若是手长得幼嫩一点的就把他留住。其余粗手、赤脚、肩上有瘢和皮肤粗黑的人，都让他们下车。他们对那班人说："饶了你们这些穷鬼罢。把东西留下，快走。不然，要你们的命。"祖凤把客人所看的书报、小说胡乱抢了几本藏在自己怀中，然后押着那班被掳的下来。

他们把留住的客人，一个夹一个下来。其中有男的，有女的，有金山丁、官僚、学生、工人和管车的，一共有九十六人。那里离河不远，娄罗们早已预备了小汽船在河边等候。他们将这九十六人赶入船里，一个挨一个坐着。且用枪指着，不许客人声张。船走了约有二点钟的光景，才停了轮，那时天已黑了。他们上岸，穿过几丛树林，到了一所荒寨。金成吩咐众娄罗说："你们先去弄东西吃。今晚就让这些货在这里。挑两三个女人送到我那里去，再问凤哥、权哥们要不要。若是有剩就随你们的便。"娄罗们都遵着命令，各人办各人的事去了。

第二天早晨，众贼都围在金成身边，听候调遣。金成对金权说："女人都让你去办罢。有钱的叫她家里来赎；其余的，或是放回或是送到澳门去，都随你的便。"他又把那些男子的姓名、住址问明白，派娄罗各处去打听，预备向他们家里拿相当的金钱来赎回去。娄罗们带了几个外省人来到他跟前。他一问了，知道是做官、当委员的，就大骂说："你们这些该死的，只会铲地皮，和与我们作对头，今天到我手里，别再想活着。人来，把他们捆在树上，枪毙。"众娄罗七手八脚，不一会都把他们打死了。

三五天后，被派出去的娄罗都回来报各人家里的景况。金成叫各人写信回家取钱，叫祖凤检阅他们的书信。祖凤在信里瞧见一句"被绿林之豪掳去……七月三十日以前……"和"六年七月十九"，就叫那写信的人来说："你这信，到底包藏些什么暗号？你要请官兵来拿我们吗？"他指着"绿林"、"掳"、"六年七月"等字，问说："这些是什么字？若说不出来，就要你的狗命。现在明明是六月，为何写六年七月？"祖凤不认得那些字，思疑里面有别的意思。所以对着那人说："凡我不认得的字都不许写，你就改作'被山大王捉去'，和'丁巳六月'罢。以后再这样，可就不饶你了。晓得么？"检阅时，金权带了两个人来，说："这两个人实在是穷，放了他们罢。"祖凤说："金成说放就放，我不管。"他就跑到金成那里说："放了他们罢。"金成说："不。咱们决不能白放人。他们虽然穷，命还是有用的。咱们就要他们的命来警戒那些有钱而不肯拿出来的人。你且把他们捆在那边，再叫那班人出来瞧。"金成瞧那些俘虏出来，就对他们说："你们都瞧那两个人就是有钱不肯花的。你们若不赶快叫家里拿钱来，我必要一天把你们当中的人枪毙两个，像他们现在一样。"众人见他二人死了，都吓得抖擞起来。祖凤说："你们若是精乖，就得速速拿钱来，省得死在这里。"

他们在那寨里正摆布得有条有理，一个娄罗来回报说："官军已到北街了。"金成说："那么，我们就把这些人分开罢。我和金凤、金权同在一处，将二十人给我们带去。剩下的叫金球和金胜分头带走。"祖凤把四个司机人带来，说："这四个是工人，家里也没有什么钱，不如放了他们罢。"金成说："凤哥，你的打算差了。咱们时常要在铁路上往来，若是放他们回去，将来的祸根不小。我想还是请他们去见阎王好一点。"

他们把那几个司机人杀掉以后，各头目带着自己的俘虏分头逃走。金成、祖凤和金权带着二十人，因为天气尚早，先叫他们伏在蒲葵园的叶下，到晚上才把他们带出来。他走了一夜才到山寨。上山后，祖凤拿几本书赶紧跑到自己的寨里，对和鸾说："我给你带书来了。我们掳了好些违抗王师的人回来，现在满山寨都是人哪。"和鸾接过书来瞧一瞧，说："这有什么用？"他悻悻地说:"你瞧! 正经给你带来,你又说没用处。我早说了,倒不如多挝几个人回来更好哪。"和鸾问:"怎么说?""我们挝人回来可以得着他们家里的取赎钱。"和鸾又问:"怎样叫他们来赎,若是不肯来,又怎办?"祖凤说:"若是要赎回去的话,他们家里的人可以到澳门我们的店里,拿二三斤鸦片或是几箱好烟叶做开门礼,我们才和他讲价。若不然,就把他们治死。"和鸾说:"这可不是近于强盗的行为么?"他心里暗笑,口里只答应说:"这是不得已的。"他恐怕被和鸾问住,就托故到金成寨里去了。

过不多的日子,那班俘虏已经被人赎回一大半。那晚该祖凤的班送人下山。他用手巾把那几个俘虏的眼睛缚住,才叫娄罗们扶他们下山,自己在后头跟着。他去后不到三点钟的工夫,忽然山后一阵枪声越响越近。金成和剩下的娄罗各人携着枪械下山迎敌。枪声一呼一应,没有片刻停止。和鸾吓得不敢睡,眼瞧着天亮了,那枪声还是不息。她瞧见山下一支人马向山顶奔来,一枝旗飘荡着,却认不得是哪一国的旗帜。她害怕得很,要跑到山洞里躲藏。一出门,已有两个兵追着她。她被迫到一个断崖上头,听见一个兵说:"吓,这里还有那么好的货,咱们上前把她搂过来受用。"那兵方要进前,和鸾大声喝道:"你们这些作乱的人,休得无礼!"二人不理会她,还是要进步。一个兵说:"呀,你会飞!"他们挝不着和鸾,正在互相埋怨。一个军官来到,喝着说:"你们在这里干什么?还不跟我到处搜去。"

从这军官的服装看来,就知道他是一位少校。他的行动十分敏捷,像很能干似的。他搜到和鸾所住的寨里,无意中搜出她的衣服。又把壁上的琵琶拿下来,他见上面贴着一张红纸条,写着"表寸心",底下还写了她自己的名字。军官就很是诧异,说:"哼,原来你在这里!"他回头对众兵丁说:"拿住多少贼啦?"都说:"没有。""女人呢?""也没有。"他把衣物交给兵丁,叫他们先下山去,自己还在那里找寻着。

唉! 他的寻找是白费的。他回到营里,天色已是不早,就叫卫兵拿了一盏油灯来,把所得的东西翻来覆去地瞧着。他叹息几声,把东西搁下,起来,在屋里踱来踱去。半晌的工夫,他就拿起笔来写一封信:

贤妻如面:此次下乡围捕,于贼寨中搜出令姊衣物多件,然余遍索山中,了无所得,寸心为之怅然。忆昔年之年,余犹以虐谑为咎,今而后知其为贼所掳也。兹命卫卒将衣物数事，先呈妆次，俟余回时，再为卿详道之。

夫祯白

　　他把信封好，叫一个兵来将信件拿去。自己眼瞪瞪坐在那里，把手向腿上一拍。门外的岗兵顺着响处一望，仿佛听着他的长官说："啊，我现在才明白你的意思。只是你害杀嬅而了。"

黄昏后

　　承欢、承懂两姊妹在山上采了一篓羊齿类的干草，是要用来编造果筐和花篮的。她们从那条崎岖的山径一步一步地走下来，刚到山腰，已是喘得很厉害，二人就把篓子放下，歇息一会。

　　承欢的年纪大一点，所以她的精神不如妹妹那么活泼，只坐在一根横露在地面的榕树根上头；一手拿着手巾不歇地望脸上和脖项上揩拭。她的妹妹坐不一会，已经跑入树林里，低着头，慢慢找她心识中的宝贝去了。

　　喝醉了的太阳在临睡时，虽不能发出他固有的本领，然而还有余威把他的妙光长箭射到承欢这里。满山的岩石、树林、泉水，受着这妙光的赏赐，越觉得秋意阑珊了。汐涨的声音，一阵一阵地从海岸送来，远地的归鸟和落叶混着在树林里乱舞。承欢当着这个光景，她的眉、目、唇、舌也不觉跟着那些动的东西，在她那被日光熏黑了的面庞飞舞着。她高兴起来，心中的意思已经禁止不住，就顺口念着："碧海无风涛自语；丹林映日叶思飞！……"还没有念完，她的妹妹就来到跟前，衣裙里兜着一堆的叶子，说："姊姊，你自己坐在这里，和谁说话来？你也不去帮我捡捡叶子，那边还有许多好看的哪。"她说着，顺手把所得的枯叶一片一片地拿出来，说："这个是蚶壳……这是海星……这是没有鳍的翻车鱼……这卷得更好看，是爸爸吸的淡芭菰……这是……"她还要将那些受她想像变化过的叶子，一一给姊姊说明；可是这样的讲解，除她自己以外，是没人愿意用工夫去领教的。承欢不耐烦地说："你且把它们搁在篓里罢，到家才听你的，现在我不愿意听咧。"承懂斜着眼瞧了姊姊一下，一面把叶子装在篓里，说："姊姊不晓得又想什么了。在这里坐着，愿意自己喃喃地说话，就不愿意听我所说的！"承欢说："我何尝说什么，不过念着爸爸那首《秋山晚步》罢了。"她站起来，说："时候不早了，咱们走罢。你可以先下山去，让我自己提这篓子。"承懂说："我不，我要陪着你走。"

二人顺着山径下来，从秋的夕阳渲染出来的美丽已经布满前路：霞色、水光、潮音、谷响、草香等等更不消说；即如承欢那副不白的脸庞也要因着这个就增了几分本来的姿色。承欢虽是走着，脚步却不肯放开，生怕把这样晚景错过了似的。她无意中说了声："呀！妹妹，秋景虽然好，可惜大近残年咧。"承懂的年纪只十岁，自然不能懂得这位十五岁的姊姊所说的是什么意思。她就接着说："挨近残年，有什么可惜不可惜的？越近残年越好，因为残年一过，爸爸就要给我好些东西玩，我也要穿新做的衣服——我还盼望它快点过去哪。"

她们的家就在山下，门前朝着南海。从那里，有时可以望见远地里一两艘法国巡舰在广州湾驶来驶去。姊妹们也说不清她们所住的到底是中国地，或是法国领土，不过时常理会那些法国水兵爱来村里胡闹罢了。刚进门，承懂便叫一声："爸爸，我们回来了！"平常她们一回来，父亲必要出来接她们，这一次不见他出来，承欢以为她父亲的注意是贯注在书本或雕刻上头，所以教妹妹不要声张，只好静静地走进来。承欢把篓子放下，就和妹妹到父亲屋里。

她们的父亲关怀所住的是南边那间屋子，靠壁三五架书籍。又陈设了许多大理石造像——有些是买来的，有些是自己创作的。从这技术室进去就是卧房。二人进去，见父亲不在那里。承欢向壁上一望，就对妹妹说："爸爸又拿着基达尔出去了。你到妈妈坟上，瞧他在那里不在。我且到厨房弄饭，等着你们。"

她们母亲的坟墓就在屋后自己的荔枝园中。承懂穿过几棵荔枝树，就听见一阵基达尔的乐音，和着她父亲的歌喉。她知道父亲在那里，不敢惊动他的弹唱，就蹑着脚步上前。那里有一座大理石的坟头，形式虽和平常一样，然而西洋的风度却是很浓的。瞧那建造和雕刻的工夫，就知道平常的工匠决做不出来，一定是关怀亲手所造的。那墓碑上不记年月，只刻着"佳人关山恒媚"，下面一行小字是"夫关怀手泐"。承懂到时，关怀只管弹唱着，像不理会他女儿站在身旁似的。直等到西方的回光消灭了，他才立起来，一手挟着乐器，一手牵着女儿，从园里慢慢地走出来。

一到门口，承懂就嚷着："爸爸回来了！"她姊姊走出来，把父亲手里的乐器接住，且说："饭快好啦，你们先到厅里等一会，我就端出来。"关怀牵着承懂到厅里，把头上的义辫脱下，挂在一个衣架上头，回头他就坐在一张睡椅上和承懂谈话。他的外貌像一位五十岁左右的日本人，因为他的头发很短，两撇胡子也是含着外洋的神气。停一会，承欢端饭出来，关怀说："今晚上咱们都回得晚。方才你妹妹说你在山上念什么诗；我也是在书架上偶然捡出十几年前你妈妈写给我的《自君之出矣》，我曾把这十二首诗入了乐谱，你妈妈在世时很喜欢听这个，到现在已经十一二年不弹这调了。今天偶然被我翻出来，所以拿着乐器走到她坟上再唱给她听，唱得高兴，不觉反复了几遍，连时间也忘记了。"承欢说："往时爸爸到墓上奏乐，从没有今天这么久，这诗我不曾听过……"承懂插嘴说："我也不曾听过。"承欢接着说："也许我在当时年纪太小不懂得。今晚上的饭后谈话，爸爸就唱一唱这诗，且给我们说说其中的意思罢。"关怀说："自你四岁以后，我就不弹这调了，你自然是不曾听过的。"他抚着承懂的头，笑说："你方才不是听过了吗？"承懂摇头说："那不算，那不算。"他说："你妈妈这十二首诗没有什么可说的，不如给你们说咱们在这里住着的缘故罢。"

吃完饭，关怀仍然倚在睡椅下头，手里拿着一枝雪茄，且吸且说。这老人家在灯光之下说得眉飞目舞，教姊妹们的眼光都贯注在他脸上，好像藏在叶下的猫儿凝神守着那翩飞的蚨蝶一般。

关怀说："我常愿意给你们说这事，恐怕你们不懂得，所以每要说时，便停止了。咱们住在这里，不但邻舍觉得奇怪，连阿欢，你的心里也是很诧异的。现在你的年纪大了，也懂得一点世故了，我就把一切的事告诉你们罢。"

"我从法国回到香港，不久就和你妈妈结婚。那时刚要和东洋打仗，邓大人聘了两个法国人做顾问，请我到兵船里做通译。我想着，我到外洋是学雕刻的，通译，哪里是我做得来的事，当时就推辞他。无奈邓大人一定要我去，我碍于情面也就允许了。你妈妈虽是不愿意，因为我已允许人家，所以不加拦阻。她把脑后的头发截下来，为我做成那条假辫。"他说到这里，就用雪茄指着衣架，接着说："那辫子好像叫卖的幌子，要当差事非得带着它不可。那东西被我用了那么些年，已修理过好几次，也许现在所有的头发没有一根是你妈妈的哪。"

"到上海的时候，那两个法国人见势不佳，没有就他的聘。他还劝我不用回家，日后要用我做别的事，所以我就暂住在上海。我在那里，时常听见不好的消息，直到邓大人在威海卫阵亡时，我才回来。那十二首诗就是我入门时，你妈妈送给我的。"

承欢说："诗里说的都是什么意思？"关怀说："互相赠与的诗，无论如何，第三个人是不能理会，连自己也不能解释给人听的。那诗还搁在书架上，你要看时，明天可以拿去念一念。我且给你说此后我和你妈妈的事。"

"自那次打败仗，我自己觉得很羞耻，就立意要隔绝一切的亲友，跑到一个孤岛里居住，为的是要避掉种种不体面的消息，教我的耳朵少一点刺激。你妈妈只劝我回硇州去，但我很不愿意回那里去，以后我们就定意要搬到这里来。这里离硇州虽是不远，乡里的人却没有和我往来，我想他们必是不知道我住在这里。"

"我们买了这所房子，连后边的荔枝园。二人就在这里过很欢乐的日子。在这里住不久，你就出世了。我们给你起个名字叫承欢……"承懂紧接着问："我呢？"关怀说："还没有说到你咧，你且听着，待一会才给你说。"

他接着说："我很不愿意雇人在家里做工，或是请别人种地给我收利。但耨田插秧的事都不是我和你妈妈做得来的，所以我们只好买些果树园来做生产的源头，西边那丛椰子林也是在你一周岁时买来做纪念的。那时你妈妈每日的功课就是乳育你，我在技术室做些经常的生活以外，有工夫还出去巡视园里的果树。好几年的工夫，我们都是这样地过，实在快乐啊！"

"唉，好事是无常的！我们在这里住不上五年，这一片地方又被法国占据了！当时我又想搬到别处去，为的是要回避这种羞耻，谁知这事不能由我做主，好像我的命运就是这样，要永远住在这蒙羞的土地似的。"关怀说到这里，声音渐渐低微，那忧愤的情绪直把眼睑垠下一半，同时他的视线从女儿的脸上移开，也被地心引力吸住了。

承懂不明白父亲的心思，尽说："这地方很好，为什么又要搬呢？"承欢说："啊，我记得爸爸给我说过，妈妈是在那一年去世的。"关怀说："可不是！从前搬来这里的时候，你妈妈正怀着你，因为风波的颠簸，所以临产时很不顺利，这次可巧又有了阿懂，我不愿意像从前那么唐突，要等她产后才搬。可是她自从得了租借条约签押的消息以后，已经病得支持不住了。"那声音的颤动，早已把承欢的眼泪震荡出来。然而这老人家却没有显出什么激烈的情绪，只皱一皱他的眉头而已。

他往下说："她产后不上十二个时辰就……"承懂急急地问："是养我不是？"他说："是。因为你出世不久，你妈妈便撒掉你，所以给你起个名字做阿懂，懂就是忧而无告的意思。"

这时，三个人缄默了一会。门前的海潮音，后园的蟋蟀声，都顺着微风从窗户间送进来。桌上那盏油灯本来被灯花堵得火焰如豆一般大，这次因着微风，更是闪烁不定，几乎要熄灭了。关怀说："阿欢，你去把窗户关上，再将油灯整理一下。……小妹妹也该睡了，回头就同她到卧房去罢。"

不论什么人都喜欢打听父母怎样生育他，好像念历史的人爱读开天辟地的神话一样。承懂听到这个去处，精神正在活泼，哪里肯去安息。她从小凳子上站起来，顺势跑到父亲面前，且坐在他的膝上，尽力地摇头说："爸爸还没有说完哪。我不困，快往下说罢。"承欢一面关窗，一面说："我也愿意再听下去，爸爸就接着说罢。今晚上迟一点睡也无妨。"她把灯心弄好，仍回原位坐下，注神瞧着她的父亲。

油灯经过一番收拾，越显得十分明亮，关怀的眼睛忽然移到屋角一座石像上头。他指着对女儿说："那就是你妈妈去世前两三点钟的样子。"承懂说："姊姊也曾给我说过那是妈妈，但我准知道爸爸屋里那个才是。我不信妈妈的脸难看到这个样子。"他抚着承懂的颅顶说："那也是好看的。你不懂得，所以说她不好看。"他越说越远，几乎把方才所说的忘掉，幸亏承欢再用话语提醒他，他老人家才接续地说下去。

他说："我的搬家计划，被你妈妈这一死就打消了。她的身体已藏在这可羞的土地，而且你和阿懂年纪又小，服事你们两个小姊妹还忙不过来，何况搬东挪西地往外去呢？因此，我就定意要终身住在这里，不想再搬了。"

"我是不愿意雇人在家里为我工作的。就是乳母，我也不愿意雇一个来乳育阿懂。我不信男子就不会养育婴孩，所以每日要亲自尝试些乳育的工夫。"承懂问："爸爸，当时你有奶子给我喝吗？"关怀说："我只用牛乳喂你。然而男子有时也可以生出乳汁的。……阿欢，我从前不曾对你说过孟景休的事么？"承欢说："是，他是一个孝子，因为母亲死掉，留下一个幼弟，他要自己做乳育工夫，果然有乳浆从他的乳房溢出来。"关怀笑说："我当时若不是一个书呆子，就是这事一定要孝子才办得到，贞夫是不许做的。我每每抱着阿懂，让她啜我的乳头，看看能够溢出乳浆不能，但试来试去，都不成功。养育的工夫虽然是苦，我却以为这是父母二人应当共同去做的事情，不该让为母的独自担任这番劳苦。"

承欢说："可是这事要女人去做才合宜。"

"是的。自从你妈妈没了以后，别样事体倒不甚棘手，对于你所穿的衣服总觉得肮脏和破裂得非常的快。我自己也不会做针黹，整天要为你求别人缝补。这几乎又要把我所不求人的理想推翻了！当时有些邻人劝我为你们续娶一个……"

承欢说："我们有一位后娘倒好。"

那老人家瞪着眼，口里尽力地吸着雪茄，少停，他的声音就和青烟一齐冒出来。他郑重地说："什么？一个人能像禽兽一样，只有生前的恩爱，没有死后的情愫吗？"

从他口里吐出来的青烟早已触得承懂康康地咳嗽起来。她断续地说："爸爸的口直像王家那个破灶，闷得人家的眼睛和喉咙都不爽快。"关怀拍着她的背说："你真会用比方！……这是从外洋带回来的习惯，不吸它也罢，你就拿去搁在烟盂里罢。"承懂拿着那枝雪茄，忽像想起什么事似的，她走到屋里把所捡的树叶拿出来，对父亲说："爸爸吸这一枝罢，这比方才那枝好得多。"她父亲笑着把叶子接过去，仍教承懂坐在膝上，眼睛望着承欢说："阿欢，你以再婚为是么？"他的女儿自然不能回答，也不敢回答这重要的问题。她只嘿嘿地望着父亲两只灵活的眼睛，好像要听那两点微光的回答一样。那回答的声音果如从父亲的眼光中发出来——他凝神瞧着承欢说："我想你也不以为然。一个女人再醮，若是人家要轻看她，一个男子续娶，难道就不应当受轻视吗？所以当时凡有劝我续弦的，都被我拒绝了。我想你们没有母亲虽是可哀，然而有一个后娘更是不幸的。"

门前的海潮音，后园的蟋蟀声，加上檐牙的铁马和树上的夜啼鸟，这几种声音直像强盗一样，要从门缝窗隙间闯进来捣乱他们的夜谈。那两个女孩子虽不理会，关怀的心却被它们抢掠去了。他的眼睛注视着窗外那似树如山的黑影。耳中听着那钟铮铮铛铛、嘶嘶嗦嗦、汩汩稳稳的杂响，口里说："我一听见铁马的音响，就回想到你妈妈做新娘时，在洞房里走着，那脚钏铃铛的声音。那声音虽有大小的分别，风味却差不多。"

他把射到窗外的目光移到承欢身上，说："你妈妈姓山，所以我在日间或夜间偶然瞧见尖锥形的东西就想着山，就想着她。在我心目中的感觉，她实在没死，不过是怕遇见更大的羞耻，所以躲藏着，但在人静的时候，她仍是和我在一处的。她来的时候，也去瞧你们，也和你们谈话，只是你们都像不大认识她一样，有时还不瞅睬她。"承懂说："妈妈一定是在我们睡熟时候来的，若是我醒时，断没有不瞅睬她的道理。"那老人家抚着这幼女的背说："是的。你妈妈常夸奖你，说你聪明，喜欢和她谈话，不像你姊姊越大就越发和她生疏起来。"承欢知道这话是父亲造出来教妹妹喜欢的，所以她笑着说："我心里何尝不时刻惦念着妈妈呢？但她一来到，我怎么就不知道，这真是怪事！"

关怀对着承欢说："你和你妈妈离别时年纪还小，也许记不清她的模样，可是你须知道，不论要认识什么物体都不能以外貌为准的，何况人面是最容易变化的呢？你要认识一个人，就得在他的声音、容貌之外找寻，这形体不过是生命中极短促的一段罢了。树木在春天发出花叶，夏天结了果子，一到秋冬，花、叶、果子多半失掉了，但是你能说没有花、叶的就不是树木么？池中的蝌蚪，渐渐长大成长一只蛤蟆，你能说蝌蚪不是小蛤蟆么？无情的东西变得慢，有情的东西变得快。故此，我常以你妈妈的坟墓为她的变化身，我觉得她的身体已经比我长得大，比我长得坚强，她的声音，她的容貌，是遍一切处的。我到她的坟上，不是盼望她那卧在土中的肉身从墓碑上挺起来，我瞧她的身体就是那个坟墓，我对着那墓碑就和在这屋对你们说话一样。"

承懂说："哦，原来妈妈不是死，是变化了。爸爸，你那么爱妈妈，但她在这变化的时节，也知道你是疼爱她的么？"

"她一定知道的。"

承懂说："我每到爸爸屋里，对着妈妈的遗像叫唤、抚摩，有时还敲打她几下。爸爸，若是那像真是妈妈，她肯让我这样抚摩和敲打么？她也能疼爱我，像你疼我一样么？"

关怀回答说："一定很喜欢。你妈妈连我这么高大，她还十分疼爱，何况你是一个聪明伶俐的小孩子！妈妈的疼爱比爸爸大得多。你睡觉的时候，爸爸只能给你垫枕、盖被；若是妈妈，一定要将她那只滑腻而温暖的手臂给你枕着，还要搂着你，教你不惊不慌地安睡在她怀里。你吃饭的时候，爸爸只能给你预备小碗、小盘；若是妈妈，一定要把她那软和而常摇动的膝头给你做凳子，还要亲手递好吃的东西到你口里。你所穿的衣服，爸爸只能为你买些时式的和贵重的；若是妈妈，一定要常常给你换新样式，她要亲自剪裁，亲自刺绣，要用最好看的颜色——就是你最喜欢的颜色——给你做上。妈妈的疼爱实在比爸爸的大得多！"

承懂坐在父亲膝上，一听完这段话，她的身体的跳荡好像骑在马上一样。她一面摇着身子，一面拍着自己两只小腿，说："真的吗？她为何不对我这样做呢？爸爸，快叫妈妈从坟里出来罢。何必为着这蒙羞的土地就藏起来，不教她亲爱的女儿和她相会呢？从前我以为妈妈的脾气老是那个样子：两只眼睛瞧着人，许久也不转一下；和她说话也不答应；要送东西给她，她两只手又不知道往哪里去，也不会伸出来接一接，所以我想她一定是不懂人情的。现在我就知道她不是无知的。爸爸，你为我到坟里把妈妈请出来罢，不然，你就把前头那扇石门挪开，让我进去找她。爸爸曾说她在晚间常来，待一会，她会来么？"

关怀把她亲了一下，说："好孩子，你方才不是说你曾叫过她？摸过她，有时还敲打她么？她现在已经变成那个样子了，纵使你到坟墓里去找她也是找不着的。她常在我屋里，常在那里（他指着屋角那石像），常在你心里，常在你姊姊心里，常在我心里。你和她说话或送东西给她时，她虽像不理你，其实她疼爱你，已经领受你的敬意。你若常常到她面前，用你的孝心、你的诚意供献给她，日子久了，她心喜欢让你见着她的容貌。她要用妩媚的眼睛瞧着你，要开口对你发言，她那坚硬而白的皮肤要化为柔软娇嫩，好像你的身体一样。待一会，她一定来，可是不让你瞧见她，因为她先要瞧瞧你对于她的爱心怎样，然后叫你瞧见她。"

承欢也随着对妹妹证明说："是，我像你那么大的时候，也很愿意见妈妈一面。后来我照着爸爸的话去做，果然妈妈从石像座儿走下来，搂着我和我谈话，好像现在爸爸搂着你和你谈话一样。"

承懽把右手的食指含在口里，一双伶俐的小眼射在地上，不歇地转动，好像了悟什么事体，还有所发明似的。她抬头对父亲说："哦，爸爸，我明白了。以后我一定要格外地尊敬妈妈那座造像，盼望她也能下来和我谈话。爸爸，比如我用尽我的孝敬心来服侍她，她准能知道么？"

"她一定知道的。"

"那么，方才所捡那些叶子，若是我好好地把它们藏起来，一心供养着，将来它们一定也会变成活的海星、瓦楞子或翻车鱼了。"关怀听了，莫名其妙。承欢就说："方才妹妹捡了一大堆的干叶子，内中有些像鱼的，有些像螺贝的，她问的是那些东西。"关怀说："哦，也许会，也许会。"承懽要立刻跳下来，把那些叶子搬来给父亲瞧，但她的父亲说："你先别拿出来，明天我才教给你保存它们的方法。"

关怀生怕他的爱女晚间说话过度，在睡眠时作梦，就劝承懽说："你该去睡觉啦。我和你到屋里去罢。明早起来，我再给你说些好听的故事。"承懽说："不，我不。爸爸还没有说完呢，我要听完了才睡。"关怀说："妈妈的事长着呢，若是要说，一年也说不完，明天晚上再接下去说罢。"那小女孩于是从父亲膝上跳下来，拉着父亲的手，说："我先要到爸爸屋里瞧瞧那个妈妈。"关怀就和她进去。

他把女儿安顿好，等她睡熟，才回到自己屋里。他把外衣脱下，手里拿着那个暖蕤囊，和腰间的玉佩，把玩得不忍撒手，料想那些东西一定和他的亡妻关山恒媚很有关系。他们的恩爱公案必定要在临睡前复讯一次。他走到石像前，不歇用手去摩弄那坚实而无知的物体，且说："多谢你为我留下这两个女孩，教我的晚景不至过于惨淡。不晓得我这残年要到什么时候才可以过去，速速地和你同住在一处。唉！你的女儿是不忍离开我的，要她们成人，总得在我们再会之后。我现在正浸在父亲的情爱中，实在难以解决要怎样经过这衰弱的残年，你能为我和从你身体分化出来的女儿们打算么？"

他静静地站在那里，好像很注意听着那石像的回答。可是那用手造的东西怎样发出她的意思，我们的耳根太钝，实在不能听出什么话来。

他站了许久，回头瞧见承欢还在北边的厅里编织花篮，两只手不停地动来动去，口里还低唱着她的工夫歌。他从窗门对女儿说："我儿，时候不早了，明天再编罢。今晚上妹妹话说得过多，恐怕不能好好地睡，你得留神一点。"承欢答应一声，就把那个未做成的篮子搁起来，把那盏小油灯拿着到自己屋里去了。

灯光被承欢带去以后，满屋都被黑暗充塞着。秋萤一只两只地飞入关怀的卧房，有时歇在石像上头。那光的闪烁，可使关山恒媚的脸对着她的爱者发出一度一度的流盼和微笑。但是从外边来的，还有汩稳的海潮音，嘶嗓的蟋蟀声，铮铛的铁马响，那可以说是关山恒媚为这位老鳏夫唱的催眠歌曲。

缀网劳蛛

"我像蜘蛛，
命运就是我的网。"
我把网结好，
还住在中央。
呀，我的网甚时节受了损伤！
这一坏，教我怎地生长？
生的巨灵说："补缀补缀罢。"
世间没有一个不破的网。
我再结网时，
要结在玳瑁梁栋、
珠玑帘拢；
或结在断井颓垣、
荒烟蔓草中呢？
生的巨灵按手在我头上说：
"自己选择去罢，
你所在的地方无不兴隆、亨通。"
虽然，我再结的网还是像从前那么脆弱，
敌不过外力冲撞；
我网的形式还要像从前那么整齐——

平行的丝连成八角、十二角的形状吗？

他把"生的万花筒"交给我，说：

"望里看罢，

你爱怎样，就结成怎样。"

呀，万花筒里等等的形状和颜色

仍与从前没有什么差别！

求你再把第二个给我，

我好谨慎地选择。

"咄咄！贪得而无智的小虫！

自而今回溯到濛鸿，

从没有人说过里面有个形式与前相同。

去罢，生的结构都由这几十颗'彩琉璃屑'幻成种种，

不必再看第二个生的万花筒。"

那晚上的月色格外明朗，只是不时来些微风把满园的花影移动得不歇地作响。素光从椰叶下来，正射在尚洁和她的客人史夫人身上。她们二人的容貌，在这时候自然不能认得十分清楚，但是二人对谈的声音却像幽谷的回响，没有一点模糊。

周围的东西都沉默着，像要让她们密谈一般，树上的鸟儿把喙插在翅膀底下；草里的虫儿也不敢做声；就是尚洁身边那只玉狸，也当主人所发的声音为催眠歌，只管耐耐地沉睡着。她用纤手抚着玉狸，目光注在她的客人身上，懒懒地说："夺魁嫂子，外间的闲话是听不得的。这事我全不计较——我虽不信定命的说法，然而事情怎样来，我就怎样对付，毋庸在事前预先谋定什么方法。"

她的客人听了这场冷静的话，心里很是着急，说："你对于自己的前程太不注意了！若是一个人没有长久的顾虑，就免不了遇着危险，外人的话虽不足信，可是你得把你的态度显示得明了一点，教人不疑惑你才是。"

尚洁索性把玉狸抱在怀里，低着头，只管摩弄。一会儿，她才冷笑了一声，说："吓吓，夺魁嫂子，你的话差了，危险不是顾虑所能闪避的。后一小时的事情，我们也不敢说准知道，哪能顾到三四个月、三两年那么长久呢？

你能保我待一会不遇着危险，能保我今夜里睡得平安么？纵使我准知道今晚上会遇着危险，现在的谋虑也未必来得及。我们都在云雾里走，离身二三尺以外，谁还能知道前途的光景呢？经理说：'不要为明日自夸，因为一日要生何事，你尚且不能知道。'这句话，你忘了么？……唉，我们都是从渺茫中来，在渺茫中住，望渺茫中去。若是怕在这条云封雾锁的生命路程里走动，莫如止住你的脚步；若是你有漫游的兴趣，纵然前途和四围的光景暧昧，不能使你赏心快意，你也是要走的。横竖是往前走，顾虑什么？"

"我们从前的事，也许你和一般侨寓此地的人都不十分知道。我不愿意破坏自己的名誉，也不忍教他出丑。你既是要我把态度显示出来，我就得略把前事说一点给你听，可是要求你暂时守这个秘密。"

"论理，我也不是他的……"

史夫人没等她说完，早把身子挺起来，作很惊讶的样子，回头用焦急的声音说："什么？这又奇怪了！"

"这倒不是怪事，且听我说下去。你听这一点，就知道我的全意思了。我本是人家的童养媳，一向就不曾和人行过婚礼——那就是说，夫妇的名分，在我身上用不着。当时，我并不是爱他，不过要仗着他的帮助，救我脱出残暴的婆家。走到这个地方，依着时势的境遇，使我不能不认他为夫……"

"原来你们的家有这样特别的历史。……那么，你对于长孙先生可以说没有精神的关系，不过是不自然的结合罢了。"

尚洁庄重地回答说："你的意思是说我们没有爱情么？诚然，我从不曾在别人身上用过一点男女的爱情，别人给我的，我也不曾辨别过那是真的，这是假的。夫妇，不过是名义上的事，爱与不爱，只能稍微影响一点精神的生活，和家庭的组织是毫无关系的。"

"他怎样想法子要奉承我，凡认识我的人都觉得出来。然而我却没有领他的情，因为他从没有把自己的行为检点一下。他的嗜好多，脾气坏，是你所知道的。我一到会堂去，每听到人家说我是长孙可望的妻子，就非常的惭愧。我常想着从不自爱的人所给的爱情都是假的。"

"我虽然不爱他，然而家里的事，我认为应当替他做的，我也乐意去做。因为家庭是公的，爱情是私的。我们两人的关系，实在就是这样。外人说我和谭先生的事，全是不对的。我的家庭已经成为这样，我又怎能把它破坏呢？"

史夫人说："我现在才看出你们的真相，我也回去告诉史先生，教他不要多信闲话。我知道你是好人，是一个纯良的女子，神必保佑你。"说着，用手轻轻地拍一拍尚洁的肩膀，就站立起来告辞。

尚洁陪她在花荫底下走着，一面说："我很愿意你把这事的原委单说给史先生知道。至于外间传说我和谭先生有秘密的关系，说我是淫妇，我都不介意。连他也好几天不回来啦。我估量他是为这事生气，可是我并不辩白。世上没有一个人能够把真心拿出来给人家看；纵然能够拿出来，人家也看不明白，那么，我又何必多费唇舌呢？人对于一件事情一存了成见，就不容易把真相观察出来。凡是人都有成见，同一件事，必会生出歧异的评判，这也是难怪的。我不管人家怎样批评我，也不管他怎样疑惑我，我只求自己无愧，对得住天上的星辰和地下的蝼蚁便了。你放心罢，等到事情临到我身上，我自有方法对付。我的意思就是这样，若是有工夫，改天再谈罢。"

她送客人出门，就把玉狸抱到自己房里。那时已经不早，月光从窗户进来，歇在椅桌、枕席之上，把房里的东西染得和铅制的一般。她伸手向床边按了一按铃子，须臾，女佣妥娘就上来。她问："佩荷姑娘睡了么？"妥娘在门边回答说："早就睡了。消夜已预备好了，端上来不？"她说着，顺手把电灯拧着，一时满屋里都着上颜色了。

在灯光之下，才看见尚洁斜倚在床上。流动的眼睛，软润的颔颊，玉葱似的鼻，柳叶似的眉，桃绽似的唇，衬着蓬乱的头发……凡形体上各样的美都凑合在她头上。她的身体，修短也很合度。从她口里发出来的声音，都合音节，就是不懂音乐的人，一听了她的话语，也能得着许多默感。她见妥娘把灯拧亮了，就说："把它拧灭了吧。光太强了，更不舒服。方才我也忘了留史夫人在这里消夜。我不觉得十分饥饿，不必端上来，你们可以自己方便去。把东西收拾清楚，随着给我点一支洋烛上来。"

妥娘遵从她的命令，立刻把灯灭了，接着说："相公今晚上也许又不回来，可以把大门扣上吗？"

"是，我想他永远不回来了。你们吃完，就把门关好，各自歇息去罢，夜很深了。"

尚洁独坐在那间充满月亮的房里，桌上一枝洋烛已燃过三分之二，轻风频拂火焰，眼看那枝发光的小东西要泪尽了。她于是起来，把烛火移到屋角一个窗户前头的小几上。那里有一个软垫，几上搁几本经典和祈祷文。她每夜睡前的功课就是跪在那垫上默记三两节经句，或是诵几句祷词。别的事情，也许她会忘记，惟独这圣事是她所不敢忽略的。她跪在那里冥想了许多，睁眼一看，火光已不知道在什么时候从烛台上逃走了。

她立起来，把卧具整理妥当，就躺下睡觉，可是她怎能睡着呢？呀，月亮也循着宾客底礼，不敢相扰，慢慢地辞了她，走到园里和它的花草朋友、木石知交周旋去了！

月亮虽然辞去，她还不转眼地望着窗外的天空，像要诉她心中的秘密一般。她正在床上辗来转去，忽听园里"嗷嗷"一声，响得很厉害，她起来，走到窗边，往外一望，但见一重一重的树影和夜雾把园里盖得非常严密，教她看不见什么。于是她蹑步下楼，唤醒妥娘，命她到园里去察看那怪声的出处。妥娘自己一个人哪里敢出去，她走到门房把团哥叫醒，央他一同到围墙边察一察。团哥也就起来了。

妥娘去不多会，便进来回话。她笑着说："你猜是什么呢？原来是一个塞运的窃贼摔倒在我们的墙根。他的腿已摔坏了，脑袋也撞伤了，流得满地都是血，动也动不得了。团哥拿着一枝荆条正在抽他哪。"

尚洁听了，一霎时前所有的恐怖情绪一时尽变为慈祥的心意。她等不得回答妥娘，便跑到墙根。团哥还在那里，"你这该死的东西……不知厉害的坏种！……"一句一鞭，打骂得很高兴。尚洁一到，就止住他，还命他和妥娘把受伤的贼扛到屋里来。她吩咐让他躺在贵妃榻上。仆人们都显出不愿意的样子，因为他们想着一个贼人不应该受这么好的待遇。

尚洁看出他们的意思，便说："一个人走到做贼的地步是最可怜悯的。若是你们不得着好机会，也许……"她说到这里，觉得有点失言，教她的佣人听了不舒服，就改过一句说话："若是你们明白他的境遇，也许会体贴他。我见了一个受伤的人，无论如何，总得救护的。你们常常听见'救苦救难'的话，遇着忧患的时候，有时也会脱口地说出来，为何不从'他是苦难人'那方面体贴他呢？你们不要怕他的血沾脏了那垫子，尽管扶他躺下吧。"团哥只得扶他躺下，口里沉吟地说："我们还得为他请医生去吗？"

"且慢，你把灯移近一点，待我来看一看。救伤的事，我还在行。妥娘，你上楼去把我们那个常备药箱，捧下来。"又对团哥说，"你去倒一盆清水来罢。"

仆人都遵命各自干事去了。那贼虽闭着眼，方才尚洁所说的话，却能听得分明。他心里的感激可使他自忘是个罪人，反觉他是世界里一个最能得人爱惜的青年。这样的待遇，也许就是他生平第一次得着的。他呻吟了一下，用低沉的声音说："慈悲的太太，菩萨保佑慈悲的大太！"

那人的太阳边受了一伤很重，腿部倒不十分厉害。她用药棉蘸水轻轻地把伤处周围的血迹涤净，再用绷带裹好。等到事情做得清楚，天早已亮了。

她正转身要上楼去换衣服，蓦听得外面敲门的声很急，就止步问说："谁这么早就来敲门呢？"

"是警察罢。"

妥娘提起这四个字，叫她很着急。她说："谁去告诉警察呢？"那贼躺在贵妃榻上，一听见警察要来，恨不能立刻起来跪在地上求恩。但这样的行动已从他那双劳倦的眼睛表白出来了。尚洁跑到他跟前，安慰他说："我没有叫人去报警察……"正说到这里，那从门外来的脚步已经踏进来。

来的并不是警察，却是这家的主人长孙可望。他见尚洁穿着一件睡衣站在那里和一个躺着的男子说话，心里的无明火已从身上八万四千个毛孔里发射出来。他第一句就问："那人是谁？"

这个问实在叫尚洁不容易回答，因为她从不曾问过那受伤者的名字，也不便说他是贼。

"他……他是受伤的人……"

可望不等说完，便拉住她的手，说："你办的事，我早已知道。我这几天不回来，正要侦察你的动静，今天可给我撞见了。我何尝辜负你呢？……一同上去罢，我们可以慢慢地谈。"不由分说，拉着她就往上跑。

妥娘在旁边，看得情急，就大声嚷着："他是贼！"

"我是贼，我是贼！"那可怜的人也嚷了两声。可望只对着他冷笑，说："我明知道你是贼。不必报名，你且歇一歇罢。"

一到卧房里，可望就说："我且问你，我有什么对你不起的地方？你要入学堂，我便立刻送你去；要到礼拜堂听道，我便特地为你预备车马。现在你有学问了，也入教了，我且问你，学堂教你这样做，教堂教你这样做么？"

他的话意是要诘问她为什么变心，因为他许久就听见人说尚洁嫌他鄙陋不文，要离弃他去嫁给一个姓谭的。夜间的事，他一概不知，他进门一看尚洁的神色，老以为她所做的是一段爱情把戏。在尚洁方面，以为他是不喜欢她这样待遇窃贼。她的慈悲性情是上天所赋的，她也觉得这样办，于自己的信仰和所受的教育没有冲突，就回答说："是的，学堂教我这样做，教会也教我这样做。你敢是……"

"是吗？"可望喝了一声，猛将怀中小刀取出来向尚洁的肩膀上一击。这不幸的妇人立时倒在地上，那玉白的面庞已像渍在胭脂膏里一样。

她不说什么，但用一种沉静的和无抵抗的态度，就足以感动那愚顽的凶手。可望见此情景，心中恐怖的情绪已把凶猛的怒气克服了。他不再有什么动作，只站在一边出神。他看尚洁动也不动一下，估量她是死了。那时，他觉得自己的罪恶压住他，不许再逗留在那里，便溜烟似地往外跑。

妥娘见他跑了，知道楼上必有事故，就赶紧上来，她看尚洁那样子，不由得"啊，天公！"喊了一声，一面上去，要把她搀扶起来。尚洁这时，眼睛略略睁开，像要对她说什么，只是说不出。她指着肩膀示意，妥娘才看见一把小刀插在她肩上。妥娘的手便即酥软，周身发抖，待要扶她，也没有气力了。她含泪对着主妇说："容我去请医生罢。"

"史……史……"妥娘知道她是要请史夫人来，便回答说："好，我也去请史夫人来。"她教团哥看门，自己雇一辆车找救星去了。

医生把尚洁扶到床上，慢慢施行手术，赶到史夫人来时，所有的事情都弄清楚啦。医生对史夫人说："长孙夫人的伤不甚要紧，保养一两个星期便可复元。幸而那刀从肩胛骨外面脱出来，没有伤到肺叶——那两个创口是不要紧的。"

医生辞去以后，史夫人便坐在床沿用法子安慰她。这时，尚洁的精神稍微恢复，就对她的知交说："我不能多说话，只求你把底下那个受伤的人先送到公医院去，其余的，待我好了再给你说。……唉，我的嫂子，我现在不能离开你，你这几天得和我同在一块儿住。"

史夫人一进门就不明白底下为什么躺着一个受伤的男子。妥娘去时，也没有对她详细地说。她看见尚洁这个样子，又不便往下问。但尚洁的颖悟性从不会被刀所伤，她早明白史夫人猜不透这个闷葫芦，就说："我现在没有气力给你细说，你可以向妥娘打听去。就要速速去办，若是他回来，便要害了他的性命。"

史夫人照她所吩咐的去做，回来，就陪着她在房里，没有回家。那四岁的女孩佩荷更不知道这是怎么一回事，还是啼啼笑笑，过她的平安日子。

一个星期，两个星期，在她病中默默地过去。她也渐次复元了。她想许久没有到园里去，就央求史夫人扶着她慢慢走出来。她们穿过那晚上谈话的柳荫，来到园边一个小亭下，就歇在那里。她们坐的地方满开了玫瑰，那清静温香的景色委实可以消灭一切忧闷和病害。

"我已忘了我们这里有这些好花，待一会，可以折几枝带回屋里。"

"你且歇歇，我为你选择几枝罢。"史夫人说时，便起来折花。尚洁见她脚下有一朵很大的花，就指着说："你看，你脚下有一朵很大、很好看的，为什么不把它摘下？"

史夫人低头一看，用手把花提起来，便叹了一口气。

"怎么啦？"

史夫人说："这花不好。"因为那花只剩地上那一半，还有一边是被虫伤了。她怕说出伤字，要伤尚洁的心，所以这样回答。但尚洁看的明明是一朵好花，直叫递过来给她看。

"夺魁嫂，你说它不好么？我在此中找出道理咧！这花虽然被虫伤了一半，还开得这么好看，可见人的命运也是如此——若不把他的生命完全夺去，虽然不完全，也可以得着生活上一部分的美满，你以为如何呢？"

史夫人知道她联想到自己的事情上头，只回答说："那是当然的，命运的偃蹇和亨通，于我们的生活没有多大关系。"

谈话之间，妥娘领着史夺魁先生进来。他向尚洁和他的妻子问过好，便坐在她们对面一张凳上。史夫人不管她丈夫要说什么，头一句就问："事情怎样解决呢？"

史先生说："我正是为这事情来给长孙夫人一个信。昨天在会堂里有一个很激烈的纷争，因为有些人说可望的举动是长孙夫人迫他做成的，应当剥夺她赴圣筵的权利。我和我奉真牧师在席间极力申辩，终归无效。"他望着尚洁说："圣筵赴与不赴也不要紧。因为我们的信仰决不能为仪式所束缚，我们的行为，只求对得起良心就算了。"

"因为我没有把那可怜的人交给警察，便责罚我么？"

史先生摇头说："不，不，现在的问题不在那事上头。前天可望寄一封长信到会里，说到你怎样对他不住，怎样想弃绝他去嫁给别人。他对于你和某人、某人往来的地点、时间都说出来。且说，他不愿意再见你的面，若不与你离婚，他永不回家。信他所说的人很多，我们怎样申辩也挽不过来。我们虽然知道事实不是如此，可是不能找出什么凭据来证明，我现在正要告诉你，若是要到法庭去的话，我可以帮你的忙。这里不像我们祖国，公庭上没有女人说话的地位。况且他的买卖起先都是你拿资本出来，要离异时，照法律，最少总得把财产分一半给你。……像这样的男子，不要他也罢了。"

尚洁说："那事实现在不必分辩，我早已对嫂子说明了。会里因为信条的缘故，说我的行为不合道理，便禁止我赴圣筵——这是他们所信的，我有什么可说的呢！"她说到末一句，声音便低下了。她的颜色很像为同会的人误解她和误解道理惋惜。

"唉，同一样道理，为何信仰的人会不一样？"

她听了史先生这话，便兴奋起来，说："这何必问？你不常听见人说'水是一样，牛喝了便成乳汁，蛇喝了便成毒液'吗？我管保我所得能化为乳汁，哪能干涉人家所得的变成毒液呢？若是到法庭去的话，倒也不必。我本没有正式和他行过婚礼，自毋须乎在法庭上公布离婚。若说他不愿意再见我的面，我尽可以搬出去。财产是生活的赘瘤，不要也罢，和他争什么？……他赐给我的恩惠已是不少，留着给他……"

"可是你一把财产全部让给他，你立刻就不能生活。还有佩荷呢？"

尚洁沉吟半晌便说："不妨，我私下也曾积聚些少，只不能支持到一年罢了。但不论如何，我总得自己挣扎。至于佩荷……"她又沉思了一会，才续下去说："好罢，看他的意思怎样，若是他愿意把那孩子留住，我也不和他争。我自己一个人离开这里就是。"

他们夫妇二人深知道尚洁的性情，知道她很有主意，用不着别人指导。并且她在无论什么事情上头都用一种宗教的精神去安排。她的态度常显出十分冷静和沉毅，做出来的事，有时超乎常人意料之外。

史先生深信她能够解决自己将来的生活，一听了她的话，便不再说什么，只略略把眉头皱了一下而已。史夫人在这两三个星期间，也很为她费了些筹划。他们有一所别业在土华地方，早就想教尚洁到那里去养病，到现在她才开口说："尚洁妹子，我知道你一定有更好的主意，不过你的身体还不甚复元，不能立刻出去做什么事情，何不到我们的别庄里静养一下，过几个月再行打算？"史先生接着对他妻子说："这也好。只怕路途远一点，由海船去，最快也得两天才可以到。但我们都是惯于出门的人，海涛的颠簸当然不能制服我们，若是要去的话，你可以陪着去，省得寂寞了长孙夫人。"

尚洁也想找一个静养的地方，不意他们夫妇那么仗义，所以不待踌躇便应许了。她不愿意为自己的缘故教别人麻烦，因此不让史夫人跟着前去。她说："寂寞的生活是我尝惯的。史嫂子在家里也有许多当办的事情，哪里能够和我同行？还是我自己去好一点。我很感谢你们二位的高谊，要怎样表示我的谢忱，我却不懂得；就是懂，也不能表示得万分之一。我只说一声'感激莫名'便了。史先生，烦你再去问他要怎样处置佩荷，等这事弄清楚，我便要动身。"她说着，就从方才摘下的玫瑰中间选出一朵好看的递给史先生，教他插在胸前的钮门上。不久，史先生也就起立告辞，替她办交涉去了。

土华在马来半岛的西岸，地方虽然不大，风景倒还幽致。那海里出的珠宝不少，所以住在那里的多半是搜宝之客。尚洁住的地方就在海边一丛棕林里。在她的门外，不时看见采珠的船往来于金的塔尖和银的浪头之间。这采珠的工夫赐给她许多教训。因为她这几个月来常想着人生就同入海采珠一样，整天冒险入海里去，要得着多少，得着什么，采珠者一点把握也没有。但是这个感想决不会妨害她的生命。她见那些人每天迷蒙蒙地搜求，不久就理会她在世间的历程也和采珠的工作一样。要得着多少，得着什么，虽然不在她的权能之下，可是她每天总得入海一遭，因为她的本分就是如此。

她对于前途不但没有一点灰心，且要更加奋勉。可望虽是剥夺她们母女的关系，不许佩荷跟着她，然而她仍不忍弃掉她的责任，每月要托人暗地里把吃的用的送到故家去给她女儿。

她现在已变主妇的地位为一个珠商的记室了。住在那里的人，都说她是人家的弃妇，就看轻她，所以她所交游的都是珠船里的工人。那班没有思想的男子在休息的时候，便因着她的姿色争来找她开心。但她的威仪常是调伏这班人的邪念，教他们转过心来承认她是他们的师保。

她一连三年，除干她的正事以外，就是教她那班朋友说几句英吉利语，念些少经文，知道些少常识。在她的团体里，使令、供养无不如意。若说过快活日子，能像她这样也就不劣了。

虽然如此，她还是有缺陷的。社会地位，没有她的分；家庭生活，也没有她的分；我们想想，她心里到底有什么感觉？前一项，于她是不甚重要的；后一项，可就缭乱她的衷肠了！史夫人虽常寄信给她，然而她不见信则已，一见了信，那种说不出来的伤感就加增千百倍。

她一想起她的家庭，每要在树林里徘徊，树上的蝲蛄常要幻成她女儿的声音对她说："母思儿耶？母思儿耶？"这本不是奇迹，因为发声者无情，听音者有意；她不但对于那些小虫的声音是这样，即如一切的声音和颜色，偶一触着她的感官，便幻成她的家庭了。

她坐在林下，遥望着无涯的波浪，一度一度地掀到岸边，常觉得她的女儿踏着浪花踊跃而来，这也不止一次了。那天，她又坐在那里，手拿着一张佩荷的小照，那是史夫人最近给她寄来的。她翻来翻去地看，看得眼昏了。她猛一抬头，又得着时常所现的异象。她看见一个人携着她的女儿从海边上来，穿过林樾，一直走到跟前。那人说："长孙夫人，许久不见，贵体康健啊！我领你的女儿来找你哪。"

尚洁此时，展一展眼睛，才理会果然是史先生携着佩荷找她来。她不等回答史先生的话，便上前用力搂住佩荷，她的哭声从她爱心的深密处殷雷似地震发出来。佩荷因为不认得她，害怕起来，也放声哭了一场。史先生不知道感触了什么，也在旁边只尽管擦眼泪。

这三种不同情绪的哭泣止了以后，尚洁就呜咽地问史先生说："我实在喜欢。想不到你会来探望我，更想不到佩荷也能来！……"她要问的话很多，一时摸不着头绪。只搂定佩荷，眼看着史先生出神。

史先生很庄重地说："夫人，我给你报好消息来了。"

"好消息！"

"你且镇定一下，等我细细地告诉你。我们一得着这消息，我的妻子就教我和佩荷一同来找你。这奇事，我们以前都不知道，到前十几天才听见我奉真牧师说的。我牧师自那年为你的事卸职后，他的生活，你已经知道了。"

"是，我知道。他不是白天做裁缝匠，晚间还做制饼师吗？我信得过，神必要帮助他，因为神的儿子说'为义受逼迫的人是有福的'。他的事业还顺利吗？"

"倒没有什么过不去的地方。他不但日夜劳动，在合宜的时候，还到处去传福音哪。他现在不用这样地吃苦，因为他的老教会看他的行为，请他回国仍旧当牧师去，在前一个星期已经动身了。"

"是吗！谢谢神！他必不能长久地受苦。"

"就是因为我牧师回国的事，我才能到这里来。你知道长孙先生也受了他的感化么？这事详细地说起来，倒是一种神迹。我现在来，也是为告诉你这件事。"

"前几天，长孙先生忽然到我家里找我。他一向就和我们很生疏，好几年也不过访一次，所以这次的来，教我们很诧异。他第一句就问你的近况如何，且诉说他的懊悔。他说这反悔是忽然的，是我牧师警醒他的。现在我就将他的话，照样他说一遍给你听——

"'在这两三年间，我牧师常来找我谈话，有时也请我到他的面包房里去听他讲道。我和他来往那么些次，就觉得他是我的好师傅。我每有难决的事情或疑虑的问题，都去请教他。我自前年生事，二人分离以后，每疑惑尚洁官的操守，又常听见家里佣人思念她的话，心里就十分懊悔。但我总想着，男人说话将军箭，事已做出，哪里还有脸皮收回来？本是打算给它一个错到底的。然而日子越久，我就越觉得不对。到我牧师要走，最末次命我去领教训的时候，讲了一个章经，教我很受感动。散会后，他对我说，他盼望我做的是请尚洁官回来。他又念《马可福音》十章给我听，我自得着那教训以后，越觉得我很卑鄙、凶残、淫秽，很对不住她。现在要求你先把佩荷带去见她，盼望她为女儿的缘故赦免我。你们可以先走，我随后也要亲自前往。'"

"他说懊悔的话很多，我也不能细说了。等他来时，容他自己对你细说罢。我很奇怪我牧师对于这事，以前一点也没有对我说过，到要走时，才略提一提；反教他来到我那里去，这不是神迹吗？"

尚洁听了这一席话，却没有显出特别愉悦的神色，只说："我的行为本不求人知道，也不是为要得人家的怜恤和赞美；人家怎样待我，我就怎样受，从来是不计较的。别人伤害我，我还饶恕，何况是他呢？他知道自己的鲁莽，是一件极可喜的事。——你愿意到我屋里去看一看吗？我们一同走走罢。"

他们一面走，一面谈。史先生问起她在这里的事业如何，她不愿意把所经历的种种苦处尽说出来，只说："我来这里，几年的工夫也不算浪费，因为我已找着了许多失掉的珠子了！那些灵性的珠子，自然不如入海去探求那么容易，然而我竟能得着二三十颗。此外，没有什么可以告诉你。"

尚洁把她事情结束停当，等可望不来，打算要和史先生一同回去。正要到珠船里和她的朋友们告辞，在路上就遇见可望跟着一个本地人从对面来。她认得是可望，就堆着笑容，抢前几步去迎他，说："可望君，平安哪！"可望一见她，也就深深地行了一个敬礼，说："可敬的妇人，我所做的一切事都是伤害我的身体，和你我二人的感情，此后我再不敢了。我知道我多多地得罪你，实在不配再见你的面，盼望你不要把我的过失记在心中。今天来到这里，为的是要表明我悔改底行为，还要请你回去管理一切所有的。你现在要到哪里去呢？我想你可以和史先生先行动身，我随后回来。"

尚洁见他那番诚恳的态度，比起从前，简直是两个人，心里自然满是愉快，且暗自谢她的神在他身上所显的奇迹。她说："呀！往事如梦中之烟，早已在虚幻里消散了，何必重新提起呢？凡人都不可积聚日间的怨恨、怒气和一切伤心的事到夜里，何况是隔了好几年的事？请你把那些事情搁在脑后罢。我本想到船里去，向我那班同工的人辞行。你怎样不和我们一起回去，还有别的事情要办么？史先生现时在他的别业——就是我住的地方——我们一同到那里去罢，待一会，再出来辞行。"

"不必，不必。你可以去你的，我自己去找他就可以。因为我还有些正当的事情要办。恐怕不能和你们一同回去，什么事，以后我才叫你知道。"

"那么，你教这土人领你去罢，从这里走不远就是。我先到船里，回头再和你细谈。再见哪！"

她从土华回来，先住在史先生家里，意思是要等可望来到，一同搬回她的旧房子去。谁知等了好几天，也不见他的影。她才知道可望在土华所说的话意有所含蓄。可是他到哪里去呢？去干什么呢？她正想着，史先生拿了一封信进来对她说："夫人，你不必等可望了，明后天就搬回去罢。他寄给我这一封信说，他有许多对不起你的地方，都是出于激烈的爱情所致，因他爱你的缘故，所以伤了你。现在他要把从前邪恶的行为和暴躁的脾气改过来，且要偿还你这几年来所受的苦楚，故不得不暂时离开你。他已经到槟榔屿了。他不直接写信给你的缘故，是怕你伤心，故此写给我，教我好安慰你；他还说从前一切的产业都是你的，他不应独自霸占了许多，要求你尽量地享用，直等到他回来。"

"这样看来，不如你先搬回去，我这里派人去找他回来如何？唉，想不到他一会儿就能悔改到这步田地！"

她遇事本来很沉静，史先生说时，她的颜色从不曾显出什么变态，只说："为爱情么？为爱而离开我么？这是当然的，爱情本如极利的斧子，用来剥削命运常比用来整理命运的时候多一些。他既然规定他自己的行程，又何必费工夫去寻找他呢？我是没有成见的，事情怎样来，我怎样对付就是。"

尚洁搬回来那天，可巧下了一点雨，好像上天使园里的花木特地沐浴得很妍净来迎接它们的旧主人一样。她进门时，妥娘正在整理厅堂，一见她来，便嚷着："奶奶，你回来了！我们很想念你哪！你的房间乱得很，等我把各样东西安排好再上去。先到花园去看看罢，你手植各样的花木都长大了。后面那棵释迦头长得像罗伞一样，结果也不少，去看看罢。史夫人早和佩荷姑娘来了，他们现时也在园里。"

她和妥娘说了几句话，便到园里。一拐弯，就看见史夫人和佩荷坐在树荫底下一张凳上——那就是几年前，她要被刺那夜，和史夫人坐着谈话的地方。她走来，又和史夫人并肩坐在那里。史夫人说来说去，无非是安慰她的话。她像不信自己这样的命运不甚好，也不信史夫人用定命论的解释来安慰她，就可以使她满足。然而她一时不能说出合宜的话，教史夫人明白她心中毫无忧郁在内。她无意中一抬头，看见佩荷拿着树枝把结在玫瑰花上一个蜘蛛网撩破了一大部分。她注神许久，就想出一个意思来。

她说："呀，我给这个比喻，你就明白我的意思。

"我像蜘蛛，命运就是我的网。蜘蛛把一切有毒无毒的昆虫吃入肚里，回头把网组织起来。它第一次放出来的游丝，不晓得要被风吹到多么远，可是等到粘着别的东西的时候，它的网便成了。

"它不晓得那网什么时候会破，和怎样破法。一旦破了，它还暂时安安然然地藏起来，等有机会再结一个好的。

"它的破网留在树梢上，还不失为一个网。太阳从上头照下来，把各条细丝映成七色；有时粘上些少水珠，更显得灿烂可爱。

"人和他的命运，又何尝不是这样？所有的网都是自己组织得来，或完或缺，只能听其自然罢了。"

　　史夫人还要说时，妥娘来说屋子已收拾好了，请她们进去看看。于是，她们一面谈，一面离开那里。

　　园里没人，寂静了许久。方才那只蜘蛛悄悄地从叶底出来，向着网的破裂处，一步一步，慢慢补缀。它补这个干什么？因为它是蜘蛛，不得不如此！

无法投递之邮件

给诵幼

不能投递之原因——地址不明，退发信人写明再递。

诵幼，我许久没见你了。我近来患失眠症。梦魂呢，又常困在躯壳里飞不到你身边，心急得很。但世间事本无客人着急的余地，越着急越不能到，我只得听其自然罢了。你总不来我这里，也许你怪我那天藏起来，没有出来帮你忙的缘故。呀，诵幼，若你因那事怪了我，可就冤枉极了！我在那时，全身已抛在烦恼的海中，自救尚且不暇，何能顾你？今天接定慧的信，说你已经被释放了，我实在欢喜得很！呀，诵幼，此后须要小心和男子相往来。你们女子常说"男子坏的很多"，这话诚然不错。但我以为男子的坏，并非他生来就是如此的，是跟女子学来的。诵幼，我说这话，请你不要怪我。你的事且不提，我拿文锦的事来说罢。他对于尚素本来是很诚实的，但尚素要将她和文锦的交情变为更亲密的交情，故不得不胡乱献些殷勤。呀，女人的殷勤，就是使男子变坏的砥石哟！我并不是说女子对于男子要很森严、冷酷，像怀待人一样，不过说没有智慧的殷勤是危险的罢了。

我盼望你今后的景况像湖心的白鸽一样。

给贞蕤

不能投递之原因——此人已离广州。

自走马营一别，至今未得你的消息。知道你的生活和行脚僧一样，所以没有破旅愁的书信给你念。昨天从香处听见你的近况，且知道你现在住在这里，不由得我不写这几句话给你。

我的朋友，你想北极的冰洋上能够长出花菖蒲，或开得像尼罗河边的王莲来么？我劝你就回家去罢。放着你清凉而恬淡的生活不享，飘零着找那不知心的"知心人"，为何自找这等刑罚？纵说是你当时得罪了他，要找着他向他谢罪，可是罪过你已认了，那温润不挠、如玉一般的情好岂能弥补得毫无瑕疵？

我的朋友，我常想着我曾用过一管笔，有一天无意中把笔尖误烧了（因为我要学篆书，听人说烧尖了好写），就不能再用它。但我很爱那笔，用尽许多法子，也补救不来；就是拿去找笔匠，也不能出什么主意，只是叫我再换过一管罢了。我对于那天天接触的小宝贝，虽舍不得扔掉，也不能不把它藏在笔囊里。人情虽不能像这样换法，然而，我们若在不能换之中，姑且当做能换，也就安慰多了。你有心牺牲你的命运，他却无意成就你的愿望，你又何必？我劝你早一点回去罢，看你年少的容貌或逃镜影中，在你背后的黑影快要闯入你的身里，把你青春一切活泼的风度赶走，把你光艳的躯壳夺去了。

我再三叮咛你，不知心的"知心人"，纵然找着了，只是加增懊恼，毫无用处的。

给小峦

不能投递之原因——此人已入疯人院。

绿绮湖边的夜谈，是我们所不能忘掉的。但是，小峦，我要告诉你，迷生决不能和我一样，常常恬念着你，因为他的心多用在那恋爱的遗骸上头。你不是教我探究他的意思吗？我昨天一早到他那里去，在一件事情上，使我理会他还是一个爱的坟墓的守护者。若是你愿意听这段故事，我就可以告诉你。

我一进门时，他垂着头好像很悲伤的样子，便问："迷生，你又想什么来？"他叹了一声才说："她织给我的领带坏了！我身边再也没有她的遗物了！人丢了，她的东西也要陆续地跟着她走，真是难解！"我说："是的，太阳也有破坏的日子，何况一件小小东西，你不许它坏，成么？"

"为什么不成。若是我不用它，就可以保全它，然而我怎能不用？我一用她给我留下的器用，就藉那些东西要和她交通，且要得着无量安慰。"他低垂的视线牵着手里的旧领带接着说："唉，现在她的手泽都完了！"

小峦，你想他这样还能把你惦记在心里么？你太轻于自信了。我不是使你失望，我很了解他，也了解你，你们固然是亲戚，但我要提醒除你疏淡的友谊外，不要多走一步。因为，凡最终的地方，都是在对岸那很高、很远、很暗，且不能用平常的舟车达到底。你和迷生的事，据我现在的观察，纵使蜘蛛的丝能够织成帆，蚰蜒的甲能够装成船，也不能渡你过第一步要过的心意的海洋。你不要再发痴了，还是回向莲台，拜你那低头不语的偶像好。你常说我给麻醉剂你服，不错的！若是我给一毫一厘的兴奋剂你服，恐怕你要起不来了。

答劳云

不能投递的原因——劳云已投金光明寺，在岭上，不能递。

中夜起来，月还在座，渴鼠蹑上桌子偷我笔洗里的墨水喝，我一下床它就吓跑了。它惊醒我，我吓跑它，也是公道的事情。到窗边坐下，且不点灯，回想去年此夜，我们正在了因的园里共谈，你说我们在万本芭蕉底下直像草根底下斗鸣的小虫。唉，今夜那园里的小虫必还在草根底下叫着，然而我们呢？本要独自出去一走，怎奈院里鬼影历乱，又没有侣伴，只得作罢了。睡不着，偏想茶喝，到后房去，见我的小丫头被慵睡锁得很牢固，不好解放她，喝茶的念头，也得作罢了。回到窗边坐下，摩摩窗棂，无意摩着你前月的信，就仗着月灯再念了一遍，可幸你的字比我写得还要粗大，念时，尚不费劲。在这时候，只好给你写这封回信。

劳云，我对了因所说，那得天下荒山，重叠围合，做个大监牢——野兽当逻卒，古树作栅栏，烟云拟桎梏，茑萝为索链，——闲散地囚尽你这流动人愁怀的诗犯？不想你真要自首去了！去也好，但我只怕你一去到那里便成诗境，不是诗牢了。

你问我为什么叫你做诗犯，我自己也不知其所以然。我觉得你的诗虽然很好，可是你心里所有的和手里写出来的总不能适合，不如把笔摔掉，到那只许你心儿领会的诗牢去更妙。遍世间尽是诗境，所以诗人易做。诗人无论遇着什么，总不肯诤嘿着，非发出些愁苦的诗不可。真是难解。譬如今夜夜色，若你在时，必要把院里所有的调戏一番，非叫它们都哭了，你不甘心。这便是你的过犯了。所以我要叫你做诗犯，很盼望你做个诗犯。

一手按着手电灯，一手写字，很容易乏，不写了。今夜起来，本不是为给你写回信，然而在不知不觉中，就误了我半小时，不能和我那个"月"默谈。这又是你的罪过！

院里的虫声直如鬼哭，听得我毛发尽竦。还是埋头枕底，让那只小鼠畅饮一场罢。

给琰光

不能投递之原因——琰光南归就婚，嘱所有男友来书均退回。

你在我心中始终是一个生面人，彼此间再也不能有什么微妙深沉的认识了，这也是难怪的。白孔雀和白熊虽是一样清白，而性情的冷暖各不相同，故所住的地方也不相同。我看出来了！你是白熊，只宜徘徊于古冰峥嵘的岩壑间，当然不能与我这白孔雀一同飞翔于缨藤缕缕、繁花树树的森林里。可惜我从前对你所有意绪，到今日落得寸断毫分，流离到踪迹都无。我终恨我不是创作者呀！怎么连这刹那等速的情爱时间也做不来？

我热极了，躺在病床上，只是同冰作伴。你的情愫也和冰一样，我愈热，你愈融，结果只使我戴着一头冷水。就是在手中的，也消融尽了。人间第一痛苦就是无情的人偏会装出多情的模样，有情的倒是缄口束手，无所表示！启芳说我是泛爱者，劳生说我是兼爱者，但我自己却以为我是困爱者。我实对你说，我自己实不敢作，也不能作爱恋业，为困于爱，故镇日颠倒于这甜苦的重围中，不能自行救度。爱的沉沦是一切救主所不能救的。爱的迷蒙是一切天人师所不能训诲开示的。爱的刚愎是一切调御丈夫所不能降伏的。

病中总希望你来看看我，不想你影儿不露，连信也不来！似游丝的情绪只得因着记忆的风挂搭在西园西篱，晚霞现处。那里站着我儿时曾爱，现在犹爱的邕。她是我这一生第一个女伴，二十四年的别离，我已成年，而心象中的邕还是两股小辫垂在绿衫儿上。毕竟是别离好呵！别离的人总不会老的，你不来也就罢了，因为我更喜欢在旧梦中寻找你。

你去年对我说那句话，这四百日中，我未尝忘掉要给你一个解答。你说爱是你的，你要予便予，要夺便夺。又说要得你的爱须付代价。咦，你老脱不掉女人的骄傲！无论是谁，都不能有自己的爱，你未生以前，爱恋早已存在，不过你偷了些少来眩惑人罢了。你到底是个爱的小窃，同时是个爱的典质者。你何尝花了一丝一忽的财宝，或费了一言一动的劳力去索取爱恋，你就想便宜得来，高贵地售出？人间第二痛苦就是出无等的代价去买不用劳力得来的爱恋。我实在告诉你，要代价的爱情，我买不起。

焦把纸笔拿到床边，迫着我写信给你，不得已才写了这一套话。我心里告诉我说，从诚实心表见出来的言语，永不致于得罪人，所以我想上头所说的不会动你的怒。

给憬然三姑

不能投递之原因——本宅并无"三姑"称谓。

我来找你，并不是不知道你已嫁了，怎么你总不敢出来和我叙叙旧话？我一定要认识你的"天"以后才可以见你么？三千里的海山，十二年的隔绝，此间：每年、每月、每个时辰、每一念中都盼着要再会你。一踏入你的大门，我心便摆得如秋千一般，几乎把心房上的大脉震断了。谁知坐了半天，你总不出来！好容易见你出来，客气话说了，又坐我背后。那时许多人要与我谈话，我怎好意思回过脸去向着你？

合卺酒是女人的懵兜汤，一喝便把儿女旧事都忘了，所以你一见了我，只似曾相识，似不相识，似怕人知道我们曾相识，两意三心，把旧时的好话都撇在一边。

那一年的深秋，我们同在昌华小榭赏残荷。我的手误触在竹栏边的仙人掌上，竟至流血不止。你从你的镜囊取出些粉纸，又拔两根你香柔而黑甜的头发，为我裹缠伤处。你记得那时所说的话么？你说："这头发虽然不如弦的韧，用来缠伤，足能使得，就是用来系爱人的爱也未必不能胜任。"你含羞说出的话真的把我心系住，可是你的记忆早与我的伤痕一同丧失了。

又是一年的秋天，我们同在屋顶放一只心形纸鸢。你扶着我的肩膀看我把线放尽了。纸鸢腾得很高，因为风力过大，扯得线儿欲断不断。你记得你那时所说的话么？你说："这也不是'红线'，容它断了罢。"我说："你想我舍得把我偷闲做成的'心'放弃掉么？纵然没有红线，也不能容它流落。"你说："放掉假心，还有真心呢。"你从我手里把白线夺过去，一撒手，纸鸢便翻了无数的筋斗，带着堕线飞去，挂在皇觉寺塔顶。那破心的纤维也许还存在塔上，可是你的记忆早与当时的风一样地不能追寻了。

有一次，我们在流花桥上听鹧鸪，你的白袜子给道傍的曼陀罗花汁染污了。我要你脱下来，让我替你洗净。你记得当时你说什么来？你说："你不怕人笑话么——岂有男子给女人洗袜子的道理？你忘了我方才用栀子花蒂在你掌上写了我的名字么？一到水里，可不把我的名字从你手心洗掉，你怎舍得？"唉，现在你的记忆也和写在我掌上的名字一同消灭了！

真是合卺酒是女人懵兜汤，一喝便把儿女旧事都忘了。但一切往事在我心中都如残机的线，线线都相连着，一时还不能断尽。我知道你现在很快活，因为有了许多子女在你膝下。我一想起你，也是和你对着儿女时一样地喜欢。

给爽君夫妇

不能投递之原因——爽君逃了，不知去向。

你的问题，实在是时代问题，我不是先知，也不能决定说出其中的奥秘。但我可以把几位朋友所说的话介绍给你知道，你定然要很乐意地念一念。

我有一位朋友说："要双方发生误解，才有爱情。"他的意思以为相互的误解是爱情的基础。若有一方面了解，一方面误解，爱也无从悬挂的。若两方面都互相了解，只能发生更好的友谊罢了。爱情的发生，因为我不知道你是怎么一回事，你不知道我是怎么一回事。若彼此都知道很透澈，那时便是爱情的老死期到了。

又有一位朋友说："爱情是彼此的帮助，凡事不顾自己，只顾人。"这句话，据我看来，未免广泛一点。我想你也知道其中不尽然的地方。

又有一位朋友："能够把自己的人格忘了，去求两方更高的共同人格便是爱情。"他以为爱情是无我相的，有"我"的执着不能爱，所以要把人格丢掉；然而人格在人间生活的期间内是不能抛弃的，为这缘故，就不能不再找一个比自己人格更高尚的东西。他说这要找的便是共同人格。两方因为再找一个共同人格，在某一点上相遇了，便连合起来成为爱情。

此外有许多陈腐而很新鲜的论调我也不多说了。总之，爱情是非常神秘，而且是一个人一样的。近时的作家每要夸炫说："我是不写爱情小说，不做爱情诗的。"介绍一个作家，也要说："他是不写爱情的文艺的。"我想这就是我们不能了解爱情本体的原因。爱情就是生活，若是一个作家不会描写，或不敢描写，他便不配写其余的文艺。

我自信我是有情人，虽不能知道爱情的神秘，却愿多多地描写爱情生活。我立愿尽此生，能写一篇爱情生活，便写一篇；能写十篇，便写十篇；能写百、千、亿、万篇，便写百、千、亿、万篇。立这志愿，为的是安慰一般互相误解、不明白的人。你能不骂我是爱情牢狱的广告人么？

这信写来答覆爽君。亦雄也可同念。

复诵幼

不能投递之原因——该处并无此人。

"是神造宇宙、造人间、造人、造爱；还是爱造人、造人间、造宇宙、造神？"这实与"是男生女，是女生男"的旧谜一般难决。我总想着人能造的少，而能破的多。同时，这一方面是造，那一方面便是破。世间本没有"无限"。你破璞来造你的玉簪，破贝来造你的珠珥，破木为梁，破石为墙，破蚕、棉、麻、麦、牛、羊、鱼、鳖的生命来造你的日用饮食，乃至破五金来造货币、枪弹，以残害同类、异种的生命。这都是破造双成的。要生活就得破。就是你现在的"室家之乐"也从破得来。你破人家亲子之爱来造成的配偶，又何尝不是破？破是不坏的，不过现代的人还找不出破坏量少而建造量多的一个好方法罢了。

你问我和她的情谊破了不，我要诚实地回答你说：诚然，我们的情谊已经碎为流尘，再也不能复原了；但在清夜中，旧谊的鬼灵曾一度蹑到我记忆的仓库里，悄悄把我伐情的斧——怨恨——拿走。我揭开被褥起来，待要追它，它已乘着我眼中的毛轮飞去了。这不易寻觅的鬼灵只留它的踪迹在我书架上。原来那是伊人的文件！我伸伸腰，揉着眼，取下来念了又念，伊人的冷面复次显现了。旧的情谊又从字里行间复活起来。相怨后的复和，总解不通从前是怎么一回事，也诉不出其中的甘苦。心面上的青紫惟有用泪洗濯而已。有涩泪可流的人还算不得是悲哀者。所以我还能把壁上的琵琶抱下来弹弹，一破清夜的岑寂。你想我对着这归来的旧好必要弹些高兴的调子。可是我那夜弹来弹去只是一阕《长相忆》，总弹不出《好事》！这奈何，奈何？我理会从记忆的坟里复现的旧谊，多年总有些分别。但玉在她的信里附着几句短词嘲我说：

> 噫，说到相怨总是表面事，
> 心里的好人儿仍是旧相识。
> 是爱是憎本容不得你做主，
> 你到底是个爱恋的奴隶！

　　她所嘲于我的未免太过。然而那夜的境遇实是我破从前一切情愫所建造的。此后，纵然表面上极淡的交谊也没有，而我们心心的理会仍可以来去自如。

　　你说爱是神所造，劝我不要拒绝，我本没有拒绝，然而憎也是神所造，我又怎能不承纳呢？我心本如香水海，只任轻浮的慈惠船载着喜爱的花果在上面游荡。至于满载痴石喷火的簰筏，终要因它的危险和沉重而消没净尽，焚毁净尽。爱憎既不由我自主，那破造更无消说了。因破而造，因造而破，缘因更迭，你哪能说这是好，那是坏？至于我的心迹连我自己也不知道，你又怎能名其奥妙？人到无求，心自清宁，那时既无所造作，亦无所破坏。我只觉我心还有多少欲念除不掉，自当勇敢地破灭它至于无余。

　　你，女人，不要和我讲哲学。我不懂哲学。我劝你也不要希望你脑中有百"论"、千"说"、亿万"主义"，那由他"派别"，辩来论去，逃不出鸡子方圆的争执。纵使你能证出鸡子是方的，又将如何？你还是给我讲讲音乐好。

近来造了一阕《暖云烘寒月》琵琶谱，顺抄一份寄给你。这也是破了许多工夫造得来的。

复真龄

不能投递之原因——真龄去国，未留住址。

自与那人相怨后，更觉此生不乐。不过旧时的爱好，如洁白的寒鹭，三两时间飞来歇在我心中泥泞的枯塘之岸，有时漫涉到将干未干的水中央，还能使那寂静的平面随着她的步履起些微波。

唉，爱姊姊和病弟弟总是孪生的呵！我已经百夜没睡了。我常说，我的爱如香洌的酒，已经被人饮尽了，我哀伤的金罍里只剩些残冰的融液，既不能醉人，又足以冻我齿牙。你试想，一个百夜不眠的人，若渴到极地，就禁得冷饮么？

"为爱恋而去的人终要循着心境的爱迹归来。"我老是这样地颠倒梦想。但两人之中，谁是为爱恋先走开的？我说那人，那人说我。谁也不肯循着谁的爱迹归来。这委是一件胡卢事！玉为这事也和你一样写信来呵责我，她真和她眼中的瞳子一样，不用镜子就映不着自己。所以我给她寄一面小镜去。她说："女人总是要人爱的"，难道男子就不是要人爱的？她当初和球一自相怨后，也是一样蒙起各人的面具，相逢直如不识。他们两个复和，还是我的工夫，我且写给你看。

那天，我知道球要到帝室之林去赏秋叶，就怂恿她与我同去。我远地看见球从溪边走来，借故撇开她，留她在一颗枫树下坐着，自己藏在一边静观。人在落叶上走是秘不得的。球的足音，谅她听得着。球走近树边二丈相离的地方也就不往前进了。他也在一根横卧的树根上坐下，拾起枯枝只顾挥拨地上的败叶。她偷偷地看球，不做声，也不到那边去。球的双眼有时也从假意低着的头斜斜地望她。他一望，玉又假做看别的了。谁也不愿意表明谁看着谁来。你知道这是很平常的事。由爱至怨，由怨至于假不相识，由假不相识也许能回到原来的有情境地。我见如此，故意走回来，向她说："球在那边哪！"她回答："看见了。"你想这话若多两个字"钦此"，岂不成这娘娘的懿旨？我又大声嚷球。他的回答也是一样地庄严，几乎带上"钦此"二字。我跑去把球揪来。对他们说:"你们彼此相对道道歉,如何?"到底是男子容易劝。球到她跟前说:"我也不知道怎样得罪你。他迫着我向你道歉,我就向你道歉罢。"她望着球,心里愉悦之情早破了她的双颊冲出来。她说:"人为什么不能自主到这步田地?连道个歉也要朋友迫着来。"好了,他们重新说起话来了!

她是要男子爱的,所以我能给她办这事。我是要女人爱的,故毋需去瞅睬那人,我在情谊的道上非常诚实,也没有变动,是人先离开的。谁离开,谁得循着自己心境的爱迹归来。我哪能长出千万翅膀飞入苍茫里去找她?再者,他们是醉于爱的人,故能一说再合。我又无爱可醉,犯不着去讨当头一棒的冷话。您想是不是?

给怀霄

不能投递之原因——此信遗在道旁,由陈斋夫拾回。

好几次写信给你都从火炉里捎去。我希望当你看见从我信笺上出来那几缕烟在空中飘扬的时候,我的意见也能同时印入你的网膜。

怀,我不愿意写信给你的缘故,因为你只当我是有情的人,不当我是有趣的人。我常对人说,你是可爱的,不过你游戏天地的心比什么都强,人还够不上爱你。朋友们都说我爱你,连你也是这样想,真是怪事!你想男女得先定其必能相爱,然后互相往来么?好人甚多,怎能个个爱恋他?不过这样的成见不止你有,我很可以原谅你。我的朋友,在爱的田园中,当然免不了三风四雨。从来没有不变化的天气能教一切花果开得斑斓,结得磊砢的。你连种子还没下,就想得着果实,便是办不到的。我告诉你,真能下雨的云是一声也不响的。不掉点儿的密云,雷电反发射得弥满天地。所以人家的话,不一定就是事实,请你放心。

男子愿意做女人的好伴侣、好朋友,可不愿意当她们的奴才,供她们使令。他愿意帮助她们,可不喜欢奉承谄媚她们,男子就是男子,媚是女人的事。你若把"女王"、"女神"的尊号暂时收在镜囊里,一定要得着许多能帮助你的朋友。我知道你的性地很冷酷,你不但不愿意得几位新的好友,或极疏淡的学问之交,连旧的你也要一个一个弃绝掉。嫁了的女朋友,和做了官的男相识，都是不念旧好的。与他们见面时，常竟如路人。你还未嫁，还未做官，不该施行那样的事情。我不是呵责你，也不是生气，——就使你侮辱我到极点，我也不生气。我不过尽我的情劝告你罢了。说到劝告，也是不得已的。这封信也是在万不得已的境遇底下写的，写完了，我还是盼望你收不到。

复少觉

不能投递之原因——受信人地址为墨所污，无法投递。

同年的老弟：我知道怀书多病，故月来未尝发信问候，恐惹起她的悲怨。她自说："我有心事万缕，总不愿写出、说出。到无可奈何时节，只得由它化作血丝飘出来。"所以她也不写信告诉我她到底是害什么病。我想她现时正躺在病榻上呢。

唉，怀书的病是难以治好的。一个人最怕有"理想"。理想不但能使人病，且能使人放弃他的性命。她甚至抱着理想的理想，怎能不每日病透二十四小时？她常对我说："有而不完全，宁可不有。"你想"完全"真能在人间找得出来的么？就是遍游亿万尘沙世界，经过庄严劫，贤劫，星宿劫，也找不着呀！不完全的世界怎能有完全的人？她自己也不完全，怎配想得一个完全的男子？纵使世间真有一个完全的男子，与她理想的理想一样，那男子对她未必就能起敬爱。罢了！这又是一种渴鹿趋阳焰的事，即令他有千万蹄，每蹄各具千万翅膀，飞跑到旷野尽处，也不能得点滴的水。何况她还盼望得到绿洲做她的憩息饮食处？朋友们说她是"愚拙的聪明人"，诚然！她真是一个万事伶俐，一时懵懂的女人。她总没想到"完全"是由妖魔画空而成，本来无东西，何能捉得住？多才、多艺、多色、多意想的人最容易犯理想病。因为有了这些，魔便乘隙于她心中画等等极乐；饰等等庄严；造等等偶像；使她这本来辛苦的身心更受造作安乐的刑罚。这刑罚，除了世人以为愚拙的人以外，谁也不能免掉。如果她知道这是魔的诡计，她就泅近解脱的岸边了，"理想"和毒花一样，眼看是美，却拿不得。三家村女也知道开美丽的花的多是毒草，总不敢取来做看馔，可见真正聪明人还数不到她。自求辛螫的人除用自己的泪来调反省的药饵以外，再没有别样灵方。医生说她外表似冷，内里却中了很深的繁花毒。由毒生热恼，恼极成劳，故呕心有血。我早知她的病原在此，只恨没有神变威力，幻作大白香象，到阿耨达池去，吸取些清凉水来与她灌顶，使她表里俱冷。虽然如此，我还尽力向她劝说，希望她自己能调伏她理想的热毒。我写到这里，接朋友的信说她病得很凶，我得赶紧去看看她。

无法投递之邮件（续）

给怜生

偶出郊外，小憩野店，见绿榕叶上糁满了黄尘。树根上坐着一个人，在那里呻吟着。裒说大概又是常见的那叫化子在那里演着动人同情或惹人憎恶的营生法术罢。我喝过一两杯茶，那凄楚的声音也和点心一齐送到我面前，不由得走到树下，想送给那人一些吃的用的。我到他跟前，一看见他的脸，却使我失惊。怜生，你说他是谁？我认得他，你也认得他。他就是汕市那个顶会弹三弦的殷师。你记得他一家七八口就靠着他那十个指头按弹出的声音来养活的。现在他对我说他的一只手已留在那被贼格杀的城市里。他的家也教毒火与恶意毁灭了。他见人只会嚷："手——手——手！"再也唱不出什么好听的歌曲来。他说："求乞也求不出一只能弹的手，白活着是无意味的。"我安慰他说："这是贼人行凶的一个实据，残废也有残废生活的办法，乐观些罢。"他说："假使贼人切掉他一双脚，也比去掉他一个指头强。有完全的手，还可以营谋没惭愧的生活。"我用了许多话来鼓励他。最后对他说："一息尚存，机会未失。独臂擎天，事在人为。把你的遭遇唱出来，没有一只手，更能感动人，使人人的手举起来，为你驱逐丑贼。"他沉吟了许久，才点了头。我随即扶他起来。他的脸黄瘦得可怕，除掉心情的愤怒和哀伤以外，肉体上的饥饿、疲乏和感冒，都聚在他身上。

我们同坐着小车，轮转得虽然不快，尘土却随着车后卷起一阵阵的黑旋风。头上一架银色飞机掠过去。殷师对于飞机已养成一种自然的反射作用，一听见声音就蜷伏着。枭说那是自己的，他才安心。回到城里，看见报上说，方才那机是专载烤火鸡到首都去给夫人、小姐们送新年礼的。好贵重的礼物！他们是越过满布残肢死体的战场，败瓦颓垣的村镇，才能安然地放置在粉香脂腻的贵女和她们的客人面前。希望那些烤红的火鸡，会将所经历的光景告诉她们。希望它们说：我们的人民，也一样地给贼人烤着吃咧！

答寒光

你说你佩服近来流行的口号：革命是不择手段的，我可不敢赞同。革命是为民族谋现在与将来的福利的伟大事业，不像泼一盆脏水那么简单。我们要顾到民族生存的根本条件，除掉经济生活以外，还要顾到文化生活。纵然你说在革命的过程中文化生活是不重要的，因为革命便是要为民族制造一个新而前进的文化，你也得做得合理一点，经济一点。

革命本来就是达到革新目的的手段。要达到目的地，本来没限定一条路给我们走。但是有些是崎岖路，有些是平坦途，有些是捷径，有些是远道。你在这些路程上，当要有所选择。如果不择道路，你就是一个最笨的革命家。因为你为选择了那条崎岖又复辽远的道路，你岂不是白糟蹋了许多精力、时间与物力？领导革命从事革命的人，应当择定手段。他要执持信义、廉耻、振奋、公正等等精神的武器，踏在共利互益的道路上，才能有光明的前途。要知道不问手段去革命，只那手段有时便可成为前途最大的障碍。何况反革命者也可以不问手段地摧残你的工作？所以革命要择优越的、坚强的与合理的手段，不择手段的革命是作乱，不是造福。你赞同我的意思罢！写到此处，忽觉冷气袭人，于是急闭窗户，移座近火，也算卫生上所择的手段罢，一笑。

雍来信说她面貌丑陋，不敢登场。我已回信给她说，戏台上的人物不见得都美，也许都比她丑。只要下场时留得本来面目。上场显得自己性格，涂朱画墨，有何妨碍？

给华妙

瑰容她的儿子加入某种秘密工作。孩子也干得很有劲。他看不起那些不与他一同工作的人们，说他们是活着等死。不到几个月，秘密机关被日人发现，因而打死了几个小同志。他幸而没被逮去，可是工作是不能再进行了，不得已逃到别处去。他已不再干那事，论理就该好好地求些有用的知识，可是他野惯了，一点也感觉不到知识的需要。他不理会他们的秘密的失败是由组织与联络不严密和缺乏知识，他常常举出他的母亲为例，说受了教育只会教人越发颓废，越发不振作，你说可怜不可怜！

瑰呢？整天要钱。不要钱，就是跳舞；不跳舞，就是……总而言之，据她的行为看来，也真不像是鼓励儿子去做救国工作的母亲。她的动机是什么，可很难捉摸。不过我知道她的儿子当对她的行为表示不满意。她也不喜欢他在家里，尤其是有客人来找她的时候。

前天我去找她，客厅里已有几个欧洲朋友在畅谈着。这样的盛会，在她家里是天天有的。她在群客当中，打扮得像那样的女人。在谈笑间，常理会她那抽烟、耸肩，瞟眼的姿态，没一样不是表现她的可鄙。她偶然离开屋里，我就听见一位外宾低声对着他的同伴说："她很美，并且充满了性的引诱。"另一位说："她对外宾老是这样的美利坚化。……受欧美教育的中国妇女，多是擅于表欧美的情的，甚至身居重要地位的贵妇也是如此。"我是装着看杂志，没听见他们的对话，但心里已为中国文化掉了许多泪。华妙，我不是反对女子受西洋教育。我反对一切受西洋教育的男女忘记了自己是什么样人，自己有什么文化。大人先生们整天在讲什么"勤俭"、"朴素"、"新生活"、"旧道德"，但是节节失败在自己的家庭里头，一想起来，除掉血，还有什么可呕的？

海世间

我们的人间只有在想象或淡梦中能够实现罢了。一离了人造的上海社会，心里便想到此后我们要脱离等等社会律的桎梏，来享受那乐行忧违的潜龙生活；谁知道一上船，那人造人间所存的受、想、行、识，都跟着我们入了这自然的海洋！这些东西，比我们的行李还多，把这一万二千吨的小船压得两边摇荡。同行的人也知道船载得过重，要想一个好方法，教它的负担减轻一点；但谁能有出众的慧思呢？想来想去，只有吐些出来，此外更无何等妙计。

这方法虽是很平常，然而船却轻省得多了。这船原是要到新世界去的哟，可是新世界未必就是自然的人间。在水程中，虽然把衣服脱掉了，跳入海里去学大鱼的游泳，也未必是自然。要是闭眼闷坐着，还可以有一点勉强的自在。

船离陆地远了，一切远山疏树尽化行云。割不断的轻烟，缕缕丝丝从烟筒里舒放出来，慢慢地往后延展。故国里，想是有人把这烟揪住罢。不然就是我们之中有些人的离情凝结了，乘着轻烟家去。

呀！他的魂也随着轻烟飞去了！轻烟载不起他，把他摔下来。堕落的人连浪花也要欺负他，将那如弹的水珠一颗颗射在他身上。他几度随着波涛浮沉，气力有点不足，眼看要沉没了，幸而得文鳐的哀怜，展开了帆鳍搭救他。

文鳐说："你这人太笨了，热火燃尽的冷灰，岂能载得你这焰红的情怀？我知道你们船中定有许多多情的人儿，动了乡思。我们一队队跟船走又飞又泳，指望能为你们服劳，不料你们反拍着掌笑我们，驱逐我们。"

他说："你的话我们怎能懂得呢？人造的人间的人，只能懂得人造的语言罢了。"

文鳐摇着他口边那两根短须，装作很老成的样子，说："是谁给你分别的，什么叫人造人间，什么叫自然人间？只有你心里妄生差别便了。我们只有海世间和陆世间的分别，陆世间想你是经历惯的；至于海世间，你只能从想象中理会一点。你们想海里也有女神，五官六感都和你们一样，戴的什么珊瑚、珠贝，披的什么鲛纱、昆布。其实这些东西，在我们这里并非希奇难得的宝贝。而且一说人的形态便不是神了。我们没有什么神，只有这蔚蓝的盐水是我们生命的根源。可是我们生命所从出的水，于你们反有害处。海水能夺去你们的生命。若说海里有神，你应当崇拜水，毋需再造其他的偶像。"

他听得呆了，双手扶着文鳐的帆鳍，请求他领他到海世间去。文鳐笑了，说："我明说水中你是生活不得的，你不怕丢了你的生命么？"

他说："下去一分时间，想是无妨的。我常想着海神的清洁、温柔、娴雅等等美德；又想着海底的花园有许多我不曾见过的生物和景色，恨不得有人领我下去一游。"

文鳐说："没有什么，没有什么，不过是咸而冷的水罢了；海的美丽就是这么简单——冷而咸。你一眼就可以望见了。何必我领你呢？凡美丽的事物，都是这么简单的。你要求它多么繁复、热烈，那就不对了。海世间的生活，你是受不惯的，不如送你回船上去罢。"

那鱼一振鳍，早离了波阜，飞到舷边。他还舍不得回到这真是人造的陆世界来，眼巴巴只怅望着天涯，不信海就是方才所听情况。从他想象里，试要构造些海底世界的光景。他的海中景物真个实现在他梦想中了。

海角的孤星

　　一走近舷边看浪花怒放的时候，便想起我有一个朋友曾从这样的花丛中隐藏他的形骸。这个印象，就是到世界的末日，我也忘不掉。

　　这桩事情离现在已经十年了。然而他在我的记忆里却不像那么久远。他是和我一同出海的。新婚的妻子和他同行，他很穷，自己买不起头等舱位。但因新人不惯行旅的缘故，他乐意把平生的蓄积尽量地倾泻出来，为他妻子定了一间头等舱。他在那头等船票的佣人格上填了自己的名字，为的要省些资财。

　　他在船上哪里像个新郎，简直是妻的奴隶！旁人的议论，他总是不理会的。他没有什么朋友，也不愿意在船上认识什么朋友，因为他觉得同舟中只有一个人配和他说话。这冷僻的情形，凡是带着妻子出门的人都是如此，何况他是个新婚者？

　　船向着赤道走，他们的热爱，也随着增长了。东方人的念爱本带着几分爆发性，纵然遇着冷气，也不容易收缩。他们要去的地方是槟榔屿附近一个新辟的小埠。下了海船，改乘小舟进去，小河边满是椰子、棕枣和树胶林。轻舟载着一对新人在这神秘的绿阴底下经过，赤道下的阳光又送了他们许多热情、热觉、热血汗。他们更觉得身外无人。

　　他对新娘说："这样深茂的林中，正合我们幸运的居处。我愿意和你永远住在这里。"

　　新娘说："这绿得不见天日的林中，只作浪人的坟墓罢了……"

他赶快截住说:"你老是要说不吉利的话!然而在新婚期间,所有不吉利的语言都要变成吉利的。你没念过书,哪里知道这林中的树木所代表的意思。书里说'椰子是得子息的徽识树',因为椰子就是'迓子'。棕枣是表明爱与和平。树胶要把我们的身体黏得非常牢固,至于分不开。你看我们在这林中,好像双星悬在鸿濛的穹苍下一般。双星有时被雷电吓得躲藏起来,而我们常要闻见许多歌禽的妙音和无量野花的香味。算来我们比双星还快活多了。"

新娘笑说:"你们念书人的能干只会在女人面前搬唇弄舌罢。好听极了!听你的话语,也可以不用那发妙音的鸟儿了。有了别的声音,倒嫌噪杂咧!……可是,我的人哪,设使我一旦死掉,你要怎办呢?"

这一问,真个是平地起雷咧!但不晓得新婚的人何以常要发出这样的问?不错的,死的恐怖,本是和快乐的愿望一齐来的呀。他的眉不由得不皱起来了,酸楚的心却拥出一副笑脸说:"那么,我也可以做个孤星。"

"咦,恐怕孤不了罢。"

"那么,我随着你去,如何?"他不忍看着他的新娘,掉头出去向着流水,两行热泪滴下来,正和船头激成的水珠结合起来。新娘见他如此,自然要后悔,但也不能对她丈夫忏悔,因为这种悲哀的霉菌,众生都曾由母亲的胎里传染下来,谁也没法医治的。她只能说:"得啦,又伤心什么?你不是说我们在这时间里,凡有不吉利的话语,都是吉利的么?你何不当作一种吉利话听?"她笑着,举起丈夫的手,用他的袖口,帮助他擦眼泪。

他急得把妻子的手捽开说:"我自己会擦。我的悲哀不是你所能擦,更不是你用我的手所能灭掉的,你容我哭一会罢。我自己知道很穷,将要养不起你,所以你……"

妻子忙杀了,急掩着他的口说:"你又来了。谁有这样的心思?你要哭,哭你的,不许再往下说了。"

这对相对无言的新夫妇,在沉默中,随着流水湾行,一直驶入林荫深处。自然他们此后定要享受些安泰的生活。然而在那邮件难通的林中,我们何从知道他们的光景?

三年的工夫,一点消息也没有!我以为他们已在林中做了人外的人,也就渐渐把他们忘了。这时,我的旅期已到,买舟从槟榔屿回来。在二等舱上,我遇见一位很熟的旅客。我左右思量,总想不起他的名姓,幸而他还认识我,他一见我便叫我说："落君，我又和你同船回国了！你还记得我吗？我想我病得这样难看，你决不能想起我是谁。"他说我想不起，我倒想起来了。

我很惊讶，因为他实在是病得很利害了。我看见他妻子不在身边，只有一个咿哑学舌的小婴孩躺在床上。不用问，也可断定那是他的子息。

他倒把别来的情形给我说了。他说："自从我们到那里，她就病起来。第二年，她生下这个女孩，就病得更厉害了。唉，幸运只许你空想的！你看她没有和我一同回来，就知道我现在确是成为孤星了。"

我看他憔悴的病容。委实不敢往下动问，但他好像很有精神，愿意把一切的情节都说给我听似的。他说话时，小孩子老不容他畅快地说。没有母亲的孩子，格外爱哭，他又不得不抚慰她。因此，我也不愿意扰他，只说："另日你精神清爽的时候，我再来和你谈罢。"我说完，就走出来。

那晚上，经过马来海峡，船震荡得很。满船的人，多犯了"海病"。第二天，浪平了。我见管舱的侍者，手忙脚乱地拿着一个麻袋，往他的舱里进去。一问，才知道他已经死了，侍者把他的尸洗净，用细台布裹好，拿了些废铁，几块煤炭，一同放入袋里，缝起来。他的小女儿还不知这是怎么一回事，只咿哑地说了一两句不相干的话。她会叫"爸爸"、"我要你抱"、"我要那个"等等简单的话。在这时，人们也没工夫理会她、调戏她了，她只独自说自己的。

黄昏一到，他的丧礼，也要预备举行了。侍者把麻袋拿到船后的舷边。烧了些楮钱，口中不晓得念了些什么，念完就把麻袋推入水里。那时船的推进机停了一会，隆隆之声一时也静默了。船中知道这事的人都远远站着看，虽和他没有什么情谊，然而在那时候却不免起敬的。这不是从友谊来的恭敬，本是非常难得，他竟然承受了！

他的海葬礼行过以后，就有许多人谈到他生平的历史和境遇。我也钻入队里去听人家怎样说他。有些人说他妻子怎样好，怎样可爱。他的病完全是因为他妻子的死，积哀所致底。照他的话，他妻子葬在万绿丛中，他却葬在不可测量的碧晶岩里了。

旁边有个印度人，捻着他那一大缕红胡子，笑着说："女人就是悲哀的萌蘖，谁叫他如此？我们要避掉悲哀，非先避掉女人的纠缠不可。我们常要把小女儿献给（歹壳）迦河神，一来可以得着神惠，二来省得她长大了，又成为一个使人悲哀的恶魔。"

我摇头说："这只有你们印度人办得到罢了。我们可不愿意这样办。诚然，女人是悲哀的萌蘖，可是我们宁愿悲哀和她同来，也不能不要她。我们宁愿她嫁了才死，虽然使她丈夫悲哀至于死亡，也是好的。要知道丧妻的悲哀是极神圣的悲哀。"

日落了，蔚蓝的天多半被淡薄的晚云涂成灰白色。在云缝中，隐约露出一两颗星星。金星从东边的海涯升起来，由薄云里射出它的光辉。小女孩还和平时一样，不懂得什么是可悲的事。她只顾抱住一个客人的腿，绵软的小手指着空外的金星，说："星！我要那个！"她那副嬉笑的面庞，迥不像个孤儿。

枯杨生花

秒，分，年月，
是用机械算的时间。
白头，绉皮，
是时间栽培的肉身。
谁曾见过心生白发？
起了皱纹？
心花无时不开放，
虽寄在愁病身、老死身中，
也不减他的辉光。
那么，谁说枯杨生花不久长？
"身不过是粪土"，
是栽培心花的粪土。
污秽的土能养美丽的花朵，
所以老死的身能结长寿的心果。

在这渔村里，人人都是惯于海上生活的。就是女人们有时也能和她们的男子出海打鱼，一同在那漂荡的浮屋过日子。但住在村里，还有许多愿意和她们的男子过这样危险生活也不能的女子们。因为她们的男子都是去国的旅客，许久许久才随着海燕一度归来，不到几个月又转回去了。可羡燕子的归来都是成双的；而背离乡井的旅人，除了他们的行李以外，往往还还，终是非常孤零。

　　小港里，榕荫深处，那家姓金的，住着一个老婆子云姑和她的媳妇。她的儿子是个远道的旅人，已经许久没有消息了。年月不歇地奔流，使云姑和她媳妇的身心满了烦闷、苦恼，好像溪边的岩石，一方面被这时间的水冲刷了她们外表的光辉，一方面又从上流带了许多垢秽来停滞在她们身边。这两位忧郁的女人，为她们的男子不晓得费了许多无用的希望和探求。

　　这村，人烟不甚稠密，生活也很相同，所以测验命运的瞎先生很不轻易来到。老婆子一听见"报君知"的声音，没一次不赶快出来候着，要问行人的气运。她心里的想念比媳妇还切。这缘故，除非自己说出来，外人是难以知道的。每次来，都是这位瞎先生；每回的卦，都是平安、吉利。所短的只是时运来到。

　　那天，瞎先生又敲着他的报君知来了。老婆子早在门前等候。瞎先生是惯在这家测算的，一到，便问："云姑，今天还问行人么？"

　　"他一天不回来，终是要烦你的。不过我很思疑你的占法有点不灵验。这么些年，你总是说我们能够会面，可是现在连书信的影儿也没有了。你最好就是把小钲给了我，去干别的营生罢。你这不灵验的先生！"

　　瞎先生陪笑说："哈哈，云姑又和我闹玩笑了。你儿子的时运就是这样——好的要等着；坏的……"

　　"坏的怎样？"

　　"坏的立刻验。你的卦既是好的，就得等着。纵然把我的小钲摔破了也不能教他的好运早进一步的。我告诉你，若要相见，倒用不着什么时运，只要你肯去找他就可以，你不是去过好几次了么。"

　　"若去找他，自然能够相见，何用你说？啐！"

　　"因为你心急，所以我又提醒你，我想你还是走一趟好。今天你也不要我算了。你到那里，若见不着他，回来再把我的小钲取去也不迟。那时我也要承认我的占法不灵，不配干这营生了。"

　　瞎先生这一番话虽然带着搭讪的意味，可把云姑远行寻子的念头提醒了。她说："好罢，过两个月再没有消息，我一定要去走一遭。你且候着，若再找不着他，提防我摔碎你的小钲。"

　　瞎先生连声说："不至于，不至于。"扶起他的竹杖，顺着池边走。报君知的声音渐渐地响到榕荫不到的地方。

一个月，一个月，又很快地过去了。云姑见他老没消息，径同着媳妇从乡间来。路上的风波，不用说，是受够了。老婆子从前是来过三两次的，所以很明白往儿子家里要望那方前进。前度曾来的门墙依然映入云姑的瞳子。她觉得今番的颜色比前辉煌得多。眼中的瞳子好像对她说："你看儿子发财了！"

她早就疑心儿子发了财，不顾母亲，一触这鲜艳的光景，就带着呵责对媳妇说："你每用话替他粉饰，现在可给你亲眼看见了。"她见大门虚掩，顺手推开，也不打听，就望里迈步。

媳妇说："这怕是别人的住家，娘敢是走错了。"

她索性拉着媳妇的手，回答说："哪会走错？我是来过好几次的。"媳妇才不做声，随着她走进去。

嫣媚的花草各立定在门内的小园，向着这两个村婆装腔、作势。路边两行千心妓女从大门达到堂前，翦得齐齐地。媳妇从不曾见过这生命的扶槛，一面走着，一面用手在上头捋来捋去。云姑说："小奴才，很会享福呀！怎么从前一片瓦砾场，今儿能长出这般烂漫的花草？你看这奴才又为他自己化了多少钱。他总不想他娘的田产，都是为他念书用完的。念了十几二十年书，还不会剩钱；刚会剩钱，又想自己花了。哼！"

说话间，已到了堂前。正中那幅拟南田的花卉仍然挂在壁上。媳妇认得那是家里带来的，越发安心坐定。云姑只管望里面探望，望来望去，总不见儿子的影儿。她急得嚷道："谁在里头？我来了大半天，怎么没有半个人影儿出来接应？"这声浪拥出一个小厮来。

"你们要找谁？"

老妇人很气地说："我要找谁！难道我来了，你还装做不认识么？快请你主人出来。"

小厮看见老婆子生气，很不好惹，遂恭恭敬敬地说："老太太敢是大人的亲眷？"

"什么大人？在他娘面前也要排这样的臭架。"这小厮很诧异，因为他主人的母亲就住在楼上，哪里又来了这位母亲。他说："老太太莫不是我家萧大人的……"

"什么萧大人？我儿子是金大人。"

"也许是老太太走错门了。我家主人并不姓金。"

她和小厮一句来，一句去，说的怎么是，怎么不是——闹了一阵还分辨不清。闹得里面又跑出一个人来。这个人却认得她，一见便说："老太太好呀！"她见是儿子成仁的厨子，就对他说："老宋你还在这里。你听那可恶的小厮硬说他家主人不姓金，难道我的儿子改了姓不成？"

厨子说："老太太哪里知道？少爷自去年年头就不在这里住了。这里的东西都是他卖给人的。我也许久不吃他的饭了。现在这家是姓萧的。"

成仁在这里原有一条谋生的道路，不提防年来光景变迁，弄得他朝暖不保夕寒，有时两三天才见得一点炊烟从屋角冒上来。这样生活既然活不下去，又不好坦白地告诉家人。他只得把房子交回东主，一切家私能变卖的也都变卖了。云姑当时听见厨子所说，便问他现在的住址。厨子说："一年多没见金少爷了，我实在不知道他现在在哪里。我记得他对我说过要到别的地方去。"

厨子送了她们二人出来，还给她们指点道途。走不远，她们也就没有主意了。媳妇含泪低声地自问："我们现在要往哪里去？"但神经过敏的老婆子以为媳妇奚落她，便使气说："往去处去！"媳妇不敢再做声，只默默地扶着她走。

这两个村婆从这条街走到那条街，亲人既找不着，道途又不熟悉，各人提着一个小包袱，在街上只是来往地踱。老人家走到极疲乏的时候，才对媳妇说道："我们先找一家客店住下罢。可是……店在哪里，我也不熟悉。"

"那怎么办呢？"

她们俩站在街心商量，可巧一辆摩托车从前面慢慢地驶来。因着警号的声音，使她们靠里走，且注意那坐在车上的人物。云姑不看则已，一看便呆了大半天。媳妇也是如此，可惜那车不等她们嚷出来，已直驶过去了。

"方才在车上的，岂不是你的丈夫成仁？怎么你这样呆头呆脑，也不会叫他的车停一会？"

"呀，我实在看呆了！……但我怎好意思在街上随便叫人？"

"哼！你不叫，看你今晚上往哪里住去。"

自从那摩托车过去以后，她们心里各自怀着一个意思。做母亲的想她的儿子在此地享福，不顾她，教人瞒着她说他穷。做媳妇的以为丈夫是另娶城市的美妇人，不要她那样的村婆了，所以她暗地也埋怨自己的命运。

前后无尽的道路，真不是容人想念或埋怨的地方呀。她们俩，无论如何，总得找个住宿的所在；眼看太阳快要平西，若还犹豫，便要露宿了。在她们心绪紊乱中，一个巡捕弄着手里的大黑棍子，撮起嘴唇，优悠地吹着些很鄙俗的歌调走过。他看见这两个妇人，形迹异常，就向前盘问。巡捕知道她们是要找客店的旅人，就遥指着远处一所栈房说："那间就是客店。"她们也不能再走，只得听人指点。

她们以为大城里的道路也和村庄一样简单，人人每天都是走着一样的路程。所以第二天早晨，老婆子顾不得梳洗，便跑到昨天她们与摩托车相遇的街上。她又不大认得道，好容易才给她找着了。站了大半天，虽有许多摩托车从她面前经过，然而她心意中的儿子老不在各辆车上坐着。她站了一会，再等一会，巡捕当然又要上来盘问。她指手画脚，尽力形容，大半天巡捕还不明白她说的是什么意思。巡捕只好教她走；劝她不要在人马扰攘的街心站着。她沉吟了半晌，才一步一步地踱回店里。

媳妇挨在门框旁边也盼望许久了。她热望着婆婆给她好消息来，故也不歇地望着街心。从早晨到晌午，总没离开大门，等她看见云姑还是独自回来，她的双眼早就嵌上一层玻璃罩子。这样的失望并不希奇，我们在每日生活中有时也是如此。

云姑进门，坐下，喘了几分钟，也不说话，只是摇头。许久才说："无论如何，我总得把他找着。可恨的是人一发达就把家忘了，我非得把他找来清算不可。"媳妇虽是伤心，还得挣扎着安慰别人。她说："我们至终要找着他。但每日在街上候着，也不是个办法，不如雇人到处打听去更妥当。"婆婆动怒了，说："你有钱，你雇人打听去。"静了一会，婆婆又说："反正那条路我是认得的，明天我还得到那里候着。前天我们是黄昏时节遇着他的，若是晚半天去，就能遇得着。"媳妇说："不如我去。我健壮一点，可以多站一会。"婆婆摇头回答："不成，不成。这里人心极坏，年轻的妇女少出去一些为是。"媳妇很失望，低声自说："那天呵责我不拦车叫人，现在又不许人去。"云姑翻起脸来说："又和你娘拌嘴了。这是什么时候？"媳妇不敢再做声了。

当下她们说了些找寻的方法。但云姑是非常固执的，她非得自己每天站在路旁等候不可。

　　老妇人天天在路边候着，总不见从前那辆摩托车经过。倏忽的光阴已过了一个月有余，看来在店里住着是支持不住了。她想先回到村里，往后再作计较。媳妇又不大愿意快走，争奈婆婆的性子，做什么事都如箭在弦上，发出的多，挽回的少；她的话虽在喉头，也得从容地再吞下去。

　　她们下船了。舷边一间小舱就是她们的住处。船开不久，浪花已顺着风势频频地打击圆窗。船身又来回簸荡，把她们都荡晕了。第二晚，在眠梦中，忽然"花拉"一声，船面随着起一阵恐怖的呼号。媳妇忙挣扎起来，开门一看，已见客人拥挤着，窜来窜去，好像老鼠入了吊笼一样。媳妇忙退回舱里，摇醒婆婆说："阿娘，快出去罢！"老婆子忙爬起来，紧拉着媳妇望外就跑。但船上的人你挤我，我挤你；船板又湿又滑；恶风怒涛又不稍减；所以搭客因摔倒而滚入海的很多。她们二人出来时，也摔了一跤；婆婆一撒手，媳妇不晓得又被人挤到什么地方去了。云姑被一个青年人扶起来，就紧揪住一条桅索，再也不敢动一动。她在那里只高声呼唤媳妇，但在那时，不要说千呼万唤，就是雷音狮吼也不中用。

　　天明了，可幸船还没沉，只搁在一块大礁石上，后半截完全泡在水里。在船上一部分人因为慌张拥挤的缘故，反比船身沉没得快。云姑走来走去，怎也找不着她媳妇。其实夜间不晓得丢了多少人，正不止她媳妇一个。她哭得死去活来，也没人来劝慰。那时节谁也有悲伤，哀哭并非希奇难遇的事。

　　船搁在礁石上好几天，风浪也渐渐平复了。船上死剩的人都引领盼顾，希望有船只经过，好救度他们。希望有时也可以实现的，看天涯一缕黑烟越来越近，云姑也忘了她的悲哀，随着众人呐喊起来。

　　云姑随众人上了那只船以后，她又想念起媳妇来了。无知的人在平安时的回忆总是这样。她知道这船是向着来处走，并不是往去处去的，于是她的心绪更乱。前几天因为到无可奈何的时候才离开那城，现在又要折回去，她一想起来，更不能制止泪珠的乱坠。

　　现在船中只有她是悲哀的。客人中，很有几个走来安慰她，其中一位朱老先生更是殷勤。他问了云姑一席话，很怜悯她，教她上岸后就在自己家里歇息，慢慢地寻找她的儿子。

　　慈善事业只合淡泊的老人家来办的，年少的人办这事，多是为自己的愉快，或是为人间的名誉恭敬。朱老先生很诚恳地带着老婆子回到家中，见了妻子，把情由说了一番。妻子也很仁惠，忙给她安排屋子，凡生活上一切的供养都为她预备了。

朱老先生用尽方法替她找儿子，总是没有消息。云姑觉得住在别人家里有点不好意思。但现在她又回去不成了。一个老妇人，怎样营独立的生活！从前还有一个媳妇将养她，现在媳妇也没有了。晚景朦胧，的确可怕、可伤。她青年时又很要强、很独断，不肯依赖人，可是现在老了。两位老主人也乐得她住在家里，故多用方法使她不想。

人生总有多少难言之隐，而老年的人更甚。她虽不惯居住城市，而心常在城市。她想到城市来见见她儿子的面是她生活中最要紧的事体。这缘故，不说她媳妇不知道，连她儿子也不知道。她隐秘这事，似乎比什么事都严密。流离的人既不能满足外面的生活，而内心的隐情又时时如毒蛇围绕着她。老人的心还和青年人一样，不是离死境不远的。她被思维的毒蛇咬伤了。

朱老先生对于道旁人都是一样爱惜，自然给她张罗医药，但世间还没有药能够医治想病。他没有法子，只求云姑把心事说出，或者能得一点医治的把握。女人有话总不轻易说出来的。她知道说出来未必有益，至终不肯吐露丝毫。

一天，一天，很容易过，急他人之急的朱老先生也急得一天厉害过一天。还是朱老太太聪明，把老先生提醒了说："你不是说她从沧海来的呢？四妹夫也是沧海姓金的，也许他们是同族，怎不向他打听一下？"

老先生说："据你四妹夫说沧海全村都是姓金的，而且出门的很多，未必他们就是近亲；若是远族，那又有什么用处？我也曾问过她认识思敬不认识，她说村里并没有这个人。思敬在此地四十多年，总没回去过；在理，他也未必认识她。"

老太太说："女人要记男子的名字是很难的。在村里叫的都是什么'牛哥'、'猪郎'，一出来，把名字改了，叫人怎能认得？女人的名字在男子心中总好记一点，若是沧海不大，四妹夫不能不认识她。看她现在也六十多岁了；在四妹夫来时，她至少也在二十五六岁左右。你说是不是？不如你试到他那里打听一下。"

他们商量妥当，要到思敬那里去打听这老妇人的来历。思敬与朱老先生虽是连襟，却很少往来。因为朱老太太的四妹很早死，只留下一个儿子砺生。

亲戚家中既没有女人，除年节的遗赠以外，是不常往来的。思敬的心情很坦荡，有时也诙谐，自妻死后，便将事业交给那年轻的儿子，自己在市外盖了一所别庄，名做沧海小浪仙馆，在那里已经住过十四五年了。白手起家的人，像他这样知足，会享清福的很少。

小浪仙馆是藏在万竹参差里。一湾流水围绕林外，俨然是个小洲，需过小桥方能达到馆里。朱老先生顺着小桥过去。小林中养着三四只鹿，看见人在道上走，都抢着跑来。深秋的昆虫，在竹林里也不少，所以这小浪仙馆都满了虫声、鹿迹。朱老先生不常来，一见这所好园林，就和拜见了主人一样。在那里盘桓了多时。

思敬的别庄并非金碧辉煌的高楼大厦，只是几间覆茅的小屋。屋里也没有什么希世的珍宝，只是几架破书，几卷残画。老先生进来时，精神怡悦的思敬已笑着出来迎接。

"襟兄少会呀！你在城市总不轻易到来，今日是什么兴头使你老人家光临？"

朱老先生说："自然，'没事就不登三宝殿'，我来特要向你打听一件事。但是你在这里很久没回去，不一定就能知道。"

思敬问："是我家乡的事么？"

"是，我总没告诉你我这夏天从香港回来，我们的船在水程上救济了几十个人。"

"我已知道了，因为砺生告诉我。我还教他到府上请安去。"

老先生诧异说："但是砺生不曾到我那里。"

"他一向就没去请安么？这孩子越学越不懂事了！"

"不，他是很忙的，不要怪他。我要给你说一件事：我在船上带了一个老婆子。……"

诙谐的思敬狂笑，拦着说："想不到你老人家的心总不会老！"

老先生也笑了说："你还没听我说完哪。这老婆子已六十多岁了，她是为找儿子来的。不幸找不着，带着媳妇要回去。风浪把船打破，连她的媳妇也打丢了。我见她很零丁，就带她回家里暂住。她自己说是从沧海来的。这几个月中，我们夫妇为她很担心，想她自己一个人再去又没依靠的人；在这里，又找不着儿子，自己也急出病来了。问她的家世，她总说得含含糊糊，所以特地来请教。"

"我又不是沧海的乡正，不一定就能认识她。但六十左右的人，多少我还认识几个。她叫什么名字？"

"她叫做云姑。"

思敬注意起来了。他问："是嫁给日腾的云姑么？我认得一位日腾嫂小名叫云姑，但她不致有个儿子到这里来，使我不知道。"

"她一向就没说起她是日腾嫂，但她儿子名叫成仁，是她亲自对我说的。"

"是呀，日腾嫂的儿子叫阿仁是不错的。这，我得去见见她才能知道。"

这回思敬倒比朱老先生忙起来了。谈不到十分钟，他便催着老先生一同进城去。

一到门，朱老先生对他说："你且在书房候着，待我先进去告诉她。"他跑进去，老太太正陪着云姑在床沿坐着。老先生对她说："你的妹夫来了。这是很凑巧的，他说认识她。"他又向云姑说："你说不认得思敬，思敬倒认得你呢。他已经来了，待一回，就要进来看你。"

老婆子始终还是说不认识思敬。等他进来，问她："你可是日腾嫂？"她才惊讶起来，怔怔地望着这位灰白眉发的老人，半晌才问："你是不是日辉叔？"

"可不是！"老人家的白眉望上动了几下。

云姑的精神这回好像比没病时还健壮。她坐起来，两只眼睛凝望着老人，摇摇头叹说："呀，老了！"

思敬笑说："老么？我还想活三十年哪。没想到此生还能在这里见你！"

云姑的老泪流下来，说："谁想得到？你出门后总没有信。若是我知道你在这里，仁儿就不致于丢了。"

朱老先生夫妇们眼对眼在那里猜哑谜，正不晓得他们是怎么一回事。思敬坐下，对他们说："想你们二位要很诧异我们的事。我们都是亲戚，年纪都不小了，少年时事，说说也无妨。云姑是我一生最喜欢、最敬重的。她的丈夫是我同族的哥哥，可是她比我少五岁。她嫁后不过一年，就守了寡——守着一个遗腹子。我于她未嫁时就认得她的，我们常在一处。自她嫁后，我也常到她家里。"

"我们住的地方只隔一条小巷，我出入总要由她门口经过。自她寡后，心性变得很浮躁，喜怒又无常，我就不常去了。"

"世间凑巧的事很多！阿仁长了五六岁，偏是很像我。"

朱老先生截住说："那么，她说在此地见过成仁，在摩托车上的定是砺生了。"

"你见过砺生么？砺生不认识你，见着也未必理会。"他向着云姑说了这话，又转过来对着老先生，"我且说村里的人很没知识，又很爱说人闲话；我又是弱房的孤儿，族中人总想找机会来欺负我。因为阿仁，几个坏子弟常来勒索我，一不依，就要我见官去，说我'盗嫂'，破寡妇的贞节。我为两方的安全，带了些少金钱，就跑到这里来。其实我并不是个商人，赶巧又能在这里成家立业。但我终不敢回去，恐怕人家又来欺负我。"

"好了，你既然来到，也可以不用回去。我先给你预备住处，再想法子找成仁。"

思敬并不多谈什么话，只让云姑歇下，同着朱老先生出外厅去了。

当下思敬要把云姑接到别庄里，朱老先生因为他们是同族的嫂叔，当然不敢强留。云姑虽很喜欢，可躺病在床，一时不能移动，只得暂时留在朱家。

在床上的老病人，忽然给她见着少年时所恋、心中常想而不能说的爱人，已是无上的药饵足能治好她。此刻她的眉也不绉了。旁边人总不知她心里有多少愉快，只能从她面部的变动测验一点。

她躺着翻开她心史最有趣的一页。

记得她丈夫死时，她不过是二十岁，虽有了孩子，也是难以守得住，何况她心里又另有所恋。日日和所恋的人相见，实在教她忍不得去过那孤寡的生活。

邻村的天后宫，每年都要演酬神戏。村人借着这机会可以消消闲，所以一演剧时，全村和附近的男女都来聚在台下，从日中看到第二天早晨。那夜的戏目是《杀子报》，云姑也在台下坐着看。不到夜半半，她已看不入眼，至终给心中的烦闷催她回去。

回到家里，小婴儿还是静静地睡着；屋里很热，她就依习惯端一张小凳子到偏门外去乘凉。这时巷中一个人也没有。近处只有印在小池中的月影伴着她。远地的锣鼓声、人声，又时时送来搅扰她的心怀。她在那里，对着小池暗哭。

巷口，脚步的回声令她转过头来视望。一个人吸着旱烟筒从那边走来。她认得是日辉，心里顿然安慰。日辉那时是个斯文的学生，所住的是在村尾，这巷是他往来必经之路。他走近前，看见云姑独自一人在那里，从月下映出她双颊上几行泪光。寡妇的哭本来就很难劝。他把旱烟吸得嗅嗅有声，站住说："还不睡去，又伤心什么？"

她也不回答，一手就把日辉的手揸住。没经验的日辉这时手忙脚乱，不晓得要怎样才好。许久，他才说："你把我揸住，就能使你不哭么？"

"今晚上，我可不让你回去了。"

日辉心里非常害怕，血脉动得比常时快，烟筒也揸得不牢，落在地上。他很郑重地对云姑说："谅是今晚上的戏使你苦恼起来。我不是不依你，不过这村里只有我一个是'读书人'，若有三分不是，人家总要加上七分谴谪。你我的名分已是被定到这步田地，族人对你又怀着很大的希望，我心里即如火焚烧着，也不能用你这点清凉水来解救。你知道若是有父母替我做主，你早是我的人，我们就不用各受各的苦了。不用心急，我总得想方法安慰你。我不是怕破坏你的贞节，也不怕人家骂我乱伦，因为我们从少时就在一处长大的，我们的心肠比那些还要紧。我怕的是你那儿子还小，若是什么风波，岂不白害了他？不如再等几年，我有多少长进的时候，再……"

屋里的小孩子醒了，云姑不得不松了手，跑进去招呼他。日辉乘隙走了。妇人出来，看不见日辉，正在怅望，忽然有人拦腰抱住她。她一看，却是本村的坏子弟臭狗。

"臭狗，为什么把人抱住？"

"你们的话，我都听见了。你已经留了他，何妨再留我？"

妇人急起来，要嚷。臭狗说："你一嚷，我就去把日辉揪来对质，一同上祠堂去；又告诉禀保，不保他赴府考，叫他秀才也做不成。"他嘴里说，一只手在女人头面身上自由摩挲，好像乩在沙盘上乱动一般。

妇人嚷不得，只能用最后的手段，用极甜软的话向着他："你要，总得人家愿意；人家若不愿意，就许你抱到明天，那有什么用处？你放我下来，等我进去把孩子挪过一边……"

性急的臭狗还不等她说完，就把她放下来。一副谄媚如小鬼的脸向着妇人说："这回可愿意了。"妇人送他一次媚视，转身把门急掩起来。臭狗见她要逃脱，赶紧插一只脚进门限里。这偏门是独扇的，妇人手快，已把他的脚夹住，又用全身的力量顶着。外头，臭狗求饶的声，叫不绝口。

"臭狗，臭狗，谁是你占便宜的，臭蛤蟆。臭蛤蟆要吃肉也得想想自己没翅膀！何况你这臭狗，还要跟着凤凰飞，有本领，你就进来罢。不要脸！你这臭鬼，真臭得比死狗还臭。"

外头直告饶，里边直詈骂，直堵。妇人力尽的时候才把他放了。那夜的好教训是她应受的。此后她总不敢于夜中在门外乘凉了。臭狗吃不着"天鹅"，只是要找机会复仇。

过几年，成仁已四五岁了。他长得实在像日辉，村中多事的人——无疑臭狗也在内——硬说他的来历不明。日辉本是很顾体面的，他禁不起千口同声硬把事情搁在他身，使他清白的名字被涂得漆黑。

那晚上，雷雨交集。妇人怕雷，早把窗门关得很严，同那孩子伏在床上。子刻已过，当巷的小方窗忽然霍霍地响。妇人害怕不敢问。后来外头叫了一声"腾嫂"，她认得这又斯文又惊惶的声音，才把窗门开了。

"原来是你呀！我以为是谁。且等一会，我把灯点好，给你开门。"

"不，夜深了，我不进去。你也不要点灯了，我就站在这里给你说几句话罢。我明天一早就要走了。"这时电光一闪，妇人看见日辉脸上、身上满都湿了。她还没工夫辨别那是雨、是泪，日辉又接着往下说："因为你，我不能再在这村里住，反正我的前程是无望的了。"

妇人默默地望着他，他从袖里掏出一卷地契出来，由小窗送进去。说："嫂子，这是我现在所能给你的。我将契写成卖给成仁的字样，也给县里的房吏说好了。你可以收下，将来给成仁做书金。"

他将契交给妇人，便要把手缩回。妇人不顾接契，忙把他的手揸住。契落在地上，妇人好像不理会，双手捧着日辉的手往复地摩挲，也不言语。

"你忘了我站在深夜的雨中么？该放我回去啦，待一回有人来，又不好了。"

妇人仍是不放，停了许久，才说："方才我想问你什么来，可又忘了。……不错，你还没告诉我你要到哪里去咧。"

"我实在不能告诉你，因为我要先到厦门去打听一下再定规。我从前想去的是长崎，或是上海，现在我又想向南洋去，所以去处还没一定。"

妇人很伤悲地说："我现在把你的手一撒，就像把风筝的线放了一般，不知此后要到什么地方找你去。"

她把手撒了，男子仍是呆呆地站着。他又像要说话的样子，妇人也默默地望着。雨水欺负着外头的行人；闪电专要吓里头的寡妇，可是他们都不介意。在黑暗里，妇人只听得一声："成仁大了，务必叫他到书房去。好好地栽培他，将来给你请封诰。"

他没容妇人回答什么，担着破伞走了。

这一别四十多年，一点音信也没有。女人的心现在如失宝重还，什么音信、消息、儿子、媳妇，都不能动她的心了。她的愉快足能使她不病。

思敬于云姑能起床时，就为她预备车辆，接她到别庄去。在那虫声高低，鹿迹零乱的竹林里，这对老人起首过他们曾希望过的生活。云姑呵责思敬说他总没音信，思敬说："我并非不愿，给你知道我离乡后的光景，不过那时，纵然给你知道了，也未必是你我两人的利益。我想你有成仁，别后已是闲话满嘴了；若是我回去，料想你必不轻易放我再出来。那时，若要进前，便是吃官司；要退后，那就不可设想了。"

"自娶妻后，就把你忘了。我并不是真忘了你，为常记念你只能增我的忧闷，不如权当你不在了。又因我已娶妻。所以越不敢回去见你。"

说话时，遥见他儿子砺生的摩托车停在林外。他说："你从前遇见的'成仁'来了。"

砺生进来，思敬命他叫云姑为母亲，又对云姑说："他不像你的成仁么？"

"是呀，像得很！怪不得我看错了。不过细看起来，成仁比他老得多。"

"那是自然的，成仁长他十岁有余咧。他现在不过三十四岁。"

现在一提起成仁，她的心又不安了。她两只眼睛望空不歇地转。思敬劝说，"反正我的儿子就是你的。成仁终归是要找着的，这事交给砺生办去，我们且宽怀过我们的老日子罢。"

和他们同在的朱老先生听了这话，在一边狂笑，说："'想不到你老人家的心还不会老！'现在是谁老了！"

思敬也笑说："我还是小叔呀。小叔和寡嫂同过日子也是应该的。难道还送她到老人院去不成？"

三个老人在那里卖老，砺生不好意思，借故说要给他们办筵席，乘着车进城去了。

壁上自鸣钟叮当响了几下，云姑像感得是沧海瞎先生敲着报君知来告诉她说："现在你可什么都找着了！这行人卦得赏双倍，我的小钲还可以保全哪。"

那晚上的筵席，当然不是平常的筵席。

人非人

离电话机不远的廊子底下坐着几个听差，有说有笑，但不晓得倒底是谈些什么。忽然电话机响起来了，其中一个急忙走过去摘下耳机，问："喂，这是社会局，您找谁？"

"唔，您是陈先生，局长还没来。"

"科长？也没来，还早呢。"

"……"

"请胡先生说话。是咯，请您候一候。"

听差放下耳机径自走进去，开了第二科的门，说："胡先生，电话，请到外头听去吧，屋里的话机坏了。"

屋里有三个科员，除了看报抽烟以外，个个都像没事情可办。靠近窗边坐着的那位胡先生出去以后，剩下的两位起首谈论起来。

"子清，你猜是谁来的电话？"

"没错，一定是那位。"他说时努嘴向着靠近窗边的另一个座位。

"我想也是她。只是可为这傻瓜才会被她利用，大概今天又要告假，请可为替她办桌上放着的那几宗案卷。"

"哼，可为这大头！"子清说着摇摇头，还看他的报。一会他忽跳起来说："老严，你瞧，定是为这事。"一面拿着报纸到前头的桌上，铺着大家看。

可为推门进来，两人都昂头瞧着他。严庄问："是不是陈情又要擂你大头？"

可为一对忠诚的眼望着他，微微地笑，说："这算什么大头小头！大家同事，彼此帮忙……"

严庄没等他说完，截着说："同事！你别侮辱了这两个字罢。她是缘着什么关系进来的？你晓得么？"

"老严，您老信一些闲话，别胡批评人。"

"我倒不胡批评人，你才是糊涂人哪，你想陈情真是属意于你？"

"我倒不敢想，不过是同事……"

"又是'同事'，'同事'，你说局长的候选姨太好不好？"

"老严，您这态度，我可不敢佩服，怎么信口便说些伤人格的话？"

"我说的是真话，社会局同人早就该鸣鼓而攻之，还留她在同人当中出丑。"

子清也像帮着严庄，说："老胡是着了迷，真是要变成老糊涂了。老严说的对不对，有报为证。"说着又递方才看的那张报纸给可为，指着其中一段说："你看！"

可为不再作声，拿着报纸坐下了。

看过一遍，便把报纸扔在一边，摇摇头说："谣言，我不信。大概又是记者访员们的影射行为。"

"嗤！"严庄和子清都笑出来了。

"好个忠实信徒！"严庄说。

可为皱一皱眉头，望着他们两个，待要用话来反驳，忽又低下头，撇一下嘴，声音又吞回去了。他把案卷解开，拿起笔来批改。

十二点到了，严庄和子清都下了班，严庄临出门，对可为说："有一个叶老太太请求送到老人院去，下午就请您去调查一下罢，事由和请求书都在这里。"他把文件放在可为桌上便出去了，可为到陈情的位上检检那些该发出的公文。他想反正下午她便销假了，只检些待发出去的文书替她签押，其余留着给她自己办。

他把公事办完，顺将身子望后一靠，双手交抱在胸前，眼望着从窗户射来的阳光，凝视着微尘纷乱地盲动。

他开始了他的玄想。

陈情这女子到底是个什么人呢？他心里没有一刻不悬念着这问题。他认得她的时间虽不很长，心里不一定是爱她，只觉得她很可以交往，性格也很奇怪，但至终不晓得她一离开公事房以后干的什么营生。有一晚上偶然看见一个艳妆女子，看来很像她，从他面前掠过，同一个男子进万国酒店去。他好奇地问酒店前的车夫，车夫告诉他那便是有名的"陈皮梅"。但她在公事房里不但粉没有擦，连雪花膏一类保护皮肤的香料都不用。穿的也不好，时兴的阴丹士林外国布也不用，只用本地织的粗棉布。那天晚上看见的只短了一副眼镜，她日常戴着带深紫色的克罗克斯，局长也常对别的女职员赞美她。但他信得过他们没有什么关系，像严庄所胡猜的。她哪里会做像给人做姨太太那样下流的事？不过，看早晨的报，说她前天晚上在板桥街的秘密窟被警察拿去，她立刻请出某局长去把她领出来。这样她或者也是一个不正当的女人。每常到肉市她家里，总见不着她。她到哪里去了呢？她家里没有什么人，只有一个老妈子，按理每月几十块薪水准可以够她用了。她何必出来干那非人的事？想来想去，想不出一个恰当的理由。

钟已敲一下了，他还叉着手坐在陈情的位上，双眼凝视着，心里想或者是这个原因罢，或者是那个原因罢？

他想她也是一个北伐进行中的革命女同志，虽然没有何等的资格和学识，却也当过好几个月战地委员会的什么秘书长一类的职务，现在这个职位，看来倒有些屈了她，月薪三十元，真不如其他办革命的同志们。她有一位同志，在共同秘密工作的时候，刚在大学一年级，幸而被捕下狱。坐了三年监，出来，北伐已经成功了。她便仗着三年间的铁牢生活，请党部移文给大学，说她有功党国，准予毕业。果然，不用上课，也不用考试，一张毕业文凭便到了手，另外还安置她一个肥缺。陈情呢？白做走狗了！几年来，出生入死，据她说，她亲自收掩过几次被枪决的同志。现在还有几个同志家属，是要仰给于她的。若然，三十元真是不够。然而，她为什么下去找别的事情做呢？也许严庄说得对。他说陈在外间，声名狼藉，若不是局长维持她，她给局长一点便宜，恐怕连这小小差事也要掉了。

这样没系统和没伦理的推想，足把可为的光阴消磨了一点多钟。他饿了，下午又有一件事情要出去调查，不由得伸伸懒腰，抽出一个抽屉，要拿浆糊把批条糊在卷上。无意中看见抽屉里放着一个巴黎拉色克香粉小红盒。那种香气，直如那晚上在万国酒店门前闻见的一样。她用这东西么？他自己问。把小盒子拿起来，打开，原来已经用完了。盒底有一行用铅笔写的小字，字迹已经模糊了，但从铅笔的浅痕，还可以约略看出是"北下洼八号"。唔，这是她常去的一个地方罢？每常到她家去找她，总找不着，有时下班以后自请送她回家时，她总有话推辞。有时晚间想去找她出来走走，十次总有九次没人应门，间或一次有一个老太太出来说，"陈小姐出门啦。"也许她是一只夜蛾，要到北下洼八号才可以找到她。也许那是她的朋友家，是她常到的一个地方。不，若是常到的地方，又何必写下来呢？想来想去总想不透，他只得皱皱眉头，叹了一口气，把东西放回原地，关好抽屉，回到自己座位。他看看时间快到一点半，想着不如把下午的公事交代清楚，吃过午饭不用回来，一直便去访问那个叶姓老婆子。一切都弄停妥以后，他戴着帽子，径自出了房门。

　　一路上他想着那一晚上在万国酒店看见的那个，若是陈修饰起来，可不就是那样。他闻闻方才拿过粉盒的指头，一面走，一面玄想。

　　在饭馆随便吃了些东西，老胡便依着地址去找那叶老太太。原来叶老太太住在宝积寺后的破屋里，外墙是前几个月下大雨塌掉的，破门里放着一个小炉子，大概那便是她的移动厨房了。老太太在屋里听见有人，便出来迎客，可为进屋里只站着，因为除了一张破炕以外，椅桌都没有。老太太直让他坐在炕上，他又怕臭虫，不敢径自坐下，老太太也只得陪着站在一边。她知道一定是社会局长派来的人，开口便问："先生，我求社会局把我送到老人院的事，到底成不成呢？"那种轻浮的气度，谁都能够理会她是一个不问是非，想什么便说什么的女人。

　　"成倒是成，不过得看看你的光景怎样。你有没有亲人在这里呢？"可为问。

　　"没有。"

　　"那么，你从前靠谁养活呢？"

　　"不用提啦。"老太太摇摇头，等耳上那对古式耳环略为摆定了，才继续说，"我原先是一个儿子养我，哪想前几年他忽然入了什么要命党——或是敢死党，我记不清楚了——可真要了他的命。他被人逮了以后，我带些吃的穿的去探了好几次，总没得见面。到巡警局，说是在侦缉队；到侦缉队，又说在司令部；到司令部，又说在军法处。等我到军法处，一个大兵指着门前的大牌楼，说在那里。我一看可吓坏了！他的脑袋就挂在那里！我昏过去大半天，后来觉得有人把我扶起来，大概也灌了我一些姜汤，好容易把我救活了，我睁眼一瞧已是躺在屋里的炕上，在我身边的是一个我没见过的姑娘。问起来，才知道是我儿子的朋友陈姑娘。那陈姑娘答允每月暂且供给我十块钱，说以后成了事，官家一定有年俸给我养老。她说入要命党也是做官，被人砍头或枪毙也算功劳。我儿子的名字，一定会记在功劳簿上的。唉，现在的世界到底是怎么一回事，我也糊涂了。陈姑娘养活了我，又把我的侄孙，他也是没爹娘的，带到她家，给他进学堂，现在还是她养着。"

　　老太太正要说下去，可为忽截着问："你说这位陈姑娘，叫什么名字？"

　　"名字？"她想了很久，才说，"我可说不清，我只叫她陈姑娘，我侄孙也叫她陈姑娘。她就住在肉市大街，谁都认识她。"

"是不是带着一副紫色眼镜的那位陈姑娘？"

老太太听了他的问，像很兴奋地带着笑容望着他连连点头说："不错，不错，她带的是紫色眼镜。原来先生也认识她，陈姑娘。"她又低下头去，接着说补充的话，"不过，她晚上常不带镜子。她说她眼睛并没毛病，只怕白天太亮了，戴着挡挡太阳，一到晚上，她便除下了。我见她的时候，还是不带镜子的多。"

"她是不是就在社会局做事？"

"社会局？我不知道。她好像也入了什么会似地。她告诉我从会里得的钱除分给我以外，还有两三个人也是用她的钱。大概她一个月的入款最少总有二百多，不然，不能供给那么些人。"

"她还做别的事吗？"

"说不清。我也没问过她，不过她一个礼拜总要到我这里来三两次，来的时候多半在夜里，我看她穿得顶讲究的。坐不一会，每有人来找她出去。她每告诉我，她夜里有时比日里还要忙。她说，出去做事，得应酬，没法子，我想她做的事情一定很多。"

可为越听越起劲，像那老婆子的话句句都与他有关系似地，他不由得问："那么，她到底住在什么地方呢？"

"我也不大清楚，有一次她没来，人来我这里找她。那人说，若是她来，就说北下洼八号有人找，她就知道了。"

"北下洼八号，这是什么地方？"

"我不知道。"老太太看他问得很急，很诧异地望着他。

可为楞了大半天，再也想不出什么话问下去。

老太太也莫明其妙，不觉问此一声："怎么，先生只打听陈姑娘？难道她闹出事来了么？"

"不，不，我打听她，就是因为你的事，你不说从前都是她供给你么？现在怎么又不供给了呢？"

"嗐！"老太太摇着头，揸着拳头向下一顿，接着说，"她前几天来，偶然谈起我儿子。她说我儿子的功劳，都教人给上在别人的功劳簿上了。她自己的事情也是飘飘摇摇，说不定哪一天就要下来。她教我到老人院去挂个号，万一她的事情不妥，我也有个退步，我到老人院去，院长说现在人满了，可是还有几个社会局的额，教我立刻找人写禀递到局里去。我本想等陈姑娘来，请她替我办，因为那晚上我们有点拌嘴，把她气走了。她这几天都没来，教我很着急，昨天早晨，我就在局前的写字摊花了两毛钱，请那先生给写了一张请求书递进去。"

"看来，你说的那位陈姑娘我也许认识，她也许就在我们局里做事。"

"是么？我一点也不知道。她怎么今日不同您来呢？"

"她有三天不上衙门了。她说今儿下午去，我没等她便出来啦。若是她知道，也省得我来。"

老太太不等更真切的证明，已认定那陈姑娘就是在社会局的那一位。她用很诚恳的眼光射在可为脸上问："我说，陈姑娘的事情是不稳么？"

"没听说，怕不至于罢。"

"她一个月支多少薪水？"

可为不愿意把实情告诉她，只说："我也弄不清，大概不少罢。"

老太太忽然沉下脸去发出失望带着埋怨的声音说："这姑娘也许嫌我累了她，不愿意再供给我了，好好的事情在做着，平白地瞒我干什么！"

"也许她别的用费大了，支不开。"

"支不开？从前她有丈夫的时候也天天嚷穷。可是没有一天不见她穿缎戴翠，穷就穷到连一个月给我几块钱用也没有，我不信，也许这几年所给我的，都是我儿子的功劳钱，瞒着我，说是她拿出来的。不然，我同她既不是亲，也不是戚，她凭什么养我一家？"

可为见老太太说上火了，忙着安慰她说："我想陈姑娘不是这样人。现在在衙门里做事，就是做一天算一天，谁也保不定能做多久，你还是不要多心罢。"

老太太走前两步，低声地说："我何尝多心？她若是一个正经女人，她男人何致不要她。听说她男人现时在南京或是上海当委员，不要她啦。他逃后，她的肚子渐渐大起来，花了好些钱到日本医院去，才取下来。后来我才听见人家说，他们并没穿过礼服，连酒都没请人喝过，怨不得拆得那么容易。"

可为看老太太一双小脚站得进一步退半步的，忽觉他也站了大半天，脚步未免也移动一下。老太太说："先生，您若不嫌脏就请坐坐，我去沏一点水您喝，再把那陈姑娘的事细细地说给您听。"可为对于陈的事情本来知道一二，又见老太太对于她的事业的不明了和怀疑，料想说不出什么好话。即如到医院堕胎，陈自己对他说是因为身体软弱，医生说非取出不可。关于她男人遗弃她的事，全局的人都知道，除他以外多数是不同情于她的。他不愿意再听她说下去，一心要去访北下洼八号，看到底是个什么人家。于是对老太太说："不用张罗了，您的事情，我明天问问陈姑娘，一定可以给你办妥。我还有事，要到别处去，你请歇着罢。"一面说，一面踏出院子。

老太太在后面跟着，叮咛可为切莫向陈姑娘打听，恐怕她说坏话。可为说："断不会，陈姑娘既然教你到老人院，她总有苦衷，会说给我知道，你放心罢。"出了门，可为又把方才拿粉盒的手指举到鼻端，且走且闻，两眼像看见陈情就在他前头走，仿佛是领他到北下洼去。

北下洼本不是热闹街市，站岗的巡警很优游地在街心踱来踱去。可为一进街口，不费力便看见八号的门牌，他站在门口，心里想："找谁呢？"他想去问岗警，又怕万一问出了差，可了不得。他正在踌躇，当头来了一个人，手里一碗酱，一把葱，指头还吊着几两肉，到八号的门口，大嚷："开门。"他便向着那人抢前一步，话也在急忙中想出来。

"那位常到这里的陈姑娘来了么？"

那人把他上下估量了一会，便问"哪一位陈姑娘？您来这里找过她么？"

"我……"他待要说没有时，恐怕那人也要说没有一位陈姑娘。许久才接着说："我跟人家来过，我们来找过那位陈姑娘，她一头的刘海发不像别人烫得像石狮子一样，说话像南方人。"

那人连声说："唔，唔，她不一定来这里。要来，也得七八点以后。您贵姓？有什么话请您留下，她来了我可以告诉她。"

"我姓胡，只想找她谈谈，她今晚上来不来？"

"没准，胡先生今晚若是来，我替您找去。"

"你到哪里找她去呢？"

"哼，哼！！"那人笑着，说："到她家里，她家就离这里不远。"

"她不是住在肉市吗？"

"肉市？不，她不住在肉市。"

"那么她住在什么地方？"

“她们这路人没有一定的住所。”

“你们不是常到宝积寺去找她么？”

“看来您都知道，是她告诉您她住在那里么？”

可为不由得又要扯谎，说：“是的，她告诉过我。不过方才我到宝积寺，那老太太说到这里来找。”

“现在还没黑，”那人说时仰头看看天，又对着可为说：“请您上市场去绕个弯再回来，我替您叫她去。不然请进来歇一歇，我叫点东西您用，等我吃过饭，马上去找她。”

“不用，不用，我回头来罢。”可为果然走出胡同口，雇了一辆车上公园去，找一个僻静的茶店坐下。

茶已沏过好几次，点心也吃过，好容易等到天黑了。十一月的黲云埋没了无数的明星，悬在园里的灯也被风吹得摇动不停，游人早已绝迹了，可为直坐到听见街上的更夫敲着二更，然后踱出园门，直奔北下洼而去。

门口仍是静悄悄的，路上的人除了巡警，一个也没有。他急进前去拍门，里面大声问：“谁？”

“我姓胡。”

门开了一条小缝，一个人露出半脸，问：“您找谁？”

“我找陈姑娘，”可为低声说。

“来过么？”那人问。

可为在微光里虽然看不出那人的面目，从声音听来，知道他并不是下午在门口同他回答的那一个。他一手急推着门，脚先已踏进去，随着说：“我约过来的。”

那人让他进了门口，再端详了一会，没领他望那里走，可为也不敢走了。他看见院子里的屋子都像有人在里面谈话，不晓得进哪间合适，那人见他不像是来过的，便对他说：“先生，您跟我走。”

这是无上的命令，教可为没法子不跟随他，那人领他到后院去穿过两重天井，过一个穿堂，才到一个小屋子，可为进去四围一望，在灯光下只见铁床一张，小梳妆桌一台放在窗下，桌边放着两张方木椅。房当中安着一个发不出多大暖气的火炉，门边还放着一个脸盆架，墙上只有两三只冻死了的蝈蝈，还囚在笼里像妆饰品一般。

"先生请坐，人一会就来。"那人说完便把门反掩着，可为这时心里不觉害怕起来。他一向没到过这样的地方，如今只为要知道陈姑娘的秘密生活，冒险而来，一会她来了，见面时要说呢，若是把她羞得无地可容，那便造孽了。一会，他又望望那扇关着的门，自己又安慰自己说："不妨，如果她来，最多是向她求婚罢了。……她若问我怎样知道时，我必不能说看见她的旧粉盒子。不过，既是求爱，当然得说真话，我必得告诉她我的不该，先求她饶恕……"

门开了，喜惧交迫的可为，急急把视线连在门上，但进来的还是方才那人。他走到可为跟前，说："先生，这里的规矩是先赏钱。"

"你要多少？"

"十块，不多罢。"

可为随即从皮包里取出十元票子递给他。

那人接过去，又说："还请您打赏我们几块。"

可为有点为难了，他不愿意多纳，只从袋里掏出一块，说："算了罢。"

"先生，损一点，我们还没把茶钱和洗褥子的钱算上哪，多花您几块罢。"

可为说："人还没来，我知道你把钱拿走，去叫不去叫？"

"您这一点钱，还想叫什么人？我不要啦，您带着。"说着真个把钱都交回可为，可为果然接过来，一把就往口袋里塞。那人见是如此，又抢进前攥住他的手，说："先生，您这算什么？"

"我要走，你不是不替我把陈姑娘找来吗？"

"你瞧，你们有钱的人拿我们穷人开玩笑来啦？我们这里有白进来，没有白出去的。你要走也得，把钱留下。"

"什么，你这不是抢人么？"

"抢人？你平白进良民家里，非奸即盗，你打什么主意？"那人翻出一副凶怪的脸，两手把可为拿定，又嚷一声，推门进来两个大汉，把可为团团围住，问他："你想怎样？"可为忽然看见那么些人进来，心里早已着了慌，简直闹得话也说不出来。一会他才鼓着气说："你们真是要抢人么？"

那三人动手掏他的皮包了，他推开了他们，直奔到门边，要开门，不料那门是望里开的，门里的钮也没有了。手滑，拧不动，三个人已追上来，他们把他拖回去，说："你跑不了，给钱罢，舒服要钱买，不舒服也得用钱买。

你来找我们开心，不给钱，成么？"

可为果真有气了，他端起门边的脸盆向他们扔过去，脸盆掉在地上，砰嘣一声，又进来两个好汉，现在屋里是五个打一个。

"反啦？"刚进来的那两个同声问。

可为气得鼻息也粗了。

"动手罢。"说时迟，那时快，五个人把可为的长挂子剥下来，取下他一个大银表，一枝墨水笔，一个银包，还送他两拳，加两个耳光。

他们抢完东西，把可为推出房门，用手巾包着他的眼和塞着他的口，两个掳着他的手，从一扇小门把他推出去。

可为心里想："糟了！他们一定下毒手要把我害死了！"手虽然放了，却不晓得抵抗，停一回，见没有什么动静，才把嘴里手巾拿出来，把绑眼的手巾打开，四围一望原来是一片大空地，不但巡警找不着，连灯也没有。他心里懊悔极了，到这时才疑信参半，自己又问："到底她是那天酒店前的车夫所说的陈皮梅不是？"慢慢地蹭了许久才到大街，要报警自己又害羞，只得急急雇了一辆车回公寓。

他在车上，又把午间拿粉盒的手指举到鼻端间，忽而觉得两颊和身上的余痛还在，不免又去摩挲摩挲。在道上，一连打了几个喷嚏，才记得他的大衣也没有了。回到公寓，立即把衣服穿上，精神兴奋异常，自在厅上蹭来蹭去，直到极疲乏的程度才躺在床上。合眼不到两个时辰，睁开眼时，已是早晨九点，他忙爬起来坐在床上，觉得鼻子有点不透气，于是急急下床教伙计提热水来。过一会，又匆匆地穿上厚衣服，上街门去，

他到办公室，严庄和子清早已各在座上。

"可为，怎么今天晚到啦？"子清问。

"伤风啦，本想不来的。"

"可为，新闻又出来了！"严庄递给可为一封信，这样说，"这是陈情辞职的信，方才一个孩子交进来的。"

"什么？她辞职！"可为诧异了。

"大概是昨天下午同局长闹翻了。"子清用报告的口吻接着说，"昨天我上局长办公室去回话，她已先在里头，我坐在室外候着她出来。局长照例是在公事以外要对她说些'私事'，我说的'私事'你明白。"他向着可为笑，"但

是这次不晓得为什么闹翻了。我只听见她带着气说'局长，请不要动手动脚，在别的夜间你可以当我是非人，但在日间我是个人，我要在社会做事，请您用人的态度来对待我'。我正注神听着，她已大踏步走近门前，接着说'撤我的差罢，我的名誉与生活再也用不着您来维持了'。我停了大半天，至终不敢进去回话，也回到这屋里。我进来，她已走了。老严，你看见她走时的神气么？"

"我没留神，昨天她进来，像没坐下，把东西检一检便走了，那时还不到三点。"严庄这样回答。

"那么，她真是走了。你们说她是局长的候补姨太，也许永不能证实了。"可为一面接过信来打开看，信中无非说些官话。他看完又折起来，纳在信封里，按铃叫人送到局长室。他心里想陈情总会有信给他，便注目在他的桌上，明漆的桌面只有昨夜的宿尘，连纸条都没有。他坐在自己的位上，回想昨夜的事情，同事们以为他在为陈情辞职出神，调笑着说："可为，别再想了，找苦恼受干什么？方才那送信的孩子说，她已于昨天下午五点钟搭火车走了，你还想什么？"

说者无心，听者有意，可为只回答："我不想什么，只估量她到底是人还是非人。"说着，自己摸自己的嘴巴，这又引他想起在屋里那五个人待遇他的手段。他以为自己很笨，为什么当时不说是社会局人员，至少也可以免打。不，假若我说是社会局的人，他们也许会把我打死咧。……无论如何，那班人都可恶，得通知公安局去逮捕，房子得封，家具得充公。他想有理，立即打开墨盒，铺上纸，预备起信稿，写到"北下洼八号"，忽而记起陈情那个空粉盒。急急过去，抽开屉子，见原物仍在，他取出来，正要望袋里藏，可巧被子清看见。

"可为，到她屉里拿什么？"

"没什么！昨天我在她座位上办公，忘掉把我一盒日快丸拿去，现在才记起。"他一面把手插在袋里，低着头，回来本位，取出小手巾来擤鼻子。